위대한
동물원

미리엄 할라미 지음   김선희 옮김

위대한 동물원

책담

|차례|

비밀 아지트 ✳ 1939. 8. 26. 토요일 ·· 7

최선의 방법 ✳ 1939. 8. 27. 일요일 오후 ································· 18

묘안을 짜다 ✳ 1939. 8. 27. 일요일 저녁 ································ 28

어디든 안전할까? ✳ 1939. 8. 28. 월요일 ····························· 41

숲속 동물원 ✳ 1939. 8. 28. 월요일 저녁 ~ 8. 29. 화요일 ········· 52

로테와 루디 ✳ 1939. 8. 29. 화요일 저녁 ····························· 67

이어지는 행렬 ✳ 1939. 8. 30. 수요일 ·································· 77

암호를 정하다 ✳ 1939. 8. 30. 수요일 오후 ·························· 92

위험한 상황 ✳ 1939. 8. 30. 수요일 늦은 오후 ···················· 104

전쟁이 터지면 ✳ 1939. 8. 30. 수요일 저녁 ························· 116

눈도 없고, 코도 없고, 입도 없고 ✳ 1939. 8. 30. 수요일 밤 ········· 126

쓰러진 첫 번째 병사 ✳ 1939. 8. 31. 목요일 동트기 전 ············· 142

끔찍한 이야기 ✳ 1939. 8. 31. 목요일 아침 ························· 154

절대 헤어지지 않아 ✳ 1939. 8. 31. 목요일 오후 ················· 169

위기일발 ✳ 1939. 9. 1. 금요일 ··············· 183

지옥의 모습 ✳ 1939. 9. 1. 금요일 오후 ··············· 193

구조대 ✳ 1939. 9. 1. 금요일 오후 ··············· 203

나쁜 소식 ✳ 1939. 9. 2. 토요일 아침 ··············· 214

전쟁 ✳ 1939. 9. 3. 일요일 ··············· 229

배신자 또는 책임자 ✳ 1939. 9. 3. 일요일 오후 ··············· 237

마지막 희망 ✳ 1939. 9. 3. 일요일 저녁 ··············· 252

잊지 않을 거야 ✳ 1939. 9. 3. 일요일 밤 ~ 9. 5. 화요일 아침 ··············· 268

작가의 말   278

비밀 아지트

1939. 8. 26. 토요일

"안녕!"

틸리가 외쳤다.

로지는 운하에 놓인 다리 위에서 손을 흔들었다.

"서둘러, 보니."

틸리는 '배 끄는 길' 위로 자전거의 방향을 틀었다. 틸리의 사랑스런 강아지 보니는 총총걸음으로 틸리 뒤를 따라왔다. 로지는 자전거 바구니 위로 몸을 기울여, 고양이 팅커벨 옆으로 분홍색 플란넬 천 조각을 넣어 주었다.

"팅커벨은 오늘 아침에 좀 어때?"

틸리가 다리 위에서 자전거 페달을 밟으며 물었다.

"그런대로 괜찮아."

로지가 팅커벨의 금빛 등을 쓰다듬으며 대답했다.

"어서 가자!"

보니는 컹컹 우렁차게 짖어 대며 앞서 내달렸다. 틸리는 언덕을 바람같이 가르며 건너편 강둑으로 자전거를 몰았다.

"좀 천천히 가."

로지가 자전거를 비틀비틀 몰며 소리쳤다.

이제 버려진 공장 사이 황무지에 들어섰다. 둘 다 속도를 줄여야 했다. 땅바닥에는 깨진 유리조각과 금속조각이 어지럽게 나뒹굴고 있어서 타이어에 구멍이 날지도 몰랐다. 이내 둘은 무너져 내린 벽 사이에 생긴 틈에 도착했다. 그 뒤로 들판이 펼쳐져 있었다. 틸리는 울퉁불퉁한 땅 위를 지나 저 멀리 숲을 향해 재빨리 뛰어갔다. 로지는 틸리의 뒤를 따라가느라 두 다리를 힘겹게 움직였다.

들판의 끄트머리에 도착하기까지는 단 몇 분밖에 걸리지 않았다. 그러고 나서 잡목림 사이를 헤치고 나갔는데, 가시관목 때문에 치마가 찢어지고 맨 팔에 생채기가 생겼다. 그사이 강아지 보니는 덤불 밑을 지나 달려갔다. 마침내 공터에 도착했다. 틸리는 기쁨의 환호성을 크게 지르며 자전거를 풀밭에 내동댕이쳤다.

낡은 오두막 한 채가 있었다. 오두막은 마당에 있는 큼지막한 헛간 두 개를 합쳐 놓은 크기였다. 벽은 무너져 내리고, 지붕에는 구멍이 숭숭 나 있고, 문은 반쯤 뜯겨 나갔다. 이곳은 틸리와 로지의 비밀 아지트였다. 이들은 방학 시작할 때 이 오두막을 찾아냈다. 그 뒤로 매일 이곳에 와서 놀았다.

로지는 바구니에서 팅커벨을 꺼내고는 자전거를 나무 옆에 기대 놓았다.

"넌 잼 병에 물 좀 갈아 줘. 난 꽃 좀 꺾어 올게."

로지가 말했다.

"그러고 나서 바닥을 쓸자. 그러면 점심 먹기 전까지 아주 깔끔해질 거야."

틸리가 어깨 너머로 외쳤다. 틸리는 보니와 함께 아지트 안으로 뛰어 들어갔다.

로지는 팅커벨을 쓰다듬으며 어슬렁어슬렁 꽃을 찾아다녔다.

"양귀비가 들판 근처에 있어. 데이지 꽃은 풀밭에 있고. 노란색 아이리스도 있고, 참나무 밑에 커다란 디기탈리스 한 송이도 있네."

로지가 중얼거렸다.

틸리는 시든 꽃을 공터에 휙 던져 버리고 퀴퀴한 물을 쏟아 버리면서 피식 웃음이 터져 나왔다. 로지는 꽃 이름과 나무 이름을 죄다 알고, 그밖에도 많은 걸 알고 있었다. 마치 책을 통째로 삼켜 버린 것 같았다. 로시의 빙 책꽂이에는 사전 열 권이 꽂혀 있었는데, 틸리가 알고 싶은 게 있을 때마다 로지는 그 사전을 꼼꼼하게 찾아보았다. 로지의 책꽂이에는 사전 말고도 책이 많이 있었다. 이제 두 소녀는 열네 살이었고, 엄청난 양의 숙제를 하기 위해서 로지의 책이 그 어느 때보다 요긴했다.

틸리는 기다란 몸으로 기지개를 켜며 방학이 정말로 멋지다고 생각했다. 방학 동안 숙제를 거들떠볼 일이 없으니까.

"서둘러, 보니! 개울가로 내려가자."

틸리가 강아지에게 소리쳤다. 보니가 기쁜 듯 멍멍 짖어 대며 숲으로 쏜살같이 달려갔다. 여름이 되자 개울이 거의 말라 버렸지만, 최근 어마어마한 장대비가 내려서 이끼 낀 강둑 사이로 물이 세차게 흘러내리고 있었다.

가장 먼저 도착한 보니는 시내 한가운데로 곧장 들어가, 시원하고 신선한 물을 핥아 먹었다. 소금쟁이 한 마리가 자그마한 몸과 기다란 다리로 물웅덩이 수면 위를 가로질러 가더니 나무뿌리 사이에서 멈추었다. 블랙버드가 나무 위에서 경쾌하게 노래 부르고 있었다.

틸리는 샌들과 양말을 벗고, 원피스 자락을 속바지 안에 쑤셔 넣은 다음, 보니를 따라 물속으로 뛰어들었다. 시냇물 바닥은 질퍽했지만, 틸리는 발가락 사이로 철벅거리는 느낌이 좋았다.

로지는 진흙 안에 숨어 있는 벌레 괴물을 무서워했다. 물릴 수도 있으니까. 그래서 강둑에 앉아 그저 발만 담갔다.

틸리는 잼 병에 물을 가득 채우고, 시냇물에서 걸어 나와 신발과 양말을 겨드랑이에 끼웠다. 그러고는 보니에게 휘파람을 불어 신호를 보내고, 맨발로 돌아갔다.

"조심해, 주변에 아직 못이 많아."

로지가 주의를 주었다.

로지는 손에 망가진 빗자루를 들고 아지트 문 옆에 서 있었다.

여름 동안, 틸리와 로지는 아지트를 자신들만의 자그마한 보금자리로 탈바꿈시키고, 정리정돈하며 시간을 보냈다. 틸리는 이 낡은 오두막이 분명 어떤 농부의 소유일 테지만, 곳곳에 거미줄 천지인 걸로 봐서는 이곳에 오는 사람이 아무도 없을 거라고 생각했다. 둘은 벽에 있는 끔찍한 거미줄을 말끔히 치우고, 흙바닥 위에 부대자루를 몇 개 깔아 깔개로 썼다. 오두막 안에 있던 나무 상자를 의자로 삼았다. 새로 꺾은 꽃을 꽂은 화병 몇 개와 틸리가 엄마한테 빌려 온 붉은색 벨벳 한 조각으로, 아늑한 아지트가 되었다.

"아무도 이곳을 발견하지 못했다니, 우린 정말 운이 좋아."

틸리가 자전거 바구니에서 샌드위치를 꺼내며 말했다.

"그건 우리가 비밀을 지키는 법을 알고 있기 때문이지."

로지가 책상다리로 앉아 팅커벨을 꼭 안으며 말했다. 로지가 팅커벨의 귀를 어루만지자 팅커벨은 느긋하게 자기 앞발을 핥았다.

"난 고양이 귀가 작은 요정처럼 뾰족하게 위로 솟아 있는 게 너무 좋더라."

로지가 말했다.

"아니면 화성인처럼."

틸리가 방긋 웃으며 말했다.

틸리는 웃자란 풀 위에 털썩 주저앉아 보니를 무릎 위로 끌어당겼다. 그러고는 보니의 이마에 난 큼지막한 흰색 반점에 입을 맞추며 말했다.

"이 녀석들도 이 비밀 아지트를 우리만큼이나 좋아하는 것 같아."

보니는 스패니얼로, 거의 두 살이 다 되었다. 검은색, 흰색, 황금색 털이 뒤섞여 있었다. 귀는 축 늘어지고 눈은 커다란 갈색이었는데, 그 모습을 보면 누구나 가슴이 녹아내릴 수밖에 없었다.

로지는 팅커벨에게 새끼 정어리 한 마리를 통째로 내밀었다. 팅커벨은 꼼꼼하게 이리저리 냄새 맡으며 자그맣게 가르랑거렸다.

"그거 어디서 났어?"

틸리가 물었다.

"메간 언니가 안 볼 때 식료품 저장실에서 슬쩍했지."

로지가 짓궂은 표정을 지으며 대답했다.

틸리도 낄낄 웃었다. 팅커벨은 입을 쫙 벌려 새끼 정어리를 먹기 시작했다.

"팅커벨은 보니보다 훨씬 예의바르게 먹는구나."

"당연하지. 고양이는 늑대처럼 먹지 않아. 고양이는 호랑이과 동물이잖아. 너, 팅커벨이 새끼 호랑이 닮았다고 생각하지 않니?"

로지는 검은 줄무늬가 있는 얼룩고양이 팅커벨의 황금빛 털을 쓰다듬으며 물었다.

"어련하시겠어요."

틸리가 치즈와 피클이 든 샌드위치를 입 안 가득 넣으며 중얼거렸다.

아이들은 따뜻한 햇살을 받으며 자리에 앉아 음식을 먹었다. 틸리는 보니에게 강아지 비스킷을 먹였다. 그러고는 아지트 앞에 누워서 책을 읽었다.

여느 때와 마찬가지로 시간 가는 줄 몰랐다. 마침내 로지가 말했다.

"25분 안에 가지 않으면 식사 시간에 또 늦을지도 몰라."

"그래, 알았어."

틸리가 한숨을 쉬며 말했다. 틸리는 책을 자전거에 싣고, 보니에게 따라오라고 소리쳤다.

"내일 아침에 주일학교가 있어. 메간 언니가 교구 목사님하고 목사님 부인을 점심 식사에 초대했어."

로지가 말했다.

"안됐다."

틸리가 말했다.

교구 목사는 목소리가 희한하게 높았다. 그 바람에 틸리는 주일학교에서 웃음이 터져 나오는 걸 억지로 참느라고 늘 애를 먹었다.

"교구 목사님이 그러는데, 내가 구제불능이래."

틸리가 숭얼거렸다.

"아, 그래, 구제불능이지. 회개도 안 되고 구원받을 수도 없지."

로지가 말했다.

"야, 대단한데, 로지. 도대체 어떻게 그런 걸 모조리 기억할 수 있는 거지?"

"너도 알다시피, 난 가끔 사전을 그냥 읽잖아. 재미로 말이야."

로지는 허리를 숙여 팅커벨의 작고 둥근 코에 입을 맞추었다. 고양이는 하품을 하며 몸을 쭉 폈다.

"지금 당장 뭔가 재미난 게 있으면 좋겠어. 난 참나무 나뭇가지 꼭대기에 올라갈 거야."

틸리가 벌떡 일어나며 말했다.

"서둘러야 해, 틸리. 우리, 빨리 가야 한단 말이야."

로지는 팅커벨을 들어 올리고는 아지트로 들어갔다. 그곳에서는 팅커벨이 맘대로 뛰어놀며 이곳저곳 들쑤시고 다닐 수 있었다. 잃어버릴 걱정이 없었다.

틸리는 나지막한 나뭇가지에 기어 올라간 뒤, 머리 위의 나뭇가지로 또 올라가려 했다. 그 나뭇가지는 여름 내내 틸리가 올라가지 못했던 곳이었다.

틸리는 오늘은 꼭 오르고 말겠다고 생각했다. 엄마는 틸리가 다 자랐다고 말했지만 학기 말보다 훨씬 더 자란 게 틀림없었다. 틸리는 기다란 두 다리에 힘을 주고 쭉 들어 올리며, 손가락을 쫙 폈다. 손가락이 빠질 것만 같았다. 처음으로 머리 위의 나뭇가지를 느낄 수 있었다. 그리고 두 손을 쭉 뻗어, 나뭇가지를 잡고 몸을 들어 올렸다.

"해냈어! 해냈다고!"

틸리는 승리감에 들떠 외쳤다. 힘을 주느라 얼굴이 붉어졌다.

"잘했어, 이제 내려와. 빨리 가자."

로지는 아지트 안에서 소리쳤다.

"알았어, 내려갈게."

잠시 뒤, 틸리는 가장 낮은 나뭇가지로 몸을 흔들며 내려와 풀밭에 폴짝 내려섰다. 보니가 팔짝 뛰어오르더니 신이 나 틸리의 손을 핥았다.

틸리는 반에서 키가 가장 크고, 가장 빨리 달렸다. 그리고 가장 대담했다. 로지는 좀 자그마한 편으로, 틸리보다 팔 센티미터나 작았다. 곱슬머리는 어깨까지 내려오고, 발이 작았다. 로지는 공부 면에서 최고였지만, 아주 사소한 데에도 잔걱정이 많았다.

로지가 걱정이 많은 건 당연한 거라고, 틸리는 가끔 스스로에게 주지시켰다. 로지는 결혼한 메간 언니와 함께 사는데, 언니의 남편 도널드는 푸줏간 주인이었다. 로지의 부모님은 몹시도 추운 겨울, 폐렴에 걸렸다. 로지는 3년 전, 그렇게 부모님을 잃었다.

틸리는 아주 오래전에 결론지었다. 로지야말로 자신이 알고 있는 가장 용감한 아이라고. 로지는 처음 몇 달 동안은 눈물로 시간을 보냈다. 그러고 나서 책에 파묻혀 지냈다. 그러고는 부모님 이야기를 거의 하지 않았다.

메간 언니는 스물일곱 살이었는데, 아주 엄격하고 고리타분한 부모 같았다. 메간 언니는 규칙을 고수했다. 예를 들어, 현관문 안에 들어서면 곧장 슬리퍼로 갈아 신어야 하고, 교회에 갈 때는 반드시 장갑을 끼고 가야 한다는 것 따위였다. 다행히, 언니보다 열 살 많은 도널드 아저씨는 재미나고 쾌활한 사람이었다. 가끔 메간 언니 모르게, 로지에게 용돈이나 사탕을 챙겨 주곤 했다.

"나한테 메간 언니가 있는 건 정말 행운이야. 메간 언니가 자주 말하는 것처럼 말이야. 하지만 사실 나는 너처럼 외동이나 마찬가지야."

로지가 틸리한테 말했다.

"우린 그냥 단짝친구가 아니지. 친자매 같지. 그러니까 우린 갓난아이 때부터 서로를 알고 지냈잖아. 게다가 우리한테는 공통점이 아주 많아. 책을 읽는 거나 애완동물을 키우는 거 같은 것 말이야."

틸리가 단호한 어투로 말했다.

"물론이지."

로지가 대답했다.

보니는 이제 다시 숲을 향해 달리기 시작했다. 틸리가 그 뒤를 쫓아갔다. 마지막 몇 분 동안 물건을 전부 챙기면서, 로지는 팅커벨을 바구니 안에 넣었다. 팅커벨은 아지트 안에서 공놀이를 하고 난 뒤라 졸려 보였다.

"서둘러, 어제처럼 늦었다가는 메간 언니가 날 가만 놔두지 않을 거야."

로지가 걱정스러운 목소리로 말했다.

"집까지 쉬지 않고 자전거를 타고 가야 해."

틸리가 잡목림 사이를 헤치고 나아가면서 한숨을 쉬며 말했다. 이윽고 둘은 자전거에 껑충 뛰어올라 운하와 아름다운 아지트 너머에 있는 '웨스트 런던'의 거리로 돌아갔다.

"내일 점심 먹고 나서 보자."

길모퉁이에서 헤어지며 틸리가 말했다.

"2시 30분 정각에."

로지가 자전거 페달을 힘껏 밟으며 외쳤다.

'방학이 끝나려면 아직 일주일은 남았어.'

틸리는 집으로 천천히 달려가며 생각했다. 보니는 입 밖으로 혓바닥을 축 늘어트린 채 틸리 옆에서 함께 뛰었다.

최선의 방법

✳

1939. 8. 27. 일요일 오후

"우리 시냇가에 애완동물을 데려가서 놀자."

틸리가 말했다.

"내가 팅커벨의 텐트를 가져갈게."

로지가 아지트 안 나무 상자에 걸려 있는 기다란 줄과 커다란 천 조각을 챙기면서 말했다.

"좋은 생각이네. 서둘러, 보니!"

틸리는 휘파람을 불며 숲을 향해 출발했다.

오후의 태양이 공터를 뜨겁게 달구고 있었다. 틸리와 로지는 오두막 안으로 떨어져 내린 커다란 잎사귀들을 쓸어 담았다. 그러고는 틸리가 주일학교에서 그린 그림들을 핀으로 고정시켜 벽에 붙였다.

일요일만 되면 틸리는 항상 불안했다. 교회의 모든 사람들이 틸리가 '자리에 가만히 앉아 조용히 하기'를 기대했기 때문이다. 하지만 틸리는 자신의 다리 근육이 비명을 질러 대는 걸 느꼈다. 점심시간이 되면 자전거를 타고 맘껏 달리거나 힘차게 뜀박질하고 싶었다.

어른들은 너무 게으르다고, 틸리는 투덜거렸다. 도대체 왜 가만히 앉아 조용히 있어야 하는 건지, 그건 정말 시간 낭비 같았다.

틸리는 이제 보니와 절친 로지와 함께 숲을 달리고 있었다. 저녁 식사 시간까지는 귀찮게 하는 어른들이 없을 터였다.

시냇가에 도착한 로지와 틸리는, 로지가 메간 언니한테 부탁해서 얻어 낸 찢어진 천 쪼가리를 펼쳐 양쪽 귀퉁이를 나무에 묶었다. 그러고는 옆면이 아래로 늘어지게 해서 팅커벨을 위한 멋진 울타리를 만들어 주었다.

"우린 네가 숲에서 길을 잃는 걸 원하지 않아, 알았지?"

로지는 임시방편으로 만든 텐트 안으로 기어 들어가 털실 뭉치를 떨어뜨리며 말했다.

틸리는 보니가 시냇물을 마시게 내버려 두고 로지 옆으로 기어 들어갔다.

"여기, 팅커벨, 잡아."

틸리가 털실 뭉치를 허공에 던지며 소리쳤다.

아이들은 깔깔 웃음을 터뜨렸다. 팅커벨은 똑바로 앉아 고개를 한쪽으로 기울인 채, 두 귀를 쫑긋 세우고, 털실 뭉치가 위로 곡선을 그리며 올라가는 모습을 지켜보았다. 그러고 나서 전광석화처럼 재빨리, 펄쩍 뛰어올라 앞발로 털실 뭉치를 잡았다.

"만세! 이 세상에서 최고로 똑똑한 고양이라니까!"

로지가 외쳤다.

"보니가 뭐 하고 있는지 보고 와야겠어."

틸리가 말했다.

틸리는 다시 밖으로 기어 나가, 일어서서 몸을 털어 냈다. 이윽고 원피스를 속바지에 집어넣고는, 샌들하고 양말을 벗고 시냇물 안으로 들어갔다. 보니는 반대편 강둑 위로 건너가 재빨리 달아나려고 했다.

"무슨 일이야, 보니 봉봉?"

틸리가 소리쳤다. 보니는 나무 쪽으로 달려가 앞발로 땅을 미친 듯이 파헤쳤다. 자그마한 궁둥이를 허공에 치켜 올린 채, 신이 나서 이리저리 흔들어 댔다.

로지가 텐트 밖으로 고개를 내밀고는 소리쳤다.

"무슨 일 없는 거지?"

틸리가 어깨를 으쓱해 보였다.

"보니 좀 봐. 아주 즐거운가 봐, 안 그래?"

둘은 또다시 깔깔 웃음을 터트렸다. 보니가 궁둥이를 땅에 대고 앉아 크게 컹컹 짖어 대고는 다시 땅을 파기 시작했다.

"그냥 노나 봐."

로지가 말했다.

"가서 보니가 뭘 찾았는지 좀 봐야겠어."

틸리는 시냇물을 건너갔다.

틸리가 막 강둑을 오르려 할 때, 로지의 다급한 목소리가 들려왔다.

"팅커벨이 없어졌어!"

틸리는 몸을 돌려 물을 튀기며 다시 시냇물을 건넜다.

"멀리 가지 못했을 거야."

로지는 천을 잡아당기며 팅커벨을 찾아보았다. 그러고 나서 나무 주변의 덤불을 헤치며 소리쳤다.

"팅커벨, 이리 와, 숲에 들어가면 길을 잃어버린단 말이야, 제발 돌아와."

"난 보니랑 같이 이쪽을 찾아볼게."

틸리는 휘파람을 불어 보니를 불렀다.

"팅커벨이 이 근처에 있을지 모르니까 너는 여기 남아 있어."

로지는 고개를 끄덕였다. 틸리는 로지가 울음을 터트리기 일보 직전이라는 걸 알 수 있었다. 로지는 계속해서 덤불을 뒤지며 팅커벨을 큰 소리로 불렀다.

딜리는 숲속 깊숙한 곳을 향해 출발하며, 막대기로 덤불을 살짝살짝 파헤쳐 보았다. 보니는 틸리 옆에서 땅에 코를 박고 냄새를 맡았다.

"팅커벨을 곧 찾을 수 있을 거야. 팅커벨은 로지한테 너무나 소중해, 안 그래?"

틸리가 보니에게 말하듯 중얼거렸다.

보니는 잠시 걸음을 멈추고는 틸리를 올려다보았다. 보니의 갈색 눈은 왕방울만큼 커져 있고, 두 귀는 곤두서 있었다. 마치 모든 말을 다 이해하고 있기라도 한 것처럼.

갑자기 보니가 요란하게 컹컹 짖으며 뛰어나갔다. 틸리는 뒤에서 전속력으로 쫓아가며, 보니가 커다란 소나무 앞에서 우뚝 멈추는 모습을 보았다. 소나무 가지는 마치 계단처럼 사방으로 뻗어 있었다. 보니는 자리에 앉아 짖고 또 짖었다. 보니는 코로 나무를 가리키고 있었다.

"저기 있다!"

틸리가 소리쳤다. 팅커벨이 나뭇가지 위에 앉아 앞발을 핥고 있었다. 마치 이 세상에 아무런 관심도 없는 것처럼.

"로지! 여기야! 보니가 팅커벨을 찾았어!"

틸리가 소리쳤다. 로지는 덤불을 헤치고 다가왔다. 로지의 곱슬머리에는 나뭇잎과 잔가지가 덕지덕지 달라붙어 있었다.

"아, 하나님 감사합니다. 정말 고마워, 보니."

로지가 숨을 헐떡이며 말했다. 그러고는 사랑스러운 강아지를 꼭 안고는 코에 입을 맞추었다. 보니는 성마르게 짖어 대면서 벗어나려고 버둥거렸다.

"내가 올라가서 팅커벨 데려올게."

틸리가 말했다. 그러고는 나무에 오르기 시작했다. 나무에 오르는 건 별로 어렵지 않았다. 하지만 팅커벨이 앉아 있는 나뭇가지에 손을 뻗자, 고양이가 일어서더니 몸을 쭉 뻗고는 나뭇가지에서 펄쩍 뛰어내려, 로지의 팔에 쏙 안겼다.

"이제 무사해. 아, 내 가엾은 사랑스러운 고양이."

로지가 얼굴을 황금빛 털에 파묻고는 속삭였다.

"정말 무사하기를 바랄게."

틸리가 소리쳤다. 그러고는 몸을 휙 움직여 땅으로 내려왔다.

"다시는 내 눈 앞에서 사라지게 하지 않을 거야."

로지가 중얼거렸다. 고양이는 로지의 팔에 안겨 부드럽게 가르랑거렸다. 틸리는 찾아서 다행이라고 생각했다.

로지의 부모님이 돌아가시기 일 년 전, 자그마한 새끼 고양이 팅커벨이 로지에게 왔다. 몇 달 동안 팅커벨은 모두의 관심 한가운데 있었다. 로지의 부모님은 팅커벨에게 무엇을 먹일지, 어떻게 배변 훈련을 시킬지를 두고 대화를 나누었다. 귀여운 애완 고양이는 로지에게 행복했던 시간과의 마지막 연결 고리였다.

틸리는 눈물이 나오려 했다. 틸리는 친구가 보지 못하도록 눈물을 훔쳤다.

틸리와 로지는 동물들과 놀고 오두막을 정리하면서 남은 오후 시간을 보냈다.

"커다란 금속 상자를 달라고 아빠한테 조르는 중이야. 아빠는 못 같은 걸 넣어 두려고 헛간에 그 상자를 보관하고 있거든. 상자 안에 보급품을 담아 보관하면 안성맞춤인데."

틸리가 자루의 모퉁이를 잡아당기며 말했다.

"비스킷 같은 거……."

"그리고 애완동물 먹이 같은 거."

"그러면 우리도 음식을 좀 만들어 먹을 수 있을 거야."

로지가 말했다.

"모닥불을 피워서 감자 같은 걸 구울 수 있어. 도서관에 야외에서 불 피우는 방법이 나온 책이 있어."

"하룻밤 동안 이곳에서 야영하면 정말 멋질 것 같지 않아?"

로지는 틸리를 똑바로 바라보며 말했다.

"메간 언니는 캠핑을 절대 허락해 주지 않을 거야."

둘은 서로에게 눈을 흘기고는 낄낄 웃음을 터뜨렸다.

"네가 형부한테 이리 와서 우리를 지켜봐 달라고 부탁할 수도 있잖아."

"있잖아, 형부는 정말 재미난 사람이야. 하지만 우리끼리 캠핑하는 건 백만 년 안에는 절대 불가능해. 서둘러, 저녁 식사 시간에 맞춰 집에 가려면 15분밖에 안 남았어."

둘은 잽싸게 움직여, 물건을 챙겨 출발했다. 잡목림을 헤치고 나아갔다. 태양은 여전히 하늘 높이 솟아 있고, 산들바람이 불어오자 들판의 옥수수는 마치 커다란 초록 바다처럼 흔들렸다.

'다음 주 학교 시작 전까지, 자유로운 날이 고작 며칠 밖에 남지 않았어.'

틸리는 그런 생각을 하며 자전거 페달을 힘차게 밟으며 운하를 향해 달렸다.

'아니, 자유로운 날은 전쟁이 시작되기 전까지인가.'

전쟁.

올해 여름에 어른들은 모두 전쟁 이야기뿐이었다. 틸리가 잠자러 위층으로 올라가 있을 때, 부모님이 매일 저녁 거실에서 소곤거리는 소리를 우연히 엿들었다.

"이번에는 당신을 다시 데려가지 않을 거예요, 여보. 지난번에 참호 안에서 당신이 해야 할 일을 했잖아요."

요즘 자주 그렇듯이, 지난밤에 엄마가 걱정스러운 목소리로 말했다.

"우리 모두 다 다시 부를 거요. 지난번 일은 절대로 신경 쓰지 않을걸."

아빠가 성난 목소리로 말했다.

틸리는 아빠가 지난 전쟁에서 무슨 일을 했는지 잘 몰랐다. 아빠는 절대 그 이야기를 하지 않았으니까. 그 이야기를 하는 사람은 아무도 없었다.

틸리는 아빠가 그 무엇도 두려워하지 않는다고 생각했다. 우람한 근육과 기다란 다리를 자랑하는 아빠가 뭔가를 두려워하는 걸 상상도 할 수 없었다.

틸리와 로지는 길모퉁이에서 헤어졌다. 틸리는 집으로 자전거를 몰았다. 집에 도착해 쓰레기통 옆 통로에 자전거를 받쳐 두었다. 그러고는 원피스 앞자락에서 열쇠를 꺼냈다. 열쇠는 목에 걸어 둔 줄에 매달려 있었다. 틸리는 앞문을 열었고, 보니가 먼저 집 안으로 뛰어 들어갔다.

"가서 손 씻어라. 그리고 탁자에 앉아. 늦었어. 아빠는 벌써 집에 와 계셔."

엄마가 부엌에서 소리쳤다.

틸리는 위층으로 뛰어 올라갔다. 보니도 틸리 뒤를 허둥지둥 따라왔다. 틸리는 화장실에 들어가 손을 씻고 헝클어진 긴 머리카락에 빗을 넣어 힘겹게 빗질을 했다. 틸리는 잠시 거울을 들여다보았다. 로지처럼 곱슬머리였으면 좋으련만. 그러면 이렇게 빗질할 필요도 없을 텐데. 틸리는 한숨을 쉬며 생각했다.

'이렇게 빗질하는 건 정말 귀찮아.'

"틸리!"

화장실 밖으로 나와 보니, 아빠가 위층 층계참에 서 있었다. 아빠 표정에 뭔가가 있었다. 그 표정에 틸리는 서늘한 느낌을 받았다. 슬프기도 하고 동시에 화가 나기도 한 그런 표정이었다.

아빠 머리카락은 틸리처럼 갈색이다. 아빠는 머리를 아주 짧게 깎았다. 둘 다 눈썹이 짙고, 갈색 눈동자, 갸름한 얼굴에 다리도 길었다. 엄마는 흐릿한 금발에 둥그스름한 얼굴이었다. 뺨에는 보조개가 있었다. 요즈음 엄마는 항상 이마를 손등으로 닦았다. 마치 엄마한테 모든 일이 힘겨운 것 같았다.

'무슨 일이 있나?'

틸리는 궁금했다.

틸리는 보니를 두 팔에 안고 불쑥 말했다.

"아빠, 전쟁 시작했어요? 나랑 보니가 멀리 가야 해요?"

아이들을 시골로 피난시키는 것을 두고 많은 이야기가 있었다. 하지만 틸리는 그다지 귀담아 듣지 않았다. 비밀 아지트를 정리하느라 무척이나 분주했기 때문이다.

아빠는 잠시 당혹스러운 표정을 지었다. 그러더니 틸리가 평생 잊을 수 없는 말을 내뱉었다.

"곧 전쟁이 시작될 거다. 개들은 폭격과 등화관제*를 견디지 못해. 내일 보니를 데리고 동물 병원에 가서 안락사시킬 거다. 그게 최선의 방법이야."

그러고 나서 아빠는 뒤돌아 아래층으로 내려갔다.

---

*적의 야간 공습을 대비해 일정한 지역에서 모두 불을 끄거나 꺼진 것처럼 보이게 하는 일.

묘안을 짜다

✳

1939. 8. 27. 일요일 저녁

틸리는 2층 계단 꼭대기에 서서 아래층 복도와 현관문을 내려다보았다. 보니가 틸리 손에 코를 비벼 댔다. 틸리는 아빠가 방금 한 말을 믿을 수 없었다. 어떻게 이 사랑스러운 개를 죽이려는 거지?

보니가 낑낑거렸다. 틸리는 고개를 돌려 보니를 바라보았다. 감각이 마비되어 움직이기 힘들었다.

"너한테 무슨 짓도 못 하게 할 거야. 네가 태어난 뒤로 우리는 늘 함께했어. 아빠가 네 털끝 하나 건드리지 못할 거야. 내가 꼭 약속할게."

틸리가 속삭였다.

만족스럽다는 듯이, 보니는 엉덩이를 바닥에 깔고 앉아, 믿음직스러운 표정으로 위를 올려다보았다. 그 모습에 틸리의 눈에는 눈물이 그렁그렁 맺혔다.

틸리는 화가 치밀어 계단 난간을 꽉 잡고, 한 번에 네 계단씩 아래층으로 내려왔다. 복도 카펫 위에 쿵 소리를 내며 내려섰다.

엄마가 부엌문에서 고개를 돌렸다.

"큰 소리 내지 마라. 그리고 너, 아직까지 저녁 식사 준비를 하지 않았어."

"고작 생각해 낸 게 그거예요?"

틸리가 부엌으로 쿵쿵 걸어 들어가며 소리쳤다.

아빠는 식탁의 상석, 늘 앉는 자리에 앉아 저녁 신문을 읽고 있었다. 신문 1면에는 폴란드, 독일, 정부라는 글자가 큼지막하게 찍혀 있었다.

"가서 엄마 도와드려라."

아빠가 틸리를 쳐다보지도 않고 말했다.

"엄마도 보니에 대해 알고 계세요?"

틸리가 떨리는 목소리로 물었다.

"뭘 알아?"

엄마기 물었다.

"아빠가 내일 보니를 죽일 거래요!"

이윽고 틸리의 아랫입술이 일그러지더니 이내 울음을 터트렸다.

엄마는 오이를 썰다 말고 틸리를 바라보았다. 엄마의 표정이 어두웠다. 창백한 뺨에는 보조개처럼 주름이 깊게 잡혔다.

"자, 자. 그만."

엄마가 말했다.

"고작…… 생각해 낸 게…… 그거냐고요?"

틸리는 흐느끼면서 겨우겨우 말했다.

아빠는 신문을 내려놓고 말했다.

"네 엄마와 난 결정했어. 누구나 똑같이 하고 있어. 폭탄이 터지면 강아지들은 미쳐 날뛰게 될 거야."

엄마가 이어 말했다.

"그리고 가스를 뿌린다고. 맞은편 집 벤슨 부인, 너도 알지? 그 집 아들 알렉이 동물원에서 일하잖아."

아빠가 고개를 끄덕였다.

"있지, 벤슨 부인이 그러는데, 강아지들이 입에 거품을 물고 떼를 지어 거리를 미친 듯이 날뛰며 다니는 걸 보게 될 수도 있다고 하더라."

"그리고 배급품도 문제야. 강아지나 고양이한테 먹일 음식이 충분하지 않을 거야."

아빠가 말했다.

"하지만 전쟁이 진짜로 일어나는지 아무도 모르잖아요! 제가 가장 사랑하는 보니 봉봉을 죽일 수는 없어요. 어떻게 그런 생각을 할 수 있어요? 보니를 새끼 때부터 키웠잖아요. 보니는 우리 가족이라고요! 전쟁이 터졌다고 가족을 몽땅 죽이려는 거예요?"

틸리는 소리치듯 큰 소리로 외쳤다.

아빠는 "멍청하게 굴지 마."라고 말하는 것처럼 콧바람을 불었다. 아빠의 눈썹은 곤혹스러운 듯 일그러졌다. 그 모습을 보고 틸리는 더욱더 화가 치밀었다. 화가 나 머리가 폭발할 것 같았다. 틸리는 저녁 식탁 위에 있는 걸 모조리 쓸어 버리고 싶은 걸 겨우겨우 참아 냈다.

"어떻게 그렇게 잔인할 수가 있어요? 보니 걱정은 안 하는 거예요? 내 걱정은 안 하는 거냐고요!"

소름 끼치는 침묵이 이어졌다. 엄마가 두 손을 단단히 쥐었다. 두 뺨이 벌겋게 달아오르고, 머리카락이 삐져나왔다. 아빠는 잠시 눈을 내리깔았다. 그러고는 다시 틸리를 쳐다보고는 신문을 집어 들었다.

"헤드라인 좀 봐, 얘야. 우리는 현실을 받아들여야 해. 히틀러는 지금 폴란드를 원하고 있어. 영국과 프랑스는 히틀러가 그렇게 하는 걸 내버려 두지 않을 거야. 히틀러는 이미 다른 나라들을 점령했단다. 히틀러는 위험한 인물이야. 유럽 전부를 원하고 있다고. 영국은 지금 전쟁을 준비하고 있어. 나는 우리 가족을 위해 마당에 간이 방공 대피소를 파 놨어. 네 엄마는 등화관제에 대비해 커튼을 만들고 있고, 넌 다음 주 화요일에 시골로 피난을 떠나게 될 거야. 너희 학교 친구들과 함께 말이다."

"피난을 간다고요? 어…… 어디로요? 전 누구랑 같이 지내는데요?"

자신을 멀리 보낼 것이라는 말을 틸리가 분명하게 들은 건 이번이 처음이었다. 온몸에 소름이 돋았다.

엄마는 앞치마로 두 눈가를 가볍게 두드렸다.

"엄마는 제가 멀리 가는 걸 바라지 않아요. 그렇지요, 엄마?"

틸리가 물었다. 눈물이 다시 솟구치기 시작했다. 하지만 엄마는 개수대로 몸을 돌려 냄비를 쿵쾅거렸다. 화가 났을 때 그러는 것처럼······.

"아이들은 모두 피난을 가야 해. 이번 주에 네 짐을 쌀 거야."

"하지만······ 하지만······ 만약 제가 싫다면요? 피난을 가면, 보니는 저랑 함께 갈 수 있어요, 안 그래요? 제가 멀리 간다고 해서, 보니랑 헤어질 필요는 없잖아요? 시골에 폭탄을 터트리거나 가스를 뿌리지는 않을 거예요."

틸리는 갑작스레 희망이 한 가닥 생긴 것 같았다. 그게 이 모든 것에 대한 해결책이다. 하지만 아빠는 이마를 찡그렸다. 아빠의 갈색 눈동자가 좁아졌다.

아빠는 매섭게 쏘아붙였다.

"자꾸 그렇게 바보처럼 굴지 마라! 피난 온 사람들을 돌봐 주는 가족들은 동물을 원하지 않아. 내일 일 끝나고 보니를 수의사한테 데려갈 거다. 이제 이 이야기는 더 이상 하지 말자."

틸리는 고개를 떨구고 자기 무릎을 바라보았다. 눈물이 냅킨에 뚝뚝 떨어졌다. 도대체 어쩌면 좋지, 틸리는 생각했다. 마음속에 온갖 터무니없는 생각들이 떠올랐다.

엄마는 접시 위에 햄과 샐러드를 놓았다.

그때 열린 창문 밖에서 요란한 총소리가 들려왔다. 마당을 가로질러 울음소리가 둥둥 떠다녔다.

"저게 무슨 소리예요?"

틸리가 물었다.

틸리는 엄마를 흘끗 바라보았다. 엄마의 두 눈은 놀라움에 커져 있었다.

"테드 보우가 그러더라. 자기네 그레이하운드를 낡은 소총으로 쏘아 죽일 거라고. 이제 식사하자, 틸리. 먹어라."

아빠가 버터 바른 빵을 들며 말했다.

정말 그런 일이 벌어지고 있다니! 틸리는 두려웠다. 온몸이 얼음 장처럼 차가웠다. 사람들이 가족 같은 동물을 죽이고 있었다.

틸리는 아무것도 먹을 수 없었다. 엄마도 이번만큼은 틸리에게 설거지를 시키지 않았다. 틸리는 오로지 로지네 집으로 달려가, 로지 침대에 쓰러져 엉엉 울고만 싶었다.

식사를 마치고 나서 틸리는 보니를 데리고 산책을 나가도 되겠느냐고 물었다.

"로지네 집에 좀 갔다 올게요."

틸리는 가능한 한 평상시 목소리처럼 들리도록 노력했다.

"음, 딱 30분이다. 침실 커튼 만드는 거 네가 도와줘야 해. 할 일이 태산이야. 금요일에 등화관제가 시작될 거야."

엄마가 말했다.

틸리는 보니의 목줄을 꽉 잡고 집을 나서 마당길을 걸어 나갔다. 충격으로 다리가 아직도 후들거렸다. 모든 것이 어떻게 이렇게 많이 바뀔 수 있을까?

틸리는 지금까지 전쟁이 일어날 거라는 말을 곧이곧대로 믿지 않았었다. 비록 커서 간호사가 되겠다고 결심은 했어도 말이다. 그리고 로지는 비밀요원이 되고 싶어 했다. 틸리에게 SOS 모스 부호를 가르쳐 주었다.

딱딱딱
따악따악따악
딱딱딱

하지만 동물들이 모두 죽는다면 상처를 치료하고 암호를 해석하는 게 무슨 소용이란 말인가?

"이 일을 멈추게 해야 해!"

틸리는 로지네 집으로 달려가면서 스스로에게 말했다. 보니는 틸리 옆에서 천천히 따라왔다. 틸리는 팅커벨이 궁금했다. 하지만 로지가 그동안 힘든 시간을 보냈기 때문에, 메간 언니는 팅커벨을 없앨 리 없다고 생각했다. 그런 말로 로지를 흥분시키지는 않을 것이라고.

하지만 문이 열리고 로지의 창백한 얼굴을 보자마자 틸리는 알아차렸다. 로지는 문 손잡이를 지지대 삼아 꽉 잡은 채, 자그마한 몸을 떨고 있었다.

"메간 언니가 내일 팅커벨을 죽인대. 보니는 어때?"

로지가 어깨 너머를 바라보며 속삭였다.

"마찬가지야. 너 총소리 들었어?"

틸리가 묻자, 로지가 고개를 끄덕였다.

"무슨 소리였는데?"

"테드 보우 아저씨가 자기네 강아지를 총으로 쏴 죽였대."

로지가 울음을 참고, 틸리를 현관문 안으로 잡아당겼다. 그러면서 거실을 향해 소리쳤다.

"틸리 왔어, 내 방에 가서 놀게."

그러고는 위층으로 뛰어 올라갔다. 문을 닫고 방 안에 들어서자, 로지는 침대에 털썩 주저앉았다. 침대에서는 팅커벨이 깃털 이불을 앞발로 긁어 대고 있었다. 보니는 바닥에 자리 잡고 앉아, 코를 발에 올려 놓고 틸리를 뚫어지게 바라보았다.

"우리 이제 어쩌면 좋지? 동물을 죽일 수는 없어, 절대로."

로지가 숨죽여 외쳤다.

틸리는 고개를 가로저었다.

"나도 알아. 믿을 수 없는 일이야! 난 아빠한테 어떻게 그렇게 잔인할 수 있냐고 따졌어."

"나도 마구 성질을 부렸어. 형부가 날 달래 줬어. 하지만 메간 언니는 그냥 앉아서 빵에 버터를 발라 먹기만 하는 거 있지! 어쩜 그렇게 무관심할 수 있지? 엄마 아빠라면 그런 끔찍한 말을 절대 하지 않았을 거야."

로지의 목소리는 울먹임으로 바뀌었다.

틸리는 친구 어깨를 감싸 안았다. 그리고 잠시 동안, 둘은 그저 울면서 서로 부둥켜안고 있었다.

이윽고 틸리는 몸을 똑바로 일으켜 이마에 흘러내린 긴 머리카락을 뒤로 쓸어 넘겼다. 틸리는 두 손을 허리에 차고 방 안을 이리저리 왔다 갔다 했다.

"나는 어른들이 무슨 생각을 하든 말든 신경 안 써. 어른들의 생각은 완전히 잘못됐어!"

틸리가 말했다.

"그렇지. 그렇고 말고. 하지만 우리가 뭘 할 수 있지?"

여전히 울고 있는 로지는 딸꾹질을 하며 물었다.

"계획을 세워야지. 이건 우리 전쟁이기도 해. 아침이 오기 전까지 뭔가를 생각해 내야 해."

"있지, 우리가 생각해 낼 수 있을 거야."

잠시 침묵이 흘렀다. 틸리가 조심스레 말을 꺼냈다.

"팅커벨과 보니를 돌봐 줄 수 있는지 다른 아이들한테 부탁하면 어떨까?"

"누가? 다른 아이들한테도 똑같은 일이 벌어지고 있어. 형부가 그러는데, 주말에 전쟁이 시작될 거래. 그러면 곧장 폭탄이 떨어질 테고. 어른들은 강아지들이 미쳐 날뛰며 사람들을 닥치는 대로 물 거라고 생각하고 있어."

"나는 보니가 절대 그렇게 되도록 내버려 두지 않을 거야."

틸리가 충격을 받은 듯한 목소리로 말했다.

"물론 그래야지. 하지만 어른들은 우리가 하는 말을 듣지 않을 거야. 메간 언니는 계속 먹을거리 이야기만 하고 있어. 배급이 어쩌고저쩌고 그러면서 동물한테 먹일 여유가 없을 거라나, 뭐라나."

"하지만 너희 형부는 푸줏간 주인이잖아. 도널드 아저씨는 언제든지 팅커벨한테 먹을 걸 가져다줄 수 있지 않을까, 안 그래? 어쩌면 네가 보니를 위해 조금 남겨 둘 수도 있을 테고 말이야."

"물론이지. 지금 당장 먹을거리가 문제가 되는 건 아니야. 동물들이 죽임을 당하지 않게 하는 게 중요하다고."

둘은 잠시 아무 말도 하지 않고 가만히 앉아서, 열심히 머리를 굴렸다. 이윽고 로지가 말했다.

"얘들을 숨길 수 있다면 좋겠어."

"좋은 생각이야. 그런데 어디에 숨기지?"

"너희 집 마당 헛간은 어때?"

"안 돼. 보니는 밤새도록 갇혀 있으면 낑낑거린단 말이야. 그러면 아빠가 그 소리를 알아차리고 말걸. 좀 더 먼 곳에 숨겨야 해. 아무도 소리를 듣지 못하는 곳 말이야. 하지만 우리가 어떻게 몇 주 동안 이 애들을 숨길 수 있겠어?"

틸리가 여전히 이리저리 걸어 다니며 말했다.

"어쩌면 몇 달이 될지도 몰라. 전쟁은 몇 주 만에 끝나지 않을 거야."

틸리는 고개를 끄덕였다.

"지난번 전쟁도 크리스마스가 되면 끝날 거라고 했었어. 하지만

4년 동안 이어졌잖아? 우리 아빠는 결국 다시 참호로 들어가야 할지도 모른다고 생각하셔."

"우리 형부는 괜찮아. 한쪽 발이 다른 쪽보다 짧거든. 군대에서는 절대 부르지 않을 거야."

"하지만 그렇다고 해서 우리 아빠가 전쟁에 참전하는 걸 두려워하는 건 아니야. 아빠는 겁쟁이가 아니라고."

틸리는 목청 높여 말했다.

"그래! 물론 아니지. 그건 그냥, 그러니까, 너희 아빠가 전쟁에서 많은 걸 보셨을 거야. 형부가 전쟁에 대해 조금 말해 줬어. 자기 형이 죽기 전에 자기한테 해 준 말을……."

잠시 말을 멈추더니, 로지가 나지막하게 중얼거렸다.

"폭탄이 터지면 무슨 소리가 나는지 몰라, 넌 아니?"

틸리는 고개를 가로저었다.

"우리 엄마는 요즘 엄청 겁먹은 표정이야. 두 분이 전쟁에 대해 이야기할 때마다 말이야."

틸리는 폭탄이 자기 집에 떨어지는 장면을 상상하면 엄청 무서운 느낌이 든다는 말을 굳이 덧붙이지 않았다. 방공 대피소가 정말 모두를 안전하게 지켜 줄 수 있을까?

팅커벨은 몸을 쭉 펴고 로지에게 다가왔다. 로지는 책상다리를 하고 침대 모서리에 앉아 있었다. 얼룩고양이 팅커벨은 로지 무릎 위로 살며시 기어들어 한쪽 발을 로지의 가슴에 얹고, 로지의 양모 카디건에 머리를 비벼 댔다.

"그래, 우리 천사, 왜 그래?"

로지가 고개를 숙이며 중얼거렸다. 로지의 곱슬머리가 고양이의 황금빛 털 위로 흘러내렸다.

"사람들이 지난 전쟁에서 정말 끔찍한 시간을 보냈다고 해서, 그게 애완동물들을 죽일 이유가 될 수는 없어. 우리는 애들을 숨겨야 해. 애들을 어디에 숨길지 결정하고, 내일까지 모든 준비를 마쳐야 해."

틸리가 단호하게 말했다. 생각보다 훨씬 더 용감하게 들렸다.

"하지만 우리가 숨길 곳을 찾아낸다 하더라도, 어른들한테는 뭐라고 말할 건데?"

로지는 근심 가득한 얼굴로 틸리를 바라보았다. 틸리는 몸을 숙여 보니의 귀를 장난치듯 어루만졌다.

"아, 그건 쉬워. 우리 애완동물들이 자기가 죽을 걸 알고 미리 도망쳤다고 말하면 돼."

틸리가 말했다.

로지의 초록색 눈동자가 반짝 빛났다. 틸리는 로지의 눈동자가 고양이의 눈동자와 닮았다고 가끔 생각했다.

"정말 끝내주는데! 그렇게 하면 되겠다. 그리고 팅커벨이랑 보니를 어디에 숨길지 지금 기막힌 생각이 떠올랐어."

"거기가 어딘데?"

"숲속 우리 아지트. 조금만 손보면 될 거야. 애들이 누울 수 있도록 지푸라기를 좀 구하고. 애들이 도망가지 못하게 확실히 조치를 해 두는 거야. 네 생각은 어때?"

틸리는 벌떡 일어났다. 보니도 껑충 뛰어올라 틸리의 손을 쿡 찔렀다.

"정말 훌륭한 생각이야. 넌 정말 천재 중에 천재야, 로지 윌슨. 우리가 훌륭한 묘안을 짜 낼 거라는 걸 진작 알고 있었지. 이제 우리는 이렇게 하면 돼. 내일 아침 먹고 곧장, 얘들을 아지트로 데려가는 거야. 그러고 나서 하루 종일 녀석들이 멋지고 편안하게 지낼 수 있도록 해 주자. 그다음에 집으로 가서 잔뜩 혼이 나는 거지."

"팅커벨이 사라졌다는 말을 듣고 메간 언니가 어떤 표정을 지을지 빨리 보고 싶어!"

"나도."

틸리가 말했다.

틸리는 아빠한테 그 이야기를 하면 아빠가 엄청 화를 낼 거라고 생각했다. 하지만 상관하지 않을 거다. 사랑스러운 보니 봉봉을 죽일 생각을 하다니, 그 대가를 톡톡히 치러야 할 거다.

어디든 안전할까?

✳

1939. 8. 28. 월요일

"일 끝나고 와서 저녁 먹기 전에 곧장 할게, 여보. 틸리, 넌 보니 준비시켜 두고."

아빠가 다음 날 아침을 먹으며 말했다.

틸리는 시선을 접시에 고정한 채 고개를 끄덕였다.

"오늘은 멀리 가지 마라. 엄마가 집안일 하는 데 도움이 필요할 거야."

아빠는 자리에서 일어나 의자를 다시 밀어 넣으며 이어 말했다.

하지만 할 수 있는 한 최대한 빨리, 틸리는 집에서 탈출을 감행했다. 부모님이 결혼하고 나서 아빠가 엄마를 위해 중고로 사준 틸리의 자전거 앞에는 큼지막한 나무 바구니가 달려 있었다. 틸리는 바구니 안에 보니의 특별 담요와 찬장에서 꺼낸 물그릇 하나를 넣었다. 엄마가 그 그릇이 없어진 걸 알아차리지 못했으면 했다. 그리고 보니가 오늘 밤에 먹을 수 있도록 아침에 먹고 남은 음식 부스러기도 같이 쌌다.

틸리는 운하 위 다리로 자전거를 몰면서, 아지트를 제대로 준비하려면 하루 종일 걸릴 거라고 생각했다. 엄마가 등화관제 커튼을 만드는 걸 도와달라고 더 이상 잔소리하지 않았으면 좋겠다. 솔직히 말해, 커튼이 얼마나 쓸모가 있을까?

"쿠-이*!"

로지는 다리 위에서 손을 흔들고 있었다. 곧 둘은 낡은 공장 사이의 황무지를 전속력으로 가로지르며, 들판 위를 지나 마침내 숲에 도착했다. 둘은 숨을 헐떡였다. 보니도 미친 듯이 숨을 헐떡이며 주저앉았다.

"보니한테 마실 물이 필요해."

틸리가 말했다.

로지가 오두막 안으로 들어간 사이, 틸리는 그릇을 꺼내 시냇물로 가져갔다. 샌들과 양말을 벗고 원피스를 속바지 안에 쑤셔 넣은 뒤, 보니에게 가장 신선한 물을 가져다주기 위해 시냇물 한 가운데로 들어갔다.

보니는 배고픈 것은 좀 참을 수 있을 테지만 물은 반드시 충분해야 했다.

---

*오스트레일리아 원주민이 높고 길게 외치는 신호.

틸리는 다시 강둑에 돌아와서 양말과 샌들을 집어 들고, 맨발로 공터로 돌아와 물그릇을 내려놓았다.

"밤새 팅커벨을 어디에 둘지 결정했니?"

틸리가 오두막 안으로 들어가며 소리쳐 물었다.

로지는 나무 상자 위에 걸터앉아 있었다. 팅커벨은 로지의 무릎에서 자고 있었다.

"내가 팅커벨에게 특별히 멋진 침대를 만들어 줬어."

로지가 흙바닥 위에 포개어 놓은 자루를 향해 고개를 까딱해 보이며 대답했다. 한쪽 끝에는 눈처럼 하얀 손수건 한 장이 놓여 있었다.

틸리는 메간 언니가 저걸 보면 엄청 화를 내겠다고 생각했다.

"이 안에 확실히 가둬 두지 않으면 팅커벨은 밖으로 나가 다시 길을 잃어버릴 거야."

로지의 목소리는 평소보다 훨씬 더 긴장한 것처럼 들렸다.

보니가 펄쩍 뛰어올라 틸리의 손에 코가 부딪혔다. 마치 이렇게 말하는 것 같았다.

"먹을 거는?"

틸리가 주머니에서 강아지 비스킷을 꺼내자, 보니는 마치 며칠 굶주리기라도 한 것처럼 비스킷을 낚아채 우적우적 씹어 먹었다.

"나도 보니를 묶어 둬야 할까 봐. 보니는 묶이는 거 싫어하는데……."

로지가 고양이의 이마를 만져 보더니 말했다.

"팅커벨이 감기에 걸린 것 같아."

틸리는 눈가에 흘러내린 머리카락을 쓸어 넘기고는 고양이를 바라보았다. 고양이의 황금빛 털은 오늘 아침에는 윤기가 덜한 것 같았다.

"아 불쌍한 것! 팅커벨이 뭐 좀 먹었어? 감기에는 잘 먹어야 하고, 열이 나면 굶어야 해. 우리 엄마가 늘 그렇게 말씀하셔."

"어제 먹다 남은 정어리 반 마리가 있어. 내가 물 좀 떠올 동안 팅커벨 좀 잡고 있어 줄래?"

"내가 갔다 올게. 네가 팅커벨이랑 같이 있어."

틸리가 다시 시냇가로 걸어가자 보니도 뒤따라왔다.

맑은 공기에 새들이 지저귀고 곤충들이 윙윙 날아다니는 걸 보니, 전쟁이 아주 먼 이야기처럼 느껴졌다. 하지만 아지트에서 북쪽으로 몇 킬로미터 떨어진 곳에 활주로가 있다는 걸, 틸리는 어른들한테 들어 알고 있었다. 사람들은 독일이 어디에나 폭격을 퍼부을 거라고 말했다. '웨스트 런던'에 있는 이 동네가 '이스트 엔드'의 부두보다 더 안전한 건 아니다.

어딘들 안전할까? 틸리는 팅커벨에게 먹일 물을 떠서 강둑을 다시 기어오르며 문득 궁금해졌다.

자그마한 고양이는 기운이 좀 나는 것처럼 보였다. 심지어 정어리를 조금 뜯어 먹기도 했다. 로지는 팅커벨을 품에 끌어안고, 오두막 안에서 동물들이 밤을 지낼 수 있게 만반의 준비를 했다.

"보니를 구석에 묶어 둬야겠어. 그곳이 그나마 통풍이 잘 될 것 같아."

틸리가 말했다.

"좋은 생각이네. 공터에 웃자란 풀들이 많이 있어. 그걸 뜯어다가 보니 잠자리를 만들면 될 거야."

로지가 말했다.

"나는 보니한테 주려고 특별 담요를 가져왔어. 집 냄새를 맡을 수 있도록 말이야."

틸리는 빗자루를 집어 들고는 눈에 띄는 거미줄을 거두어 냈다. 그러고 나서 풀을 한 아름 뜯어다가 멋지게 쌓아 정돈했다. 하지만 틸리가 정리를 마치자마자, 보니가 그 위로 허둥지둥 달려들어 풀더미에 코를 박고 풀을 사방으로 흩뜨려 버렸다.

"아 이런, 보니는 아직 잘 준비가 안 된 것 같네."

틸리가 한숨을 내쉬었다.

로지는 가장 큰 나무 상자 안에 풀을 반쯤 채우고, 그 위에 부대와 손수건을 깔았다. 그러고 나서 팅커벨을 조심스럽게 아래로 내렸다. 고양이는 다시 잠이 들었다.

"숨 막히지 않게 덮을 방법을 생각해야겠어."

로지가 말했다.

"음, 밖에 좀 나가서 뭔가 쓸 만한 게 있는지 찾아보자."

둘은 오두막 뒤로 돌아갔다. 그곳에는 온갖 잡동사니가 아무렇게나 쌓여 있었다. 망가진 농기구, 바닥에 커다란 구멍이 뚫린 물통, 깨진 나무판자, 그리고 아무렇게나 뒤섞인 엄청난 양의 밧줄과 노끈 더미…….

"여기 봐."

틸리의 예리한 두 눈이 철사 같은 걸 찾아냈다. 틸리는 그 무더기를 잡아당기기 시작했다.

"이건 철조망 같아. 꽉 뭉쳐 있는데."

틸리는 숨을 헐떡이며 더 세게 잡아당겼다.

로지가 한쪽 모퉁이를 꽉 잡고, 둘이 함께 잡아당겼다. 하지만 꿈쩍도 하지 않았다. 틸리는 치맛자락을 들어 올려 이마를 닦았다. 치마에 칙칙한 줄무늬가 묻어났다.

"이런, 젠장! 좋아, 어쨌거나 파내야겠는데."

틸리는 중얼거리며 열심히 낑낑거렸다. 하지만 소용없었다.

"이제 어쩌지?"

틸리는 잠시 손을 멈추고 생각했다. 그리고 나서 오두막 안으로 들어가 부러진 빗자루를 들고 나왔다. 틸리는 손잡이를 철사 밑으로 쑤셔 넣었다. 그러고는 지레처럼 힘껏 아래로 움직였다.

"나 좀 도와줘, 로지."

로지는 부러진 막대기에 온 힘을 주었다. 손이 땀으로 미끄러웠지만, 마지막으로 한번 더 힘껏 움직였다.

"됐어!"

틸리가 소리쳤다.

무더기가 움직이며, 뒤엉킨 철사 줄이 드러났다.

틸리는 허리를 숙여 철사 조각을 꽉 잡았다.

"이거면 돼. 이 줄로 제대로 묶을 수 있을 거야."

이제 팅커벨의 우리를 만들 준비가 되었다. 틸리는 보니를 위해 무더기에서 단단한 밧줄을 찾아낸 뒤, 샌드위치를 먹을 준비를 했다. 둘은 공터의 양지바른 곳에 앉았다. 그러고 나서 틸리가 아침 내내 마음속에 담고 있던 말을 끄집어냈다.

"이건 정말 좋은 생각이야. 하지만 얼마나 괜찮을까?"

"그게 무슨 말이야?"

"있잖아, 아빠는 우리가 다음 주 화요일에 피난을 간다고 했어."

"뭐라고? 나는 몰랐어. 메간 언니는 아직까지 아무 말도 안 해 줬어."

로지의 두 눈은 놀라움에 커져 있었다.

둘은 잠시 서로를 바라보았다. 이윽고 로지가 말했다.

"우리가 동물을 데려갈 수 없을까? 그러면 모든 게 다 해결될 텐데."

"아빠가 그러는데, 우리를 돌봐 줄 사람들이 동물을 원하지 않을 거래."

"아……."

둘은 잠시 동안 아무 말도 하지 않고 가만히 앉아 있었다. 문득, 틸리가 말했다.

"그렇다면 우리가 생각해 내야 해. 우리가 멀리 떠났을 때 보니와 팅커벨을 어떻게 할지 말이야."

로지는 저 먼 곳을 물끄러미 바라보며 중얼거렸다.

"메간 언니한테 부탁해 봐야 뾰족한 수가 없어. 우리가 방법을 찾아야 해, 틸리. 우리가 해야 한다고."

"나도 알아."

하지만 틸리는 어디서부터 시작해야 할지 도무지 실마리를 찾을 수 없었다. 만약 아빠가 말한 것처럼 모두가 자신이 키우던 애완동물을 죽인다면, 도대체 누구한테 부탁할 수 있을까?

점심을 먹고 나서, 둘은 미리 시험해 보기로 했다. 틸리는 보니의 목걸이에 목줄을 걸고, 목줄 끝 고리에 두툼한 밧줄을 밀어 넣었다. 잡동사니 무더기 위에서 틸리가 찾아낸 줄이었는데, 보니가 일어서서 몇 걸음 걸을 수 있을 정도로 적당한 길이였다.

틸리는 밧줄의 다른 한쪽을 벽에 툭 튀어나온 기둥에 리본 모양으로 단단하게 묶었다. 아빠는 그렇게 묶는 게 가장 튼튼하다고 늘 말했었다. 보니는 목줄에 묶이자마자 애처롭게 낑낑거리기 시작했다. 이제 틸리가 밧줄이 느슨해지지 않도록 단단히 잡아당기자 요란하게 컹컹거리더니, 온 힘을 다해 목청껏 짖어 댔다.

"나도 알아, 우리 아기. 하지만 참아야 해. 밤에만 이렇게 묶어 둘 거야, 내가 약속할게."

틸리가 보니한테 말했다.

보니는 그 말을 들으려 하지 않았다. 처음에는 무슨 일인가 궁금해서 짖는 소리였는데, 이제는 점점 더 시끄럽게 짖었다. 틸리는 이 소리가 얼마나 멀리까지 들릴지 궁금했다.

"내가 들판으로 나가 볼게. 보니가 짖는 소리가 거기서도 들리는지 확인해 볼게."

틸리가 로지한테 말했다. 로지는 여전히 낑낑대며 팅커벨의 우리에 철망을 달고 있었다. 로지는 고개를 끄덕였다. 혀를 한쪽으로 쑥 내민 채 철사를 가지고 씨름했다.

틸리는 오두막 밖으로 나가 잡목림을 헤치고 나갔다. 보니의 짖는 소리가 틸리의 귀에 울려 퍼졌다. 틸리는 들판을 가로질러 달려갔다. 틸리가 마침내 들판 한가운데에 이르렀지만, 보니가 짖는 소리는 그다지 희미해지지 않았다. 하지만 틸리가 공장에 거의 다 갔을 즈음, 개 짖는 소리는 들리지 않았다.

"이 정도면 됐어."

틸리는 다시 오두막으로 뛰어갔다.

"이제 갈 시간이야."

틸리가 다시 오두막에 나타났을 때, 로지가 자기 시계를 보며 말했다.

두 사람이 두려워하던 시간이 마침내 다가왔다. 밤새도록 동물들을 이렇게 남겨 두어야 했다. 만약 애들한테 무슨 일이라도 생긴다면…….

틸리는 생각하는 것만으로도 도저히 견딜 수 없었다.

"철사는 정말 괜찮을까?"

틸리는 마지막 이별의 순간을 늦추며 물었다.

로지가 고개를 끄덕였다.

"어쨌든 팅커벨은 감기 때문에 오랫동안 잠들어 있을 거야. 그러니까 팅커벨이 탈출하려고 하지는 않을 것 같아."

틸리는 보니에게 다가갔다. 보니는 이제 짖지 않고 틸리를 올려다보았다. 마치 이렇게 말하는 것 같았다.

"실컷 놀았어. 이제 집에 가자."

"오늘 밤은 아니야, 우리 귀염둥이."

틸리는 몸을 숙여 입 맞추며 말했다. 틸리는 축 늘어진 두 귀를 쓰다듬어 주었다. 그러자 보니가 혓바닥을 쑥 내밀어 틸리의 뺨을 핥았다.

해는 이미 숲 뒤로 사라지고, 오두막에서 빛이 희미해졌다. 밤새도록, 그리고 어쩌면 앞으로 수많은 밤 동안, 동물들이 갇혀 있어야 할 곳이었다. 오늘따라 오두막이 너무 춥고, 귀신이 나올 것처럼 느껴졌다.

"너무 겁먹지 말고, 외로워하지도 마."

틸리가 속삭였다.

"보니 옆에는 팅커벨이 있잖아. 우린 빨리 집에 가서 애들이 도망갔다고 말해야 해. 정말 무시무시해. 메간 언니가 엄청 화를 낼 거야."

로지가 작은 목소리로 말했다.

틸리도 살짝 겁이 났다. 아빠가 뭐라고 할까? 아빠가 눈치채고 오두막에 가서 보니를 데리고 오지는 않을까?

"매도 일찍 맞는 게 낫겠어."

틸리가 말했다.

아이들은 천천히 뒷걸음으로 오두막을 나서며, 사방에 입맞춤을 날려 보내고 눈물을 닦았다.

보니가 짖기 시작했다. 시끄럽게 짖어 댔다. 가슴 찢어질 것 같은 소리였다. 틸리가 들판을 가로질러 가는 내내 보니가 짖는 소리가 들려왔다. 틸리는 뒤돌아 갈 뻔했다. 하지만 자신이 아끼는 동물 앞에 놓인 끔찍한 운명을 생각하면 앞으로 계속 가야 했다.

집에 도착하니, 두 다리에 힘이 빠지고 후들거렸다. 아빠가 계단을 내려오고 있었다.

"보니는 어디 있니? 시간이 됐다."

아빠가 말했다.

아빠의 손에 목줄이 쥐어져 있었다. 마치 교수형 집행인의 밧줄처럼 보였다.

숲속 동물원

✳

1939. 8. 28. 월요일 저녁 ~ 8. 29. 화요일

아빠는 저녁 식사 내내 아무 말도 하지 않았다. 엄마는 근심 가득한 표정을 하고 이리저리 분주하게 움직였다. 틸리는 밥을 아주 조금만 먹고, 아무도 보지 않는 틈을 타 음식을 무릎 위에 몰래 숨겼다. 그리고 냅킨을 식탁 아래로 미끄러지듯 가져가 음식을 쌌다. 그러고 나서 말했다.

"일어나도 되지요?"

"네 방독면은 어디 있니? 설마 그것도 잃어버렸니?"

아빠가 사납게 물었다.

"아…… 아니요, 물론 아니에요."

틸리가 우물거렸다.

"여보, 정말 웃기지 않아? 강아지를 수의사한테 데리고 가겠다

고 말한 바로 그날, 강아지가 달아났으니 말이야."

엄마는 고개를 끄덕였지만 아무 말도 하지 않았다.

아빠가 말을 이었다.

"내가 오늘 일 끝나고 집에 오는 길에 말이야, 가게 앞에서 인사를 나누는데, 도널드가 그러더라고. 로지 고양이 팅커벨도 없어졌다고 말이야. 그건 뭐라고 말할 거냐?"

"로지하고 저는 사방팔방 보니를 찾고 또 찾아봤어요. 분명히 곧 돌아올 거예요, 아빠."

꾹 참고 있던 눈물이 틸리의 두 눈에서 주르르 흘러내렸다. 틸리는 냅킨에 얼굴을 파묻었다.

"나는…… 보니를…… 정말 사랑해요. 그런데 보니가…… 없어졌다고요!"

엄마는 자리에서 일어나 틸리를 끌어안았다. 틸리는 친숙한 요리 냄새에 코를 킁킁거렸다.

"저런, 저런, 우리 딸, 아빠하고 엄마는 잔인하게 굴려는 게 아니야. 그렇지, 여보?"

엄마가 중얼거렸다.

"당연하지, 물론 아니고 말고."

아빠가 누그러진 목소리로 말했다.

틸리가 고개를 들어 보니, 아빠의 두 귀가 약간 불그스름해져 있었다. 아빠는 흥분하면 항상 귀가 그렇게 붉어졌다.

아빠가 미안해하고 있다고, 틸리는 생각했다. 그래서 하마터면 진실을 밝힐 뻔했다.

하지만 아빠의 말에 틸리는 이내 말을 삼켰다.

"우리에겐 선택의 여지가 없어. 우리는 전쟁 내내 애완동물을 키울 수 없단다. 안 그래, 여보?"

엄마는 고개를 절레절레 젓고, 앞치마 귀퉁이로 눈물을 훔쳤다.

무엇도 부모님의 미음을 돌리지 못할 거라는 걸 틸리는 깨달았다. 게다가 틸리는 이 비밀을 전쟁 내내 지켜야 한다는 것도 알았다. 어쩌면 몇 년이 될지도 몰랐다.

그날 밤 침대에 누워, 차갑고 어두컴컴한 오두막에 있는 보니를 떠올렸다. 분명 보니는 틸리가 자기를 버렸다고 생각하겠지. 틸리는 스르르 잠이 들었다.

화요일 아침은 맑고 화창하고 해가 쨍쨍 빛났다. 틸리는 아침을 먹고 밖으로 달려 나갔다. 자전거를 집어 들고 페달을 밟아 운하 위 다리에서 로지를 만났다. 아무 말 없이, 둘은 최대한 빨리 아지트로 자전거를 몰고 갔다.

자전거를 공터에 내동댕이치자, 보니가 짖어 댔다. 틸리는 문 안으로 쏜살같이 달려 들어갔다. 로지가 뒤에서 헐떡거리며 쫓아왔다. 틸리는 강아지를 부둥켜안았다. 보니는 밧줄에 매달려 앞으로 뛰어오느라, 목이 꽉 조일 지경이었다.

"아, 귀여운 보니, 괜찮아. 감사합니다, 하나님."

보니는 틸리의 팔에 껑충 뛰어올랐다. 거친 혓바닥이 틸리의 뺨과 코를 핥고 또 핥았다. 틸리는 강아지 냄새를 맡으며, 어떻게 보니를 다시 혼자 내버려 둘 수 있을까 걱정스러웠다. 지난밤에는 잠들기가 너무 어려웠다. 귀여운 강아지가 틸리의 다리께에 털썩 누워 있지 않았기 때문이다.

로지는 팅커벨에게 중얼거렸다.

"좋은 아침이야, 우리 천사. 나한테 아침 뽀뽀해 주지 않을래?"

틸리는 보니를 풀어 주었다. 보니는 컹컹 짖어 대며 밖으로 달려 나갔다. 문가에서 기다리며 또 짖어 댔다. 틸리는 보니를 혼자 두고 싶지 않았다.

"팅커벨 괜찮아?"

보니를 따라 나가던 틸리가 멈칫하며 물었다.

"팅커벨은 아직 자고 있어. 그래도 따뜻하고 편안한가 봐. 너는 보니랑 밖에 나가 봐."

로지가 대답했다. 그러고는 고양이를 자기 무릎으로 끌어당기며 작고 둥근 코에 입을 맞추었다.

틸리는 마음 놓고 밖으로 달려 나갔다. 보니도 준비가 되었다. 둘은 시냇가로 달려 내려가 물장구도 치고 물도 마셨다. 어젯밤의 그 모든 두려움은 자신이 사랑하는 강아지를 보는 순간 감쪽같이 사라졌다.

"보니 봉봉, 사랑해!"

틸리는 기쁨에 소리쳤다. 그러자 보니가 물장구를 잠시 멈추고는 컹컹 짖었다.

한참 동안 강에서 물을 마시고 놀고 나서 오두막으로 다시 걸어 오는데, 틸리의 귀에 함성과 웃음소리가 들려왔다. 이윽고, 자전거 여러 대가 잡목림을 헤치고 공터로 들어왔다.

누군가 큰 소리로 외쳤다.

"저기 봐, 틸리다."

캐널 스트리트 학교에 디니는 네빌 스쿠너였다.

"아, 안 돼."

틸리는 혼자 투덜거렸다.

네빌은 틸리와 로지와 같은 열네 살이었다. 네빌은 남동생 시드니와 여동생 팸과 함께 있었다. 시드니는 열두 살인데, 다른 스쿠더 집안 아이들과 마찬가지로 헝클어진 금발이었다. 헝겊을 덧댄 회색 바지 사이로, 시드니의 앙상한 두 다리가 삐죽 튀어나왔다. 시드니는 틸리 앞에 갑자기 멈추어 서더니 자전거에서 폴짝 뛰어 내렸다. 시드니한테 자전거가 너무 커서 어쩔 수 없었다.

"네빌 형, 저기에 불 피우자."

"닥쳐."

네빌은 자기 자전거를 멈춰 세우며 숨을 헐떡거렸다.

팸은 이제 아홉 살밖에 안 되었는데, 네빌 옆에 자전거를 세우고는 코를 킁킁거렸다. 얼굴에는 눈물 자국이 있었다. 팸이 입은 카디건은 너무 작은 데다 옷단 주위로 실이 풀어져 있었다. 헝겊을 덧댄 회색 스커트에 양말도 신지 않은 맨발에 운동화를 신고 있었다. 스쿠더 집안 아이들은 목욕은커녕 세수도 안 하는 것 같았다.

"틸리 언니, 네빌 오빠가 그러는데 언니가 애완동물들을 구해 줄 거라면서?"

팸이 틸리에게 묻고서는 울음을 앙 터트렸다.

네빌은 팸에게 입 닥치라고 말했다.

로지가 팅커벨을 꼭 안고 오두막에서 나왔다. 로지는 눈썹을 치켜떴다.

"우리를 어떻게 찾았어?"

틸리가 네빌에게 따져 물었다.

"너희를 따라왔지. 저 안에 너희 동물을 두었지? 어른들이 우리 동물을 죽이려고 해."

네빌은 틸리만큼 키가 크지 않았다. 게다가 비쩍 말랐다. 틸리는 언젠가 한번 수영장에서 본 네빌의 모습이 떠올랐다. 네빌의 갈빗대가 양쪽 좁은 가슴 옆으로 툭 튀어나와 있었다.

스쿠더 집안 아이들은 자기들이 다니는 학교 근처, 운하 옆에 살고 있었다. 틸리 엄마가 말한 적이 있었다. 그 집에 아이가 새로 태어났는데, 아이들 엄마 몸 상태가 아주 안 좋다고.

"저 아이들하고 가까이 지내지 마. 이라든가 옴 따위가 옮을 수 있어."

엄마가 이마를 찌푸리며 말했었다.

하지만 틸리와 로지는 스쿠더 집안 아이들이 무척 유쾌하고, 무서움을 모른다고 생각했다. 하지만, 저 아이들이 비밀을 지킬 수 있을까?

"있잖아, 여긴 우리 아지트야. 여름 내내 여기서 지냈어. 여긴 우리 비밀 장소야."

틸리가 말했다.

"어쨌든 기니피그하고 클로버 좀 구해 줘."

팸이 흐느끼며 말했다. 그러더니 더 크게 또 울음을 터트렸다.

"아빠가 그러는데, 냄비에 넣어 버린대."

시드니가 말했다

"기니피그를 먹을 수는 없어."

틸리가 말했다.

"사실, 먹을 수 있어. 남아메리카에서는 기니피그를 키워. 그쪽 사람들은 우리가 토끼를 먹는 것처럼 기니피그를 먹는대."

로지가 말했다.

"클로버를 먹을 수는 없어, 절대. 왜냐하면 난 클로버를 사랑하니까. 내가 코튼 선생님한테 말했어. 클로버한테 어떤 일도 일어나지 않게 하겠다고 말이야."

팸이 흐느껴 울었다.

팸은 네빌의 자전거 앞에 있는 커다란 바구니에 손을 넣어 낡은 마직물 한 조각을 옆으로 잡아당겼다. 지저분해 보이는 신문 안에 기니피그 두 마리와 하얀색 동그란 꼬리가 달린 포동포동한 갈색 토끼 한 마리가 들어 있었다. 팸은 토끼 목덜미를 잡고 들어 올려, 두 팔에 감싸 안았다.

"세상에, 토끼를 교수형에 처하려는 것처럼 보이잖아."

로지가 말했다.

"클로버는 이렇게 하는 거 좋아해."

팸이 말했다.

"모두 학교에서 가져온 것들이야. 팸이 방학 동안 녀석들을 돌보겠다고 했어. 왜 그랬는지는 모르지만……."

네빌이 말했다.

"내가 이 애들을 좋아하기 때문이야."

"입 닥치라고 했지!"

네빌이 팸 쪽으로 주먹을 휘두르더니 이어 말했다.

"어쨌든 학교에서 녀석들을 다시 안 받으려고 해. 전쟁이 곧 시작될 테니까. 코튼 선생님이 어젯밤에 우리 집에 와서 아빠한테 말했어. 아빠는 녀석들을 잡아먹겠대. 하지만 팸은……."

네빌은 눈썹을 치켜뜨고는 자기 자전거를 나무에 받쳐 두었다.

"하지만 난 녀석들을 일 실링에 팔 수도 있었어."

시드니가 말했다.

"크리스마스를 보고 싶다면 그럴 수 없을걸."

팸이 시드니를 누려보며 말했다.

"제발, 틸리 언니! 언니가 동물을 돌봐 주면 안 돼?"

"우린 못 해."

틸리가 입을 열었다.

그러자 로지가 말했다.

"좋아, 당연히 우리가 돌봐 줄 수 있지. 우리는 어른들한테서 동물을 구해야 해. 이 세상에 동물이 더 이상 남아나지 않기 전에 말이야. 그러니까 이제 우리에게는 고양이 한 마리, 강아지 한 마리, 그리고 기니피그 두 마리와 토끼 한 마리가 있는 거네."

틸리가 너무 많다고 말하려는 순간, 어디선가 흥겨운 휘파람 소리가 들려왔다. 잡목림 너머를 바라보니, 벤슨 부인의 아들 알렉이 길고 네모난 수조를 손에 들고 다가오고 있었다.

"네빌이 애완동물 은신처에 대해 말해 줬어. 네가 프레디를 맡아 줬으면 좋겠다."

알렉이 수조를 땅에 조심스럽게 내려놓으며 말했다. 알렉은 앞챙이 있는 모자를 쓰고, 반짝이는 단추가 달린 두툼한 파란색 재킷과 묵직한 구두를 신고 있었다. 알렉은 열일곱 살인데, 얼마 전에 런던 동물원에서 일하기 시작했다.

"그건 어디서 가져온 거야?"

틸리가 유리벽 너머 수조 안을 빼꼼 바라보면서 물었다. 보이는 거라고는 나뭇잎과 잔가지들뿐이었다.

"동물원에서. 내일 파충류 우리에 난방을 중단할 거야. 그러면 독사와 거미 같은 동물들이 모두 죽게 될 거야."

알렉이 말했다.

"그것도 괜찮지."

네빌이 중얼거렸다.

"어떻게 그런 식으로 말할 수 있어!"

로지가 앞으로 한 걸음 걸어 나오며 소리쳤다. 로지의 초록색 눈동자가 반짝였다.

"뱀도 다른 동물들처럼 살 권리가 있다고. 거미, 사자, 호랑이 같은 동물들도 다 마찬가지고."

"음, 나도 그 말에 동의해, 하지만……."

틸리가 말을 꺼냈지만, 알렉이 콧방귀를 뀌며 끼어들었다.

"자, 내 말 좀 들어 봐! 만약 동물원에 폭탄이 터져 비단뱀이 탈출한다면……."

"설마!"

시드니가 말했다.

"비단뱀이 네 멋진 고양이를 통째로 삼켜 버릴 거야."

알렉이 말을 끝마쳤다.

로지가 턱을 치켜 올리며 말했다.

"음, 코끼리랑 사자랑 호랑이는 어떻고? 녀석들은 주변을 뛰어다니며 사람을 짓밟고 먹어 치울 거야……."

"그리고 죽을 때까지 뿔로 들이받을 거야."

시드니가 소리쳤다.

시드니는 막대기 하나를 주워 들고 허공에 찔러 댔다.

"우리, 검투사 시합해도 돼!"

"입 닥쳐."

네빌이 말했다.

"그건 정말 지독하게 창피한 일이야. 아주 희귀한 뱀도 있어. 뱀에게 나 있는 무늬를 보면 알아. 정말로 아름답다니까. 나는 살아 있는 동물한테는 무슨 짓도 하지 않을 거야. 우리는 동물원에서 모두를 똑같이 먹여. 녀석들이 아주 화가 많이 나 있어. 난 분명히 알 수 있어. 동물원에는 새를 잡아먹는 거미하고 전갈도 있어. 하지만 동물원 관리소장이 그러는데, 동물원에 폭탄이 떨어진다면, 독이 있는 동물들은 동물원을 탈출해서 사람들을 죽일 수도 있대. 그런데 동물원에서는 코모도왕도마뱀은 죽이지 않을 거래. 그 녀석하고 몸집이 큰 다른 동물들은 모두 런던 교외에 있는 '휩스네이드' 동물원 같은 곳으로 옮길 거래. 그러니까 코끼리 같은 동물은 걱정할 필요가 없어."

알렉이 말했다.

"그 말 들으니 안심이 되네. 그런데 저 수조 안에는 뭐가 든 거야?"

틸리가 물었다.

"프레디. 지난 토요일에 녀석이 태어나는 걸 지켜봤어. 그래서 사람들이 이 녀석을 죽이는 걸 가만 보고 있을 수가 없었어."

알렉이 말했다.

"프레디가 뭔데?"

로지가 가까이 다가와 수조를 빼꼼 들여다보며 물었다.

"새끼 코브라야."

"뭐라고!"

로지는 꽥 비명을 지르며 뒤로 주춤주춤 물러섰다.

"녀석은 진짜 안전해. 내가 녀석을 돌볼 거야. 제발 이 녀석을 좀 받아 줘, 틸리. 난 이 녀석이 죽게 내버려 둘 수 없단 말이야."

알렉이 말했다.

"동물원이 숲으로 옮겨 온 것 같아. 안 그래, 틸리 누나?"

시드니가 말했다.

틸리는 로지와 눈빛을 주고받았다. 로지는 틸리를 향해 힘주어 고개를 끄덕였다. 틸리는 두 뺨을 바람으로 가득 채웠다가 팔짱을 끼며 말했다.

"음, 내 생각에 이곳이 임시 동물원이 된 것 같은데."

모두 환호했다. 알렉은 모자를 뒤로 눌러쓰며 활짝 웃었다.

이윽고, 로지는 틸리가 '메간 언니 목소리'라고 부르는 말투로 말했다.

"모두 아주 좋아. 하지만 우리는 이걸 정말 끝까지 비밀로 지켜야 해. 안 그러면 우리 동물원은 오래 가지 못할 거야."

"다른 아이들도 자기 애완동물을 구하기 위해 이곳에 도움을 요청하면 어떻게 하지?"

알렉이 물었다.

"여긴 이미 꽉 찼다고."

네빌이 중얼거렸다.

"아니, 안 그래. 이곳은 교실만큼 커."

시드니가 말했다.

틸리는 곰곰 생각했다. 그러고 나서 말했다.

"암호가 필요해. 그래서 우리가 믿을 수 있는 사람들한테만 우리 숲속 동물원에 대해 말해 주는 거야."

"나도 똑같은 생각을 했어. 마침 좋은 게 떠올랐어. '물동 이먹' 어때? '동물 먹이'를 단어마다 거꾸로 읽은 거야."

로지가 말했다.

"그래, 바로 그거야. 좋아, 모두 아이들한테 자기 동물을 숨기고 싶으면 어디로 오면 되는지 말해 줘. 암호도 알려 주고. 우리는 잡목림에서 교대로 지키고 있을 거야. 근처에 오는 사람은 누구나 암호를 대야 해. 암호를 말한 사람에게만 아지트를 보여 주는 거야."

틸리가 말했다.

모두가 동의했다. 로지가 말을 이었다.

"우리 동물들이 저녁을 보낼 자리를 마련하는 게 좋겠어."

모두 일을 시작했다. 잠자리를 준비하는 동안, 아이들은 모두 웃고 떠들었다. 팸은 싱싱한 풀을 한 아름 뜯어서 기니피그와 토끼를 위해 나무 상자를 따로따로 가득 채웠다. 네빌과 시드니는 오두막 뒤쪽에서 철사를 찾아내, 나무 상자 꼭대기마다 그 위로 철사를 두르고, 줄로 꽁꽁 묶었다.

"이렇게 하면 여우가 못 올 거야. 안 그래, 틸리 누나?"

시드니가 말했다.

팸은 다시 흐느끼기 시작했다. 네빌은 팸에게 입 다물라며 윽박질렀다. 알렉의 수조는 어두운 구석에 자리 잡았다.

"프레디를 따뜻하게 해 줘야 해. 녀석을 어떻게 하면 좋을지 알아내기 전까지……."

알렉이 틸리에게 말했다.

"프레디는 뭘 먹어?"

알렉은 방긋 웃으며 주머니에서 죽은 쥐 한 마리를 꺼냈다. 틸리는 깜짝 놀랐지만, 비명을 지르지 않아 스스로 대견하다고 생각했다. 열일곱 살 알렉이 자신을 꼬맹이 울보로 생각하는 건 싫었다. 동물원 사육사는, 비록 초보 동물원 사육사라 할지라도, 도움이 될 것이다.

알렉은 수조 꼭대기에 놓인 묵직한 금속 뚜껑을 옆으로 밀치고 그 안에 쥐를 떨어뜨렸다. 뱀은 꼼짝하지 않았다.

"배가 안 고픈가 봐."

틸리가 말했다.

"지금 추워서 그래. 아침에 다시 와서 잠깐 햇볕을 쬐도록 밖으로 데리고 나갈게. 녀석이 금방 깨어나서 먹기 시작할 거야. 두고 봐."

"나도 보고 싶어."

시드니가 수조 앞으로 몸을 기울이며 말했다.

"자, 잘 들어, 꼬마야. 너는 무슨 일이 있어도 이 수조를 절대 만져서는 안 돼. 네 손가락이 뚜껑이나 그 근처 어디든 있는 게 내 눈에 띄기만 하면, 그 손가락 싹둑 잘라 버릴 테니까 그렇게 알아."

알렉이 사나운 얼굴 표정을 하고서 똑바로 바라보며 말했다.

시드니는 반항하듯 턱을 앞으로 쑥 내밀었다. 하지만 마지못해 고개를 끄덕이고는 두 손을 주머니에 찔러 넣었다.

"자, 이제, 저 녀석이 이 근처에 얼씬도 하지 못할 거야."

알렉이 틸리에게 말했다.

틸리는 동물들과 또다시 가슴 찢어지는 작별을 하고 나서 자전거를 타고 집으로 향했다. 이런 게 전쟁일까? 틸리는 궁금했다.

테드 보우 아저씨는 자기 개를 총으로 쏴 죽였다. 아빠는 보니를 죽이려 했다. 알렉이 겁을 주지 않았다면 시드니는 뱀에 물려 죽을 수도 있었다.

로테와 루디

✳

1939. 8. 29. 화요일 저녁

틸리는 저녁을 먹으려고 자리에 앉기 전에 방독면 상자를 찾아야 했다. 그래야 아빠가 또다시 잔소리하지 못할 테니까. 틸리는 방독면 상자를 침대 밑에서 꺼내, 끈을 어깨에 메고 아래층으로 내려와 부엌으로 들어섰다.

아빠는 신문을 읽고 있었다.

"당신은 어떤 소문이 돌고 있는지 믿지 못할 거요, 여보."

아빠가 말했다.

아빠는 틸리의 방독면을 보고는 고개를 까닥했다. 그러고 나서 말을 이었다.

"이 기사 좀 들어 봐요. 버스를 기다리며 어떤 여자가 옆 사람한테 말했다고 한다. 사람들이 거리 한복판에 그대로 똑바로 선 채 죽게 만드는 가스가 있대요."

"아, 그 말이 사실인 것 같아요. 벤슨 부인이 지난주에 비슷한 말을 했어요."

엄마가 말했다.

"아, 정말 끔찍해요."

틸리가 얼굴을 찡그리며 말했다.

"맙소사. 그건 모두 엉터리야. 그냥 멍청한 전쟁 소문에 불과해."

아빠가 말했다. 그러고는 틸리에게 환하게 웃으며 말했다.

"벤슨 부인이 하는 말은 아무것도 귀담아 듣지 마라. 빵하고 버터 좀 이리 건네줘, 틸리. 그리고 엄마가 그릇 꺼내는 것 좀 도와드리고."

틸리는 식탁을 차리면서 말했다.

"오늘 이런 이야기도 들었어요. 지난 전쟁에서 이런 소문이 있었대요. 러시아인들이 군화에 눈을 묻힌 채 이스트 엔드에 상륙했다고요."

아빠가 껄껄 웃었다.

"그것 또한 소문에 불과해. 음, 멍청한 전쟁 때문에 유머감각을 잃어버리지는 않겠지, 여보?"

하지만 엄마는 그저 이마를 닦고 스튜를 그릇에 담기만 했다.

"아빠는 전쟁이 터졌으면 좋겠어요?"

보니한테 줄 스튜하고 으깬 감자를 남길 수 있는 방법이 없을까 궁리하면서 틸리가 물었다.

"아니, 물론 아니지. 하지만 우린 히틀러를 막아야 해. 안 그러면 모두 무사하지 못할 거야."

아빠는 으깬 감자를 고기 국물에 섞고 나서 좀 더 신중하게 말했다. 마치 자신이 딸을 겁먹게 하지는 않았는지 걱정이라도 하는 것 같았다.

"하지만 걱정할 거 없어, 얘야. 너는 전쟁에서 멀리 떨어져 피난가 있을 테니까."

자신은 보니를 끊임없이 걱정할 거라고, 틸리는 생각했다. 아빠는 왜 이해하지 못하는 걸까?

식사를 다 마쳤을 때, 현관문에서 누군가 문을 똑똑 두드렸다.

"늦은 시간에 누구지?"

엄마가 말했다.

"제가 나가 볼게요."

틸리가 말했다.

식탁에서 빠져나가는 게 살짝 마음이 놓였다. 틸리는 복도로 달려가 현관문을 열었다. 계단 위에 열일곱 살 정도 되어 보이는 여자아이기 서 있었다. 얼굴이 무척 창백하고 눈 밑에는 짙은 그늘이 드리워져 있었다. 무언가에 쫓기는 듯한 표정이었다. 하얀색 평범한 블라우스와 검정색 치마를 입고 있었는데, 두 갈래 땋은 머리가 단정했다.

"부탁 좀 들어줘, 난 로테라고 해."

독일 억양이 묻어 있었다.

틸리는 로테를 바라보았다. 전쟁이 시작되어서 적이 이미 집 앞에 와 있는 게 아닐까 하는 생각이 들었다. 혹시 군인들이 행진하며 지나가지는 않는지, 거리 이쪽저쪽을 살폈다. 하지만 그날의 마지막 편지를 배달하는 우편배달부 말고는 아무도 없었다.

"누가 왔니?"

엄마 목소리가 복도에 크게 울렸다.

"부탁이야, 틸리. 네가 날 좀 도와줘야겠어. 여긴 내 불쌍한 동생, 루디야."

로테는 팔을 뒤로 내려, 자그마한 사내아이를 앞으로 잡아당겼다. 루디는 로테와 똑같이 짙은 눈동자에 어딘가 아픈 표정이었다. 루디는 로테보다 훨씬 더 창백해 보였다. 루디는 회색 반바지와 회색 교복 셔츠를 입고 있었다. 그리고 팔에는 틸리가 처음 보는 사랑스럽고 자그마한 닥스훈트* 한 마리가 안겨 있었다.

"사람들이 이 녀석을 죽이려 해."

로테가 속삭였다.

그 순간, 틸리는 강아지를 두고 하는 말이라는 걸 깨달았다.

틸리는 휙 돌아서서 크게 소리쳤다.

"학교 친구들이에요, 아빠. 제 방에 올라가서 잠깐 얘기 좀 할게요."

아빠가 미처 대답하기도 전, 아니 아빠가 누가 왔는지 보러 복도

---

*독일이 원산지인 개의 한 품종.

로 나오기 전, 틸리는 손가락을 입에 대고, 이쪽으로 가라고 손짓으로 알려 주었다. 모두 아무 말 없이 계단으로 단숨에 올라가 틸리의 방 안으로 들어갔다.

틸리는 방문을 닫고 숨을 내쉬었다.

"휴! 아슬아슬했어. 아빠가 집 안에 강아지가 있다는 거 아시면 안 돼. 어른들은 애완동물을 모조리 죽이려 한단 말이야."

루디는 옅은 갈색 강아지 털에 얼굴을 비벼 댔다. 강아지 털은 비단처럼 부드러워 보였다. 강아지는 기다랗고 가느다란 코를 루디의 팔에 올려놓았다. 틸리는 이 강아지의 짙은 눈동자가 보니 눈동자만큼 예쁘다고 생각했다. 보니가 오두막 안에서 아직도 틸리를 찾아 짖고 있지는 않을지 불현듯 궁금해졌다.

"알렉 벤슨이 옆집에 살아. 알렉이 우리한테 말해 줬어. 네가 애완동물들을 안전하게 지켜주고 있다고 말이야. 우리에게 암호도 알려 줬어. 하지만 그 암호를 까먹었어. 미안해, 틸리. 나는 제발 우리 하노를 살려 달라고 부탁하러 온 거야."

로테는 틸리를 창문 쪽으로 잡아당기며 속삭였다.

"무니를 살리려면 하노도 살려야 해. 루디는 영국에 온 뒤로 아무 말도 하지 않고 있어. 루디는 지금 향수병에 심하게 걸려 있어."

"어디서 왔는데?"

틸리가 물었다.

"독일 프랑크푸르트."

로테는 틸리의 두 눈을 바라보더니 이내 시선을 돌렸다.

"독일 말이야?"

로테는 고개를 끄덕이더니 다시 틸리를 바라보았다. 그러면서 재빨리 말했다.

"하지만 우리는 네 적이 아니야, 틸리. 제발 내 말 믿어 줘. 수많은 독일 사람들이 히틀러하고 나치를 피해서 도망쳤어. 우리도 너처럼 히틀러를 싫어해."

"아."

틸리가 말했다. 하지만 틸리는 무엇을 믿어야 할지 확신이 서지 않았다. 얘들이 스파이라면 어쩌지?

그때 루디의 팔에서 닥스훈트가 마치 놀란 것처럼 두 눈을 깜박거리면서 몸을 꼼지락거렸다. 그러더니 재채기 소리를 냈다. 틸리는 웃음이 터져 나왔다.

"우리 강아지 보니도 재채기할 때 이런 표정이야."

틸리가 말했다.

"아, 너도 강아지가 있구나, 정말 잘 됐다. 네 강아지는 안전한 곳에 있니?"

로테가 얼굴에 억지 미소를 머금고 물었다.

"아, 물론이지. 아빠가 보니를 안락사시키겠다고 그랬거든. 어른들은 모두 너무 잔인해."

로테가 고개를 끄덕였다.

"그래, 사실이야. 끔찍해, 진짜로 무시무시해."

틸리는 웃지 않을 수 없었다. 로테는 얼굴을 붉히며 말했다.

"미안해, 내 영어가 많이 부족해. 어쨌든 부탁해, 틸리."

로테는 마치 틸리가 자기 말을 귀담아 들게 하려는 듯, 틸리의 블라우스를 잡아당겼다.

"루디는 아빠 엄마를 무지무지 보고 싶어 해. 부모님은 우리를 기차에 태워 영국에 보냈어. 안전하도록 말이야. 우리는 너희 적이 아니야, 틸리. 제발 내 말 믿어 줘. 히틀러가 적이라고."

이들은 잠시 동안 아무 말도 하지 않고 그냥 그대로 서 있었다. 틸리는 로테가 정말 진실을 말하고 있는 건지 궁금했다. 곰곰 생각했다.

'도대체 이들이 무슨 해를 끼치겠는가? 이들은 자신의 동물을 사랑한다. 나랑 로지처럼.'

"하노도 기차에 타고 같이 온 거야?"

"아니, 같이 타고 오면 안 된대. 엄마 친구 분이 하노를 영국에 데려왔어. 질병을 옮기지 못하게 격리시켰어. 지금 하노는 자유롭고 건강해. 하지만 루디의 양부모님 에반스 부부는, 음, 너도 그분들 알고 있지?"

빌리는 고개를 끄덕였다. 에반스 부부는 길 저쪽 아래 맞은편에, 알렉 벤슨의 집 옆집에 살고 있다.

"그분들은 루디에게 아주 잘해 주셔. 엄마는 루디가 안전한 집에 살게 되어서 무척 행복해하시지. 하지만 에반스 부부는 하노를 죽여야 한다고 말해. 그분들은 루디를 전혀 이해하지 못하고 있어. 그분들은 애완동물은 모두 죽어야 한다고만 해. 하지만 틸리, 넌 이해하지?"

로테의 두 눈에는 다시 눈물이 가득했다.

로테는 틸리의 팔을 꽉 잡은 채 틸리의 눈을 똑바로 쳐다보았다. 틸리는 불편한 느낌이 들기는 했지만, 그 시선을 외면하는 건 옳지 않은 것 같았다.

"루디는 하노가 집에 오자 비로소 입을 열기 시작했어. 하지만 하노를 죽여야 한다는 말에 다시 입을 꽉 닫아 버렸어. 만약 하노가 죽는다면, 어쩌면 루디는 두 번 다시 말을 안 할지도 몰라. 그럼 전쟁이 끝나고 나서 내가 부모님한테 뭐라고 말할 수 있겠니? 나는 루디를 돌보고 있어. 엄마는 내가 동생을 돌봐야 한다고 말했단 말이야. 제발, 틸리, 내가 루디를 구할 수 있게 도와줘. 하노를 안전한 곳으로 데려가 줘."

로테가 다시 어깨 너머를 흘끗 바라보며 숨죽여 말했다.

틸리는 혼란스러웠다. 이 아이들은 독일인이다. 하지만 나치는 아니다. 이들의 부모님은 이들을 멀리 보냈다. 그리고 루디는 양부모님과 함께 살고 있다. 그런데 로테는?

"언니한테도 양부모가 있어?"

"난 대저택에서 살고 있어. 부엌을 치우고 침실을 정리해. 난 집 안일을 하는 하인이야."

"아, 학교에 다니고 싶지 않아?"

로테가 고개를 숙였다.

"난 너처럼 영국 여자아이가 아니야, 틸리. 밥값을 벌려면 일해야 해. 다행히 루디는 학교에서 공부해. 그리고 루디는 하노를 무척 아주 많이 사랑해."

틸리는 귀여운 애완동물을 무척 아주 많이 사랑하지 않을 수는 없다고 생각했다. 아니, 정말 사랑하지 않을 수도 있지. 틸리는 결심을 굳혔다.

"그래. 하노를 맡을게. 내일 아침 아홉 시에 하노를 운하 위에 있는 다리로 데려와."

로테는 몸을 돌려 루디에게 흥분한 어조로 봇물 터지듯이 독일어를 퍼부었다. 루디는 고개를 끄덕였다. 루디가 하노의 목에 얼굴을 묻었다. 그러고 나서 루디는 살짝 고개를 숙여 인사하고 자그마한 목소리로 말했다.

"당케, 틸리."

루디의 목소리를 듣고 로테의 얼굴이 밝아졌다.

"뭐라고 말한 거야?"

틸리가 물었다.

"응, 고맙다고, 틸리."

로테가 틸리의 두 손을 꽉 잡고 팔을 앞뒤로 흔들었다.

"너는 착하고 멋진 여자아이야. 아빠가 영국에 오면, 너한테 꼭 보상해 줄 거야."

"보상 같은 건 필요 없어. 이건 우리가 겪는 전쟁이야. 우리는 동물들을 구하는 거야."

틸리가 말했다.

"그래, 네 말이 맞아, 아이들도 전쟁을 하는 거지. 이제 우리는 가야겠어."

모두 아래층으로 내려왔다. 틸리는 엄마 아빠가 보기 전에 로테와 루디를 현관문 밖으로 이끌었다. 틸리는 적이 집 안에 들어왔다는 것에 대해 부모님이 뭐라고 할지 확신이 서지 않았다.

그날 밤, 틸리는 침대에 누워 히틀러와 나치에 대해 생각했다.

"우리한테는 이제 로테와 루디가 있어요. 그 아이들은 바로 이곳에 머물고 있다고요. 영국에서 안전하게요. 그들이 사랑하는 어린 강아지는 우리 숲속 동물원에 있고요. 그러니 히틀러 아저씨, 천천히 잘 좀 생각해 보시라고요!"

생각할수록 화가 났다.

"물동 이먹."

틸리는 잠들기 전에 이렇게 속삭였다.

이어지는 행렬

✳

"어디 가는 거니?"

엄마가 두 손을 허리께에 차고 부엌 앞에 서서 물었다.

틸리는 막 현관문 앞에 이르러 몸을 돌렸다.

"우리 강아지, 보니 찾으려고요."

"보니를 집에 데려오면 무슨 일이 있을지 너도 알지?"

"네, 아빠가 죽이겠죠."

엄마가 깜짝 놀라 숨을 몰아쉬는 걸 모른 체하고, 틸리는 밖으로 나가 문을 쾅 닫았다. 그러고는 자전거를 움켜쥐고 거리를 달려 나아갔다.

치마 속에 애완동물들에게 먹일 음식이 들어 있는 작은 주머니가 하나 있었다. 틸리는 로지도 음식을 챙겨 오기를 바랐다. 지금 당장은 애완동물을 먹이는 게 가장 큰 문제였다.

틸리가 길을 따라 자전거를 타고 가는 동안, 공원 근처에서 일꾼들이 모여 있는 모습이 보였다. 부대자루 안에 모래를 수북이 퍼 담고는 공습 대피소 주위에 놓고 있었다. 아빠는 그 안에 백 명 정도의 사람들을 수용할 수 있는 공간이 있다고 말했다. 모래주머니는 폭탄이 떨어졌을 때 그 충격을 흡수할 것이다. 남자 하나가 커다란 검은색 표지판을 못으로 박고 있었다. 그 표지판 한가운데에는 흰색 글씨로 '대피소'라고 적혀 있었다.

대피소. 틸리는 만약 자신이 운하 근처에 있을 경우, 자전거를 타고 얼마나 빨리 대피소로 올 수 있을지 궁금했다.

아빠는 뒷마당에 간이 방공 대피소를 다 만들었다. 그래서 가족들이 그 안에 들어가는 훈련을 계속하고 있었다. 대피소 안은 축축하고 냄새가 났다. 엄마는 겨울에 폐렴에 걸릴 거라고, 그리고 아이들을 피난 보내는 건 좋지 않다고 말했다. 엄마가 늘 목이 메듯 그런 말을 했기 때문에 자신을 멀리 보내는 것을 걱정하고 있다는 사실을 알았다. 동물을 데려갈 수만 있다면, 아이들 모두 향수병에 덜 걸릴 텐데. 어른들은 왜 그걸 알지 못할까? 틸리는 여러 번 혼잣말을 했다.

골목 끝에 이르렀을 즈음, 틸리는 속도를 줄여야 했다. 아이들이 줄지어 학교에서 빠져나와 길을 건너고 있었다. 호루라기 소리가 들리자, 아이들은 선생님 앞에서 멈춰 섰다. 선생님의 두 뺨은 호루라기를 부느라 시뻘겠다.

틸리는 네빌을 발견하고 다가갔다.

"도대체 뭐 하는 거야?"

네빌은 자포자기라도 한 듯 고개를 절레절레 저었다.

"피난 가는 거 연습하고 있어. 계속 학교에 들어갔다가 빌어먹을 역까지 걸어가는 걸 연습하래. 벌써 세 번째야. 우리를 무슨 돌대가리로 아나 봐! 피난은 다음 주나 돼야 가는 거잖아."

불현듯 틸리는 자신과 로지, 그리고 학교 친구들이 다 함께 피난을 떠날 때까지 고작 7일밖에 남지 않았다는 사실이 떠올랐다. 아빠가 말한 대로 말이다. 오늘 아침에는 동물들을 먹이는 게 가장 큰 문제였지만, 자신들이 떠나고 나서 누가 동물들을 돌볼 것인지 결정하는 일에 비하면 그건 아무 문제도 아니었다.

선생님이 호루라기를 다시 불자, 아이들은 행진해 나아갔다.

자전거를 다시 타고 가며, 틸리는 여름이 시작되었을 때를 떠올렸다. 그때 틸리와 로지는 피난 이야기를 나누었다. 7월까지만 해도 전쟁은 머나먼 딴 나라 일처럼 느껴졌다. 틸리와 로지는 아지트에서 놀며 전쟁에 대해 별로 생각하지 않았다. 아이들은 아지트를 자신들과 애완동물들을 위한 자그마한 보금자리로 멋지게 탈바꿈시켰다.

하지만 이제 시시각각 다가오는 전쟁은 우리 안에서 이리저리 움직이는 사자처럼 느껴졌다. 달아나서 제멋대로 사납게 굴려는 사자처럼 말이다. 운하를 향해 자전거 페달을 밟으며, 틸리는 숲속 동물원을 위한 계획이 긴급하게 필요하다고 생각했다. 시간이 얼마 없었다.

새로운 걱정거리가 머릿속을 빙빙 맴돌았다. 틸리는 루디가 강아지 하노를 품에 안고 기다리고 있는 다리 위로 페달을 밟았다.

"로테도 오는 중이니?"

틸리가 루디 옆으로 다가가며 물었다.

하지만 루디는 그냥 하노의 갈색 머리를 향해 고개를 숙인 채 아무 말이 없었다.

"이쪽이야."

틸리가 말했다.

틸리는 자전거에서 내려 루디 옆에서 걸으며 공장 사이를 지나, 들판으로 들어섰다. 저 앞에 한 무리 아이들이 로지와 함께 있는 게 보였다. 틸리 또래의 사내아이 한 명이 성큼성큼 걷고 있었는데, 아주 짧은 머리에 어깨 위에는 직접 만든 활을 걸치고 있었다. 그 아이 뒤에 아홉 살 정도 되는 여자아이가 자전거를 밀며 가고 있었다. 약간 더 나이 들어 보이는 사내아이 둘이 시끄럽게 떠들어 대며 종이 상자 하나를 주거니 받거니 하고 있었다. 모두 비밀 아지트를 향해 걷고 있었다.

"저래서는 안 돼. 비밀이 탄로 날 게 뻔해."

틸리는 자그마하게 중얼거렸다.

"서둘러."

틸리는 루디에게 말했다. 그러고는 앞으로 달려가 다른 아이들을 따라잡았다.

로지는 자전거를 밀며, 핸들 위에 떨어지지 않게 잘 잡고 놓아 둔 책을 읽고 있었다.

"이건 너무 많아."

틸리가 말했다.

로지는 두 눈을 책에서 떼지 않은 채 말했다.

"새로 온 아이들이 모두 암호를 말했어. 시드니가 저 아이들을 알아."

"하지만 이런 식으로 모두 함께 걸으면, 사람들이 다 눈치채고 말거야."

로지가 고개를 들어, 소란스러운 아이들을 훑어보고는 고개를 끄덕였다.

"네 말이 맞아. 우리에게 규칙이 필요하겠어."

틸리가 뭐라 대답하기도 전에, 저만치서 콧바람 소리와 말발굽 소리가 들렸다. 뒤돌아보니, 어떤 아주머니와 여자아이가 말을 타고 있었다. 둘 다 기다란 금발이 안전모 아래에서 물결처럼 흘러내렸다. 두 사람은 크림색 승마용 바지, 검은 승마용 재킷을 말끔하게 갖추어 입고, 말채찍을 들고 있었다. 여자아이는 검정색 말을, 아주머니는 밤색 암말을 타고 있었다.

"이 상스러운 아이들이 운하 너머에서 뭐하고 있는 거지?"

아주머니는 아이들이 줄지어 서 있는 방향을 향해 말채찍을 가리키며 여자아이에게 큰 소리로 말했다.

여자아이는 틸리보다 조금 더 나이가 들어 보였는데, 등을 곧게 세우고 턱을 약간 거만하게 든 채 대답했다.

"나도 모르겠어요, 엄마."

하지만 틸리는 그 여자아이의 뺨이 살짝 붉어졌다는 걸 알아차렸다.

"서둘러, 소피아. 우린 다른 길로 집에 가면 돼."

아주머니는 고삐를 잡아낭기며 아이들에게서 시선을 거두었다. 하지만 여자아이는 자기 말의 머리를 돌리면서도 틸리에게 시선을 떼지 않았다. 아이는 눈썹을 들어 올리며 눈을 크게 떴다. 둘은 잠시 서로를 마주보았다.

그때 활을 든 사내아이가 소리쳤다.

"우리처럼 상스러운 아이들한테서 떨어져 있는 게 좋을 거야."

다른 아이들이 킬킬 웃었다. 사내아이는 자기 활에 화살을 꽂고 팽팽하게 잡아당겼다.

여자아이의 두 눈이 왕방울만큼 커졌다. 여자아이는 자기 말을 발로 세게 차고는 달려갔다. 그 바람에 틸리 자전거 앞바퀴에 흙이 잔뜩 튀었다.

"야, 조심해."

쏜살같이 달려가는 여자아이 뒤에 대고 틸리가 소리쳤다.

허공에 뭔가 윙 소리가 나더니 화살 하나가 말 뒤, 풀밭에 떨어졌다.

"빗나갔잖아!"

사내아이가 소리쳤다.

"다음번에는 꼭 맞춰!"

누군가 놀리듯 말했다.

"쟤가 누군지 모르겠네. 저 아줌마 진짜 재수 없다. 어떻게 우리한테 그렇게 말할 수 있지!"

틸리는 가까이 다가온 로지에게 말했다.

"소피아 하이클리프-반스, 기숙학교에 다니는 애야."

로지가 말했다. 로지는 자전거를 밀며 틸리 옆에서 걸었다.

"아, 그렇구나. 저 사람들은 왜 여기서 말을 타는 거지?"

"난들 알아? 저 여자아이는 몇 킬로미터 떨어진 대저택에서 살아. 그 대저택에는 마구간하고 테니스코트도 있어. 형부가 그곳에 고기를 공급해. 형부하고 트럭을 타고 그 집에 배달 간 적이 있어. 내 생각에 소피아는……."

"건방져……."

"음, 그럴지도 모르지. 어쨌든, 소피아는 누가 자기 애완동물을 죽이는 것 따위는 걱정하지 않을 거야. 부자들은 교외에 갈 곳이 있잖아. 애완동물도 그곳으로 데리고 갈 수 있다고."

"정말 불공평해."

틸리는 한숨을 내쉬며 말했다.

아지트에 도착하자, 틸리는 자전거를 아무렇게나 내동댕이치고 오두막 안으로 쏜살같이 달려갔다. 보니는 껑충 뛰면서 마구 짖어대고 귀를 허공에 날려 댔다.

"아, 우리 귀염둥이 보니 봉봉. 너무 보고 싶었어."

틸리는 목줄을 풀어 주며 소리쳤다.

틸리는 보니를 두 팔로 꼭 끌어안았다. 보니는 틸리의 얼굴을 핥고 또 핥았다. 틸리의 얼굴이 닳아 없어지는 건 아닐까 걱정스러울 정도였다.

"물동 이먹. 안토니를 어디에 놓으면 돼요?"

문가에서 목소리가 들려왔다.

아홉 살짜리 여자아이였다. 여자아이는 주름이 잡힌 노란색 블라우스와 주름치마를 입고 있었다. 머리는 가운데 가르마로 넘겨 깔끔하게 양쪽으로 땋았다. 두 팔에는 눈처럼 새하얀 토끼 한 마리가 벗어나려고 안간힘을 쓰고 있었다.

틸리가 웃었다.

"이제 안에 들어왔으니까 암호를 말할 필요는 없어. 저기 나무 상자 중에서 하나를 고르면 어떨까? 난 틸리, 여기는 보니라고 해. 네 이름은 뭐니?"

"메리. 엄마가 그러는데, 안토니는 항상 깨끗한 동물 우리 안에서 자야 한대."

여자아이가 말했다. 그러고는 코를 킁킁거렸다.

"음, 우리가 가진 건 저게 전부야. 만약 네가 네 토끼를 구하고 싶다면……."

"물론 구하고 싶어! 안토니는 둘도 없는 내 친구란 말이야!"

메리가 소리쳤다.

틸리는 메리를 그냥 내버려 두고 밖으로 나가 다른 아이들이 무얼 하고 있나 살펴보았다. 로지는 팅커벨을 평소처럼 자기 팔에 누이고 있었다. 평소 햇빛에 반짝반짝 빛나던 황금빛 털이 오늘 약간 칙칙해 보였다.

로지는 손수건을 물에 적셔 팅커벨의 입을 가볍게 톡톡 두드려 주고 눈가를 부드럽게 닦아 주었다. 팅커벨의 눈은 꼭 감겨 있었다. 로지는 걱정스러운 표정이었다. 그래서 틸리는 좀 기다렸다 자신들의 피난에 대해, 그리고 숲속 동물원 계획에 대해 이야기하기로 마음먹었다.

스쿠더 집안 아이들이 도착하고, 메리는 오두막에서 나왔다. 두 팔에 통통하게 살이 오른 토끼를 꼭 안은 채였다.

"원하면 만져 봐도 돼."

메리가 말했다.

틸리는 팔을 뻗어 부드러운 하얀 털을 두 손으로 쓰다듬었다. 손 아래 앙상한 엉덩이가 느껴졌다. 토끼가 꿈틀거리기 시작해서, 메리는 놓치지 않으려고 안간힘을 써야만 했다. 틸리는 토끼가 뛰쳐나가 달아나기 전에 메리가 앉는 게 좋겠다고 생각했다.

"팸, 여긴 메리야. 너희들 풀밭에 앉아서 토끼하고 기니피그가 너희 다리 안을 빙글빙글 돌아다니게 해 주는 게 어때? 밤새 오두막 안에서 갇혀 지내야 하니까 지금은 녀석들에게 운동을 좀 시키는 게 좋을 거야."

틸리가 말했다.

"아, 그래. 그리고 우린 녀석들한테 데이지 꽃반지를 만들어 주면 되겠다. 가자."

팸이 소리쳤다.

메리는 약간 머뭇거리는 표정을 지었지만, 이내 팸을 따라 아지트 안으로 들어갔다.

"틸리 언니, 도와줘. 클로버가 토피를 막 발로 차."

팸이 아지트에서 나오면서 소리쳤다. 두 팔에는 토끼와 기니피그 두 마리가 안겨 있었다.

"그럼, 저기 앉아."

틸리가 팸의 팔에서 기니피그 한 마리를 들어 올리며 말했다. 기니피그의 털은 토끼털보다 약간 거칠고, 사향 냄새가 났다.

"네가 토피니, 응? 꼬마 기니피그야?"

틸리는 기니피그 등을 어루만지며 중얼거렸다. 토피는 연갈색 털에 하얀 얼굴, 그리고 눈 주위에는 검은 반점이 있었다.

모두 풀밭에 앉자, 틸리가 여자아이들한테 발을 모아 기니피그가 그 안을 달리게 하는 방법을 보여 주었다. 시드니와 활을 든 사내아이는 나무 조각과 철망을 가져와 동물들이 도망치지 못하게 울타리를 치는 걸 도와주었다.

"휴, 이 녀석들을 놔줄 수 있게 돼서 정말 다행이야. 안토니는 엄청 흥분했어, 안 그래?"

메리가 이마를 닦으며 말했다. 이마에 진흙 자국이 길게 남았다.

"토피와 애플도 마찬가지였어. 토피가 가장 장난꾸러기야. 토피가 음식을 죄다 먹어 치워. 애플은 갓난쟁이인데."

팸이 기니피그 두 마리를 번갈아 어루만지며 말했다. 애플은 검은색과 흰 털이 덮여 있고, 한쪽 귀는 갈색이었다. 토피는 풀밭에 앉아 풀을 뜯어 먹었다. 애플은 다리를 쭉 펴며 깡충깡충 뛰어다녔다. 토끼들은 누군가 자기들을 위해 뜯어 온 싱싱하고 맛난 민들레를 먹고 있었다.

"토끼들한테 줄 당근이 필요해. 안 그래, 틸리 언니?"

메리가 물었다.

틸리는 고개를 끄덕이며 일어섰다.

"애완동물들을 제대로 먹이기 위해서는 음식이 엄청 많이 필요해. 모두 도와야 해. 내일 집에서 채소 껍질을 가져올 수 있는지 확인해 봐."

틸리는 주변을 둘러보며 네빌을 찾아 소리쳤다.

"네빌, 잡목림 반대편에 가서 좀 살펴봐 줄 수 있어? 이리로 오는 사람이 있으면 암호를 아는지 확인해 줘."

네빌이 잡목림 쪽으로 출발했다.

"내가 철망을 가져와서 새로 온 토끼한테 나무 상자를 안전하게 만들어 줄게. 괜찮지, 틸리 누나?"

시드니가 말했다.

틸리는 고개를 끄덕이고는 보니한테 줄 물을 뜨러 갔다.

틸리가 시냇가에서 돌아와 보니, 나무 아래 종이 상자 하나가 눈에 띄었다. 뚜껑에는 공기구멍이 숭숭 뚫려 있었는데, 틸리가 안을 들여다보니 거북이 한 마리가 들어 있었다. 등껍질 아래에 비늘로 뒤덮인 다리가 삐죽 튀어나왔다. 햇빛 때문에 거북이가 깬 것 같았다. 틸리가 지켜보는 사이 머리가 쓱 나타나더니, 기다란 목이 위로 쭉 뻗어 나왔다. 한쪽 눈을 떴다 감았다 하더니 다시 치켜떴다. 마치 틸리에게 느릿느릿 윙크하는 것처럼 보였다.

"안녕, 거북아."

틸리가 인사를 건넸다. 그러고는 거북이를 두 손으로 조심스레 들어 올렸다. 발톱이 틸리의 손바닥을 살짝 긁었지만, 틸리는 거북이 피부의 서늘하고 거친 느낌이 좋았다.

"가자, 가서 네 주인을 찾아보자."

틸리가 말했다.

틸리가 일어서서 주위를 둘러보며, 종이 상자를 가져온 사내아이 둘을 찾아보았다. 하지만 사내아이들은 어디에도 보이지 않았다.

"시드니! 이 거북이는 어떻게 된 거야?"

틸리는 오두막에서 나오는 시드니에게 물었다.

"아, 그게 말이야, 틸리 누나, 쌍둥이가 거북이를 데려왔어. 쌍둥이들은 오늘 자기 엄마랑 같이 웨일스로 간대. 우리가 돌봐 주겠다고 내가 말했어."

시드니가 주머니에서 두 손을 꺼내며 말했다. 시드니의 목소리가 서서히 잦아들었다.

틸리가 한숨을 쉬고는 로지에게 소리쳤다.

"자기 애완동물을 우리한테 그냥 막 떠맡기면 어떻게 하지?"

로지는 나무에 등을 기대고 앉아서, 팅커벨에게 먹이를 주고 있었다. 위를 올려다보지도 않은 채, 로지가 대답했다.

"우리 애완동물처럼 돌봐야지, 어쩌겠어."

"오두막 안에 다른 상자 놓아둘 공간이 충분해. 어쨌든 녀석은 겨울 내내 잠잘 테니까."

상자를 든 사내아이가 오두막에서 나오며 말했다. 활을 멘 아이였다.

"오빠, 애완동물은 여기 놓아야 해."

메리가 아주 자그마한 목소리로 소리쳤다.

사내아이는 빙그레 웃으며 주머니에서 흰색 쥐 한 마리를 꺼냈다. 여자아이들은 비명을 질렀다.

"도미노라고 해. 내 애완동물은 휴대하기에 편해. 녀석은 내가 가는 데는 어디든 같이 가."

쥐, 도미노는 사내아이의 손 안에서 코를 킁킁거렸다. 사내아이는 주머니에서 빵부스러기를 꺼내 쥐한테 먹였다. 쥐는 빵부스러기를 핥아 먹고는 엉덩이를 깔고 손바닥 위에 앉았다. 마치 더 달라고 하는 것 같았다.

"녀석은 완전 꼬맹이 올리버 트위스트야."

사내아이는 낄낄 웃으며 쥐를 다시 주머니에 넣었다. 그러고는 틸리한테 말했다.

"네가 원한다면, 내가 거북이를 오두막 안에 놓아둘게."

틸리는 거북이를 건네주었다. 바로 그때 잡목림 쪽에서 휘파람 소리가 들려왔다.

"거기 누구야? 암호를 대!"

네빌이 외치는 소리가 들렸다.

틸리는 관목을 밀치며 나아갔다. 열여섯 살 정도 되어 보이는 여자아이가 서 있었다. 얼굴에는 시부한 표정이 역력했다. 발 옆에 커다란 초록색 앵무새 한 마리가 들어 있는 새장이 있었다. 앵무새는 붉은색 볏과 이 센티미터가 넘는 고약해 보이는 굽은 부리가 달려 있었다.

"아, 어리석게 굴지 좀 마. 넌 나 알고 있잖아. 네빌 스쿠더, 이 멍청아."

여자아이가 말했다. 그러더니 틸리의 찌푸리는 얼굴을 보고는 중얼거렸다.

"물동 이먹. 맞지?"

틸리가 고개를 끄덕였다.

"들어와도 돼."

"난 거기 안 들어가. 그냥 파이어릿을 가져온 것뿐이야."

앵무새 파이어릿은 화가 난 듯 꽥꽥 노려보며, 틸리를 향해 부리를 콕콕 찔러 댔다. 틸리는 한 발 뒤로 물러섰다.

여자아이가 말했다.

"우리는 파이어릿을 수년 동안 키웠어. 하지만 이제 엄마가 녀석을 안락사시킨대. 알렉 벤슨이 네가 돌봐 줄 거라고 했어."

말을 마친 여자아이는 뒤돌아 종종걸음으로 걸어가 버렸다.

"잠깐만. 이 녀석을 돌보려면 언니가 도움을 줘야 해."

틸리가 뒤에서 소리쳤다.

하지만 여자아이는 걸음을 멈추지 않았다.

'그래, 여긴 동물원이야. 자기가 키우던 동물들을 가져와 우리에게 맡기면 우리는 녀석들을 먹이고, 살 수 있도록 보살펴야 해. 하지만 우리가 모두 피난을 떠나고 나면 누가 이 동물들을 돌보지?'

틸리는 숲속 동물원이 정말 좋은 생각인지 갑자기 의문이 들기 시작했다.

암호를 정하다

✳

1939. 8. 30. 수요일 오후

"어쩔 수 없이 우리가 저 녀석한테 붙어 있어야 해."

틸리가 말했다.

네빌이 새장을 들어 올리자 앵무새가 꺅꺅댔다.

둘은 공터로 다시 돌아왔다. 로지가 다가왔다. 고양이 팅커벨은 로지의 팔에 안겨 잠들어 있었다.

"정말 멋진데, 앵무새라니! 말할 수 있을까? 귀여운 아이야, 귀여운 아이야……."

로지가 목소리를 높여 말을 걸어 보았다. 하지만 앵무새는 로지를 멀뚱멀뚱 바라보기만 할 뿐이었다.

"녀석 이름은 파이어릿이야. 누가 우리한테 던져 주고 가 버렸어. 저 녀석이 뭘 먹는지 누가 안담."

틸리가 피곤한 목소리로 말했다.

로지는 새장 안을 다시 빼꼼 들여다보았다.

"봐봐, 저기 앵무새 뒤에 씨앗 주머니가 있어."

로지는 새장을 열고 조심스럽게 꼬꼬 새소리를 내며, 손을 안으로 뻗었다. 파이어릿은 횃대에서 뽐내듯 왔다 갔다 했다.

"어서, 로지, 녀석이 널 물지도 몰라."

틸리가 말했다.

로지는 손을 좀 더 뻗어 주머니를 잡아 빼낸 뒤, 새장 문을 닫고 꽉 잠갔다. 앵무새는 귀찮다는 듯 세 번 크게 깩깩거렸다.

"할 말이 많나 보네."

틸리가 중얼거렸다. 틸리는 자신은 로지처럼 그렇게 용감하게 새장 안에 손을 넣지 못할 거라 생각했다.

"적어도 저 새는 나무 상자가 필요하지는 않겠다. 녀석을 어디에 놓을지 찾아봐야겠어."

네빌이 말했다.

모두 오두막 안으로 들어가 주위를 둘러보았다.

"저 위는 어떨까? 다른 동물들은 저렇게 높이 다가갈 수 없을 거야."

틸리가 벽에 툭 튀어나와 있는 커다란 못을 가리키며 말했다.

네빌은 새장을 내려놓고, 나무 상자 위에 올라서서 못을 꽉 잡고 이리저리 흔들어 보았다. 못은 꽤 느슨했다. 그래서 네빌이 신발을 벗어, 신발로 못을 쾅쾅 두들겨 박았다.

암호를 정하다

93

"앵무새 이리 줘."

네빌이 소리쳤다. 그러고 나서 네빌은 새장을 못에 걸었다.

"이제 여우가 앵무새를 잡아먹지는 못할 거야."

네빌은 나무 상자에서 펄쩍 뛰어내리며 말했다.

"누구 뱀이 먹는 거 볼 사람?"

누군가 외쳤다. 알렉이었다.

알렉이 오두막 안으로 들어와, 수조를 들고는 밖으로 가지고 나갔다. 알렉은 수조를 풀밭 위에 조심스럽게 내려놓고는, 뚜껑을 열고 기다란 막대기를 안으로 찔러 넣었다.

"저기 있네. 정말 예쁘지 않아?"

틸리가 알렉의 어깨 너머로 흘끗 바라보니, 수조 밑바닥에 놓인 나무껍질 무더기 아래서 파란빛이 도는 갈색 몸이 꿈틀꿈틀 나타났다.

"이제 겨우 태어난 지 5일째인데, 벌써 삼십 센티미터나 자랐어. 저기 머리에 있는 표시 보이지? 저건 갈매기 무늬라고 부르는 거야. 얘는 킹코브라야. 한번 물리면 바로 죽어."

알렉이 말했다. 코브라는 머리를 들고 이리저리 움직였다.

아이들 사이에서 한숨 소리가 새어 나왔다.

"코브라는 뭐 먹어?"

시드니가 겁먹은 목소리로 물었다. 시드니는 수조 아주 가까이에 얼굴을 들이 대고 있었다. 틸리는 시드니를 잡아당겼다.

알렉은 피 묻은 헝겊 조각을 펼쳤다.

"녀석은 죽은 쥐를 좋아해. 하지만 구할 수가 없었어. 그래서 암소 심장을 좀 가져왔어. 이거 보이지?"

헝겊 안에는 검붉은 고기 덩어리가 있었다. 냄새가 고약했다.

틸리는 속이 뒤틀리는 기분이 들었다. 그래서 고개를 돌렸다. 아홉 살 여자아이들이 자신의 애완동물들을 데리고 놀고 있는 게 보였다. 아이들은 어디선가 튜브를 찾아내서 기니피그를 그 안에 넣어두었다. 기니피그는 맞은편으로 기어 나오려 버둥거리며 꽥꽥 울어 댔다.

"애플이 가장 용감해."

메리가 말했다.

"토피가 가장 빨라."

팸이 말했다. 그러고는 둘이서 깔깔 웃었다.

틸리는 여자아이들한테 갈까 생각했다. 뱀까지 껴안을 수는 없었다. 하지만 알렉이 틸리가 뱀을 신경 쓰지 않는다고 생각하는 건 싫었다. 그래서 다시 돌아섰다. 알렉은 수조 안에 고기 덩어리를 던져 넣었다. 프레디는 재빨리 머리를 스르륵 움직였다.

"왜 게걸스럽게 먹어 치우지 않는 거야?"

시드니가 물었다.

시드니는 한 손에 막대기를 들고 있었다. 그 막대기는 수조 위를 향해 있었다.

"막대기 내려놔. 안 그러면 내가 널 박살 내 버릴 테니까!"

알렉이 으르렁거렸다. 그러자 시드니는 마치 뜨거운 감자라도 되는 양 막대기를 후다닥 내려놓았다. 이윽고 알렉의 목소리가 평소처럼 차분하게 돌아왔다.

"코브라한테 먹이를 주는 건 쉽지 않아. 그저 녀석이 적당히 먹고 물을 많이 마시기를 기다려야 해. 매일 신선한 물이 있어야 해. 누가 시냇가에 가서 이 그릇에 마실 물 좀 떠올래?"

"저요!"

시드니가 소리쳤다. 그러더니 그릇을 들고는 쏜살같이 뛰어갔다.

일단 프레디에게 줄 음식과 물이 준비되자, 알렉이 틸리에게 말했다.

"난 다시 동물원에 가야 해. 마지막 교대를 해야 하거든. 네가 저녁에 프레디를 안에 데려다 놓을래? 수조 주위에 부대자루를 잘 감싸 줘. 그래야 녀석을 따뜻하게 해 줄 수 있으니까. 동물원의 파충류 관에서처럼 열기가 없는 상태에서 녀석이 얼마나 오래 버틸 수 있는지 나도 잘 모르겠어."

"프레디는 어떻게 되는데요?"

틸리가 물었다.

"녀석이 주말까지 버텨 준다면, 프레디를 돌봐 줄 사람을 구할 수 있을 것 같아. 행운을 빌어야지, 안 그래?"

그러고 나서 알렉은 앞 챙이 있는 모자를 머리에 삐딱하게 쓰고 걸어갔다. 두 손은 주머니에 넣고 휘파람을 불면서⋯⋯.

틸리는 아이들을 모아 놓고 각자 할 일을 정해 주었다. 아홉 살 여자아이들, 팸과 메리에게는 애완동물이 들어 있는 상자에 싱싱한 풀을 넣어 주게 하고, 활을 든 사내아이, 마일스에게는 거북이 상자를 확인해 보라고 시켰다. 팅커벨을 품에 조심스레 안고 있는 로즈에게는 앵무새의 물을 갈아 주고 그릇에 씨앗을 채워 주라고 했다. 앵무새 파이어릿은 로지를 받아들인 것처럼 보였다. 파이어릿은 로지를 볼 때마다 새장에 부리를 톡톡 두드렸다.

"먹이가 부족해. 어디서 더 가져와야 할지 모르겠어."

틸리가 큰 소리로 말했다.

강아지 두 마리, 보니와 하노는 들판에 똥을 한 무더기 싸 놨다. 틸리는 흙을 파서 똥 무더기를 덮어 주었다. 누군가 실수로 똥을 밟지 않도록 말이다.

틸리가 오두막에 돌아왔을 때, 루디가 하노에게 독일어로 중얼 거리는 소리가 들렸다.

"브라바 훈트, 브라바 훈트."

"도대체 뭐라는 거야?"

틸리가 로지한테 물었다.

"나는 무슨 말인지 알 것 같은데."

로지가 앵무새 새장 문을 조심스럽게 닫으며 말했다.

"브라바는 '브라보'랑 비슷하니까, 잘 했다는 뜻이고. 훈트는 '하운드'랑 비슷하니까 강아지라는 뜻일 거야. 내 생각에 '잘했어, 강아지야.' 이렇게 말한 것 같아."

틸리는 손으로 이마를 문지르며 고개를 끄덕였다.

"내 생각에, 이제 밤을 보낼 준비는 다 된 거 같아. 하지만 이건 정말 힘든 일이야. 우린 이걸 매일매일 해야 해."

틸리가 투덜거렸다.

"강아지들을 짧은 목줄에 묶어 두는 게 더 좋을 것 같아. 서로에서, 그리고 다른 애완동물들한테서 멀찍이 떨어뜨리기 위해서 말이야. 보니는 이쪽 끝에, 그리고 하노는…… 저쪽에, 괜찮겠지?"

시드니가 말했다. 시드니는 오두막 구석을 가볍게 두드리며 루디에게 고개를 끄덕였다.

루디는 시드니의 말을 알아들은 것 같았다. 루디는 고개를 끄덕이며 말했다.

"야."

"녀석들이 오늘 밤에도 잘 보내길 바라며……."

틸리가 오두막 문을 닫으며 말했다.

보니는 벌써 낑낑거리기 시작했다. 틸리는 안으로 달려 들어가 보니를 다시 안아 주고 싶은 충동을 억지로 참았다. 모두들 자기와 똑같이 행동하기를 바라지 않았다. 그랬다가는 저녁 먹을 시간까지 집에 돌아갈 수 없을 테니까.

틸리는 로지에게 다가가 조용히 말했다.

"벌써 늦었어. 난 너한테 동물원에 대해 물어보고 싶어. 우리가 피난……."

"아, 깜빡했네! 규칙 말이야."

로지가 틸리의 말을 잘랐다. 로지는 그 '메간 언니 목소리'로 소리쳤다.

"자 모두, 내 말 잘 들어."

아이들은 로지와 틸리가 서 있는 곳으로 둥글게 모여들었다.

루디는 잡목림 쪽으로 걸어갔다. 루디는 군대 나팔처럼 생긴 물건을 등에 짊어지고 있었는데, 이제 그걸 벗어서 손에 쥐어 들었다. 옆면이 움푹 파여 있었다.

틸리는 루디가 계속 망을 보려고 그러는 거라고 생각했다.

"숲속 동물원이 제대로 굴러가려면, 우리는 규칙을 정해야 해. 내가 몇 개 적어 봤어. 우리 모두 그 규칙에 따라야 해."

로지가 귀 뒤에서 연필 한 자루를 꺼내 들고 노트를 펼치며 말했다.

"누구 맘대로?"

마일스가 소리쳤다.

마일스는 빼빼 마른 스쿠더 집안 사내아이들에 비해 통통했다. 다른 아이들이 동물들과 지내는 동안, 마일스는 공터 주변의 나무를 탐색하듯 나무 위를 오르고 내리며 돌아다녔다.

"틸리하고 내 마음대로. 여긴 우리 아지트야. 우리가 여름 내내 이곳을 만들었어. 그리고 애완동물을 숨기는 건 우리 아이디어였어."

로지가 깐깐하게 말했다.

마일스는 얼굴을 찡그렸지만, 더 이상 뭐라고 말하지는 않았다.

"규칙 1. 매일 한꺼번에 같은 시간에 숲으로 오지 말 것. 어른들이 금방 눈치챌 테니까. 틸리와 나는 아침 먹고 이곳에 올 거야. 그러니까 스쿠더네 아이들은 9시 30분에 오고, 그리고……."

로지가 말을 계속 이어갔다. 로지는 빙 둘러 있는 아이들에게 일렀다. 마침내 아이들이 오는 시간이 정해졌다.

"우리가 못 오면 어떻게 하지? 누가 토끼한테 먹이를 줄 거야? 안토니는 무척 배고플 거라고. 엄마가 우리 토끼는 한참 자랄 때라고 했어."

메리가 말했다.

"걱정 마. 나랑 로지가 모두에게 음식을 주고 물도 먹여 줄 테니까. 계속해, 로지."

틸리가 말했다.

"규칙 2. 교대로 망을 볼 것. 어른을 보면……."

"아니면 말을 탄 재수 없는 인간을 보면."

마일스가 말을 잘랐다.

"그러면 휘파람을 불어 SOS를 칠 것. 휘파람 소리가 들리면 애완동물들을 아지트에 숨기고, 공터에서 노는 척할 것."

로지는 아이들에게 SOS에 대해 알려 주었다. 시드니는 마치 천둥소리처럼 크게 트림을 했다.

"좋아, 모두 잘했어!"

로지가 소리치며 모두를 조용히 시켰다. 로지는 공책을 다시 들여다보았다.

"규칙 3. 모두 힘을 합쳐 애완동물들을 잘 씻길 것. 자기 동물만 씻기려 하지 말 것. 그건 공정하지 않아."

"규칙 4. 다른 친구들의 애완동물도 함께 보살필 것."

"규칙 5. 동물들이 먹을 음식을 조금이라도 가지고 올 것. 우린 벌써 음식이 부족해."

메리가 손을 번쩍 들었다. 로지는 한숨을 쉬며 고개를 끄덕였다.

"음식을 가져오지 못하면 어쩌지? 우리 토끼는 껍질 벗기지 않은 당근을 좋아하는데."

메리의 뺨에 눈물이 줄줄 흘러내렸다.

"쟨 울보야."

마일스가 비웃듯 말했다.

"야, 입 좀 다물어, 이 바보야. 너 여기 남고 싶은 거 맞아?"

틸리가 버럭 소리쳤다.

"당연하지."

"그렇다면 똑바로 행동하는 게 좋을 거야."

팸이 손을 들어, 눈물 머금은 목소리로 말했다.

"언니, 나는 규칙을 전부 다 기억하지 못해."

"우리가 다시 일깨워 줄 거야."

보시가 새된 목소리로 말했다. 로지는 공책을 다시 바라보았다.

"규칙 6. 숲속 동물원은 아이들만의 비밀 공간이다. 누구한테도 말해서는 안 된다. 우리는 암호를 만들었어. 서로에게 메시지를 남길 수 있도록 말이야. 그건 우리 암호와 비슷한 거야. 너희는 단어를 거꾸로 적으면 돼."

아이들은 뭐가 뭔지 모르겠다는 표정을 지었다. 그때 시드니가 소리쳤다.

"알겠다."

시드니는 주머니에서 분필 조각을 꺼내 오두막 옆에 글을 적어 나갔다.

은곳이 속숲 원물동 다니입

"뭐라고 썼는지 읽을 수 없어."

팸이 징징거렸다.

"똑똑한데, 시드니."

로지가 말했다.

시드니는 얼굴을 붉히더니 신발로 땅바닥을 벅벅 문질러 댔다.

"이곳은……."

마일스가 입을 열었다.

"숲속 동물원 입니다! 와, 나도 빨리 암호를 써 보고 싶어."

메리가 의기양양하게 끝마쳤다.

"우리에게 암호가 있으니, 우리를 뭐라고 부를까, 동물원 지킴이?"

네빌이 중얼거렸다.

"참나, 동물원 지킴이는 별론데."

로지가 말했다.

틸리는 문득 알렉의 뱀을 떠올렸다.

"코브라는 어때?"

"그게 더 좋은데."

마일스가 말했다. 마일스의 두 눈이 반짝 빛났다. 마일스는 일어서서, 활을 들어 올려 숲을 향해 화살을 쏘았다.

"이제 어른들이 우리 애완동물을 죽이게 놔두지 않을 거야!"

환호성이 울려 퍼졌다. 틸리가 아이들에게 조용히 하라고 소리치려는 순간, SOS 소리가 나지막하게 울려 퍼졌다.

틸리가 어깨 너머를 보니, 루디가 나팔을 불고 있는 모습이 보였다. 루디는 한 손에 나팔을 든 채, 고개를 위로 향하고 있었다. 한 손에는 하노를 안고.

"아, 안 돼! 어른들이야, 서둘러 얘들아!"

로지가 소리쳤다.

하지만 잡목림을 헤치고 공터로 들어온 건 어른들이 아니었다. 틸리는 누군지 금세 알아차렸다. 틸리의 심장이 털컥 내려앉는 것 같았다.

위험한 상황

✳

1939. 8. 30. 수요일 늦은 오후

코너가 먼저 공터에 들어섰다. 코너는 키가 크고 어깨가 쩍 벌어졌고, 두꺼비같이 크고 넓적한 손은 주먹을 꽉 쥐고 있었다. 검은 머리는 이마까지 흘러내려 와 있었다.

설상가상, 코너는 덩치 큰 개 복서를 데리고 왔다. 복서는 밧줄에 매달려 버둥거리고 있었다. 코너 뒤로 빌이 있었다. 빌은 코너와 함께 어울리는 무시무시한 녀석이었다. 빌은 가늘고 긴 창백한 얼굴에 교활한 아이였고, 틸리보다 딱 한 살 많았다. 코너는 열여섯 살로, 이 동물원에 있는 남자아이들보다 훨씬 더 키가 컸다.

틸리가 뭐라고 미처 말하기도 전에 코너가 고함쳤다.

"저 녀석 물어, 복서!"

복서는 루디 앞으로 펄쩍 뛰어올라, 커다란 주둥이를 쫙 벌렸다.

틸리는 악어 입만큼 크다고 생각했다. 복서는 루디의 희고 가는 다리 바로 앞에서 이빨을 앙 다물었다. 루디는 나팔을 떨어뜨리며 비명을 질렀다.

틸리는 공포에 질려 그 모습을 바라보았다. 틸리의 마음에는 오만 가지 생각이 떠올랐다.

'나는 무언가 해야 해, 뭐든. 이것은 전쟁이고, 난 용감해야 해.'

틸리는 이렇게 생각했지만, 무릎이 바들바들 떨렸다.

"저 개 치워."

틸리가 용기를 내 코너에게 소리쳤다. 루디의 비명은 더 커져 갔다. 틸리는 한 발 앞으로 나섰다.

"루디는 이제 열한 살밖에 안 되었어."

"루디? 그건 영국 이름이 아닌데. 어떻게 생각해, 친구?"

코너가 소리쳤다.

"응, 내겐 적군 이름처럼 들리는데."

빌이 땅에 침을 퉤 뱉으며 말했다.

"너희 여자아이들이 여기서 적군 녀석과 뭐 하고 있는 거지? 저 녀석은 저 니 팔로 뭐 하는 거야? 독일 스파이들한테 신호를 보내고 있는 중이었어?"

코너가 물었다.

빌이 콧방귀를 뀌었다. 텁수룩하고 흐릿한 금발 머리카락의 빌은 입을 신경질적으로 움직였다.

"누구보고 여자라는 거야?"

마일스가 활에 화살을 걸며 말했다.

"너희 여자들 모두. 여기 숲에서 적이랑 지저분한 애완동물들이랑 놀고 있는 너희들 모두. 너희한테는 내 복서처럼 진짜 개가 필요해."

코너가 비웃듯 말했다. 코너가 고음의 휘파람을 불자, 복서가 루디의 다리에서 물러났다. 루디는 오두막으로 허둥지둥 달려갔다.

로지가 한 발 앞으로 나와 진짜 '메간 언니 목소리'로 말했다.

"원하는 게 뭐야? 우리는 그냥 여기서 놀고 있는 거야. 넌 우리와 함께 놀기에는 좀 나이가 많다고 생각하는데?"

아이들 사이에서 킬킬 웃음이 터져 나왔다.

"그냥 지나가는 길이었어. 어쨌든, 이곳은 너희 애완동물들을 데리고 있기에는 희한한 장소네."

코너가 말했다.

"우리는 애완동물들이 죽지 않게 구해 주고 있어! 그러니 입 닥쳐!"

팸이 소리쳤다.

다 망쳤다고, 틸리는 생각했다. 팸이 비밀을 누설하고 말았다.

"누가 너희 지저분한 잡종 개새끼들이 살아남기를 바란다고 그래?"

코너가 콧방귀를 뀌며 말했다.

"너도 애완동물을 키우잖아. 네 애완동물은 신경 쓰지 않아? 내가 볼 때 무척 목이 마른 것 같은데?"

틸리가 말했다.

복서는 혓바닥을 쭉 내민 채 헉헉거렸다. 입 양쪽으로 침을 줄줄 흘리며 똑바로 앉아 있었다. 코너는 자기 개 옆구리에 무릎을 꿇고 앉아, 머리를 부드럽게 쓰다듬으며 중얼거렸다.

"괜찮아? 물 좀 갖다 줄까, 어?"

코너의 다정한 모습에 틸리는 깜짝 놀랐다.

빌은 두 손은 주머니에 넣은 채 신발로 땅을 비벼 대며, 주변을 둘러보았다. 마치 코너가 함부로 행동하지 않을 때 무엇을 할지 모르는 것 같았다.

코너가 몸을 곧추세우고는 거친 목소리로 말했다.

"복서한테 마실 물이 많이 필요해. 너희 물 좀 있어?"

코너는 틸리를 노려보았다. 틸리도 팔짱을 낀 채 코너를 노려보았다. 코너가 자기 애완동물을 신경 쓰는 걸지도 모른다고, 틸리는 생각했다.

"숲속 시냇가에 개를 데려가면 돼. 그리고 넌 여길 떠나서 다시는 돌아오지 않았으면 정말 좋겠다."

로지가 말했다.

"코너, 저 여자아이가 저딴 식으로 아무렇게나 지껄이게 하면 안 돼."

빌이 으르렁거렸다. 이윽고 빌은 틸리를 돌아보며 말했다.

"너희 조심하는 게 좋을 거야. 안 그러면 너희 멍청한 강아지들이 어디 있는지 우리가 다 불어 버릴 테니까. 어쩌면 우리가 다시 와서 너희 애완동물들을 풀어 줄지도 몰라, 안 그래, 친구?"

"맞아."

코너가 맞장구쳤다. 하지만 근심 가득한 얼굴로 자기 개를 물끄러미 내려다보았다.

틸리는 턱을 허공에 치켜든 채 말했다.

"그렇게만 해봐. 어떻게 될지 두고 보시지."

화살 하나가 휙 소리를 내며 복서 앞, 땅바닥에 떨어졌다.

코너는 뒤로 주춤주춤 물러섰다. 얼굴은 분노로 일그러졌다. 코너는 화살을 빼 들어 올리며 말했다.

"내 개 죽일 작정이야? 누구도 내 개 털끝 하나 건드리지 못해. 내 말 알아들어?"

코너의 얼굴이 시뻘게졌다. 그러더니 마일스를 향해 화살을 휘두르며 말했다.

"한 대 맞아 봐야 정신 차리지?"

마일스는 떡 버티고 서서, 활을 잡아당겨 두 번째 화살을 장전할 준비를 했다.

"네깟 것들, 어디 한번 해보시지?"

마일스가 비웃었다.

마일스의 귀가 시뻘게져 있다는 걸 틸리는 알아차렸다.

그때, 아무런 경고도 없이 불쑥, 코너가 복서의 밧줄을 빌에게 휙 던지고는 마일스를 향해 달려들었다. 복서도 코너와 함께 달려 나가려는 바람에, 하마터면 빌이 쓰러질 뻔했다.

코너는 마일스의 코를 한 대 갈겼다. 피가 뿜어져 나왔다. 마일스는 비명을 지르며 코너에게 발길질을 했다. 코너가 잠시 주춤했다. 마일스는 호락호락하지 않았다. 하지만 코너는 마일스보다 나이도 많고 훨씬 더 힘이 셌다. 코너는 마일스의 입에 주먹을 날리고는 머리카락을 세게 잡아당겼다. 마일스는 비명을 질렀다.

"비겁해!"

네빌이 소리쳤다.

"녀석한테 본때를 보여줄 거야!"

시드니가 소리쳤다. 하지만 네빌이 시드니를 붙잡아 말렸다.

"놔, 내가 이 새끼 죽여 버릴 거야."

시드니가 네빌의 팔에서 버둥거렸다. 시드니는 주먹으로 허공을 마구 찔러 댔다.

코너는 고함을 지르며 마일스의 배를 세게 걷어찼다. 마일스가 땅에 고꾸라지자, 코너가 마일스 위에 섰다. 마치 승리한 싸움꾼처럼 두 손은 허리에 얹고 히죽 웃었다.

"이 비겁한 겁쟁이야!"

틸리가 꽥 비명을 질렀다.

빌은 싸움에 정신이 팔려 복서를 놓치고 말았다. 커다란 개는 마일스 앞으로 튀어나오며 으르렁거렸다. 마일스는 팔로 머리를 감싼 채 비명을 지르며 데굴데굴 굴렀다.

"저 개 불러들여, 이 돼지들아! 독일군이 침공하면, 너희는 독일군하고 싸우면 돼. 왜 우리랑 전쟁을 하려는 거야?"

로지가 소리쳤다.

루디가 오두막의 문가로 나오자, 코너가 루디를 향해 고개를 끄덕였다.

"네 친구, 적의 아이. 저 녀석은 우리 중 하나가 아니지. 저 녀석을 줄에 묶어 두는 게 좋을 거야."

코너는 복서의 밧줄을 잡고는 빌에게 소리쳤다.

"자, 어서 움직여!"

코너 일행은 시냇가 쪽을 향해 사라져 버렸다.

로지는 바닥에 털썩 무릎을 떨어뜨렸다. 로지가 마일스의 얻어 터진 코에 손수건을 대자, 로지의 손수건이 붉게 물들었다.

"너 정말 용감했어, 금메달을 받아도 되겠어."

"저런 불량배들 하나도 겁나지 않아."

마일스가 단호하게 말했다. 하지만 틸리는 마일스가 그렇지 않다는 걸 알았다. 모두 알았다.

오두막에서의 멋진 오후는 완전 엉망이 되었다. 각자 자전거를 챙기기 시작했다. 그때 로지가 소리쳤다.

"잠깐만 기다려. 우리 맹세해야 할 것 같아."

"뭘 맹수?"

팸이 물었다.

"맹세라고, 이 멍청아! 뭔가 비밀을 지키겠다고 약속하는 걸 말하는 거야, 맞지, 네빌 형?"

시드니가 말했다.

네빌이 고개를 끄덕였다.

"좋은 생각이야. 난 보니의 목숨을 걸고, 숲속 동물원에 대해 절대 비밀을 누설하지 않겠다는 걸 맹세해."

틸리가 말했다.

"난 클로버의 목숨에 걸고 맹세해."

팸이 말했다.

한 명씩 한 명씩, 아이들이 모두 맹세를 했다. 그러고 나서 로지가 외쳤다.

"물동 이먹, 코브라 친구들!"

"물동 이먹, 물동 이먹."

아이들이 외쳤다.

이윽고 아이들은 뿔뿔이 흩어졌다. 루디는 스쿠더 집안 아이들 뒤에서 뛰어갔는데, 등에 맨 나팔이 이리저리 쿵쿵 부딪혔다.

마일스는 활과 화살을 챙겼다. 다른 아이들이 다 떠나고 나서, 마일스가 로지와 틸리에게 말했다.

"저 나쁜 녀석들이 오늘 밤에 다시 와서 우리 애완동물들을 풀어 주면 어떻게 하지? 내 생각에, 우리 중 누구 하나가 망을 봐야 할 것 같아."

"나도 같은 생각을 하고 있었어."

틸리가 말했다.

"하지만 너희 아빠는 네가 숲에서 자도록 절대 허락해 주지 않으실 거야. 나도 그런 걸로 메간 언니한테 입조차 뻥긋하지 못한단 말이야."

로지가 말했다.

"말하면 안 돼."

틸리가 말했다.

로지가 눈을 크게 뜨고 틸리를 바라보았다.

"그게 무슨 뜻이야?"

"간단해. 난 네가 오늘밤 너희 집 마당에서 나랑 함께 캠핑하고 싶어 한다고 말하고, 너도 메간 언니한테 똑같이 말하는 거야, 우리 집에서 내가 너랑 캠핑하고 싶어 한다고 말이야."

"하지만 너희 부모님하고 메간 언니가 서로 연락하면 어떻게 해?"

로지가 걱정 가득한 목소리로 물었다.

"그건 하늘에 맡겨야지. 너희 집하고 우리 집은 골목이 세 개나 떨어져 있어. 우리 부모님하고 너희 언니가 그렇게 자주 길에서 마주치지는 않잖아."

로지는 여전히 확신이 서지 않는다는 표정이었다. 그래서 틸리가 말했다.

"봐, 만약 코너와 빌이 오늘 밤에 다시 온다면, 녀석들은 정말 멍청한 짓을 하고 말 거야. 녀석들이 보니를 풀어 주면 내가 어떻게 해야 할지 모르겠어."

"나도 올게. 너희 집 사정은 내가 모르겠지만, 우리 부모님은 오직 전쟁 얘기만 해서. 마당을 파고, 라디오를 듣지. 나는 부모님한테 보이스카우트 대장이 전쟁 시작되기 전 캠핑 훈련한다고 말씀드릴게."

마일스가 말했다.

"그럼 난 마당에 친구한테 빌린 텐트를 치고 하룻밤을 보낼 거라고 말할 거야. 그러면 담요를 가져올 핑계를 댈 수 있을 거야. 깜빡속아 넘어갈걸!"

로지가 흥분을 감추지 못하고 말했다.

"그리고 음식도. 우리에게 음식이 필요해. 비스킷 같은 거 말이야. 우린 근사하게 밤을 보낼 거야. 그리고 저 바보멍청이들이 이곳에 얼씬거리지 못하게 해야 해."

마일스가 말했다.

틸리와 로지는 바보멍청이라는 말에 껄껄 웃었다. 모두 기분이 훨씬 나아졌다.

"저녁 먹고 나서 여기서 다시 만나자."

틸리가 말했다.

모두 자전거를 챙겨, 잡목림 사이로 달려 들판을 건넜다. 틸리와 로시는 나란히, 마일스는 그 옆에서 이리저리 오락가락하며 함께 달렸다. 태양은 아직 꽤 높이 떠 있었다. 종달새들은 머리 위 따뜻한 바람 속에서 울고 있었다. 연붉은 양귀비가 노란색 기다란 옥수수자루 사이에서 까닥까닥 움직였다. 틸리는 햇살을 받으며 영원히 자전거를 탈 수 있을 것 같은 기분이 들었다.

이들은 운하를 건넌 뒤, 길모퉁이에서 헤어졌다. 한순간 틸리는 커다란 트럭 뒤에 갇혀 있는 자신을 발견했다.

"저기 온다."

벤슨 부인이 소리쳤다. 벤슨 부인은 자기 집 마당 문 위에서 몸을 쑥 내밀고 있었다.

"저게 뭔데요?"

틸리가 물었다.

"공원에 대공포를 설치할 거야."

틸리는 포장도로를 올라 트럭 옆으로 자전거를 몰았다. 트럭은 잠시 멈추어 섰다. 틸리는 그게 군용트럭이라는 걸 알 수 있었다. 카키색으로 칠한 트럭 안 바닥에는 엄청나게 커다란 대포가 실려 있었다. 대포에는 트랙터보다 더 큰 바퀴가 달려 있었고, 하늘에 닿을 만큼 커다란 총신이 달려 있었다. 총신은 태양을 곧장 겨누고 있었다. 대포를 올려다보며, 틸리는 자신이 개미만큼 작아진 느낌이 들었다.

"저게 하늘에서 나치를 날려 버릴 거야."

옆집 아저씨가 모자를 머리 뒤로 눌러쓰며 말했다.

하지만 만약 우리가 저렇게나 큰 총이 필요하다면, 독일이 떨어뜨리려 하는 폭탄은 얼마나 클까, 틸리는 생각했다. 햇살이 따스하게 내리쬐는 데도 틸리는 몸을 부들부들 떨며, 현관 문 앞으로 자전거를 몰았다. 거대한 총과 더욱더 거대한 폭격기의 위협과 비교했을 때, 틸리네 집 뒷마당의 간이 방공 대피소는 우스꽝스러울 정도로 허술해 보였다. 전쟁은 점점 더 가까이 다가오고 있었다. 귓가에 요란한 소리를 내며, 이 세상의 모든 나라에 있는 집과 마당, 학교와 사람들과 온갖 동물들을 위협하고 있었다. 그 어떤 것도 전쟁을 막을 수는 없을 것이다. 전쟁이 그냥 사라져 버리기를 원하는 사람들이 아무리 많다 할지라도…….

전쟁이 터지면

✳

1939. 8. 30. 수요일 저녁

"이런 때에 캠핑을 가다니, 틸리. 독일이 폴란드를 쳐들어간다고 협박하고 있어. 게다가 여기 영국에서 언제 전쟁이 터질지 아무도 몰라. 네가 텐트에 있는데 폭탄을 떨어트리거나 가스를 뿌리면 어쩌려고 그래? 당신 생각은 어때요, 여보?"

식사를 마치고 나서 엄마가 말했다. 엄마는 이마를 찡그리며 접시를 딸그락딸그락 요란하게 치웠다. 틸리는 고개를 푹 숙였다. 만약 엄마가 자기편을 들어주지 않는다면, 아빠는 분명 허락하지 않을 거다.

그런데 아빠가 이렇게 말했다.

"음, 그거 좋은 생각 같은데."

"정말요?"

틸리가 고개를 치켜들며 물었다.

"전쟁이 다가오고 있을 때, 캠핑을 가면 네가 좀 강해질 것 같구나. 하지만 오늘 밤만이다. 명심해. 로지네 언니 부부한테 폐 끼치지 말고. 어른들은 할 일이 태산이야. 뉴스 할 시간이네, 여보."

6시였다. 평소처럼, 긴장이 감도는 침묵이 집 안에 흘렀다. 모두 거실로 가서 앉았다. 열린 창문 밖으로 움직이는 건 아무것도 없었다. 마치 이웃들이 모조리, 새조차도, 누구도 듣고 싶어 하지 않는 뉴스를 들으려고 기다리는 것 같았다.

"여기는 런던입니다."

빅벤*의 마지막 종소리가 집 안에 울려 퍼지고 나서, 뉴스 아나운서의 진지한 목소리가 들려왔다.

틸리는 책상다리를 하고 바닥에 앉아 만화책을 넘기며, 아나운서가 히틀러와 영국의 해군 동원에 대해 단조로운 어조로 말하는 걸 건성으로 흘려들었다.

"하지만 폴란드는 커다란 위협에 놓여 있습니다. …… 오늘 저녁, 수상은 버킹엄 궁으로 가서 왕과 대화를 나눌 예정입니다. …… 정부는 히틀러 총통에게 또다시 메시지를 전달했습니다. 전쟁을 피하기 위해……."

그러고 나서 틸리의 피를 얼어붙게 만드는 말이 튀어나왔다.

"만약 전쟁이 발발할 경우, 애완동물은 대피소에 갈 수 없다는

---

*영국 국회 의사당의 시계탑에 있는 큰 시계.

것을 정부는 분명히 밝혔습니다. ……"

틸리는 자기 목이 조이는 기분이 들었다. 그리고 온몸이 부들부들 떨렸다. 커다란 굉음이 들리고 모두가 거리에서 달리는 모습이 머릿속에 그려졌다. 틸리는 보니를 안고 대피소 문 앞에 도착한다. 테드 보우 아저씨가 소총을 들고 앞을 막고 선다.

"여긴 애완동물 출입금지야. 쏴 버려. 그게 최선이야."

"틸리? 무슨 일이니?"

아빠가 라디오를 끄자 엄마가 이마를 찌푸리며 물었다.

틸리는 크게 흐느끼며 말했다.

"불쌍한 보니. 설령 보니가 대피소를 찾아낸다 해도 사람들이 안으로 들여보내 주지 않을 거예요."

주르르 눈물이 흘렀다. 엄마가 다가와 틸리의 무릎을 토닥여 주었다.

"그래, 정부에서 그렇게 결정한 거야."

틸리가 카펫 위에 앉자, 아빠가 틸리를 바라보며 말했다.

"정부에서는 공원에 대공 포대를 설치했어. 방공기구*가 저녁에 공장 너머로 올라가는 걸 보았단다. 말이 나와서 말인데……"

아빠의 목소리가 낮게 깔렸다. 틸리는 슬며시 고개를 들었다.

"아이들이 자기가 키우던 애완동물들을 운하 근처, 그 낡은 공

---

* 적의 항공기 공습으로부터 중요한 시설이나 자원을 보호하기 위하여 줄에 매어서 항공로 따위에 높이 띄워 두는 기구.

장 안에 숨기고 있다는 이야기를 들었어. 동네 사람들이 모두 그 이야기를 하고 있더구나. 넌 뭐 아는 게 없니, 틸리?"

틸리는 만화책을 내려다보았다. 등골이 오싹할 정도로 소름이 돋았다. 누가 벌써 우리 비밀을 발설했을까?

"전 아무 말도 못 들었어요. 그렇지만 주의 깊게 잘 들을게요."

틸리는 중얼거렸다. 그러고 나서 손수건에 코를 흥 풀었다.

아빠는 살짝 웃어 보이고는 거실을 나갔다. 틸리는 그제야 안심이 되었다.

"너 저녁에 얼마 안 먹었어."

엄마가 말했다.

"네, 오늘 밤에는 배가 많이 안 고파요."

"네가 감기에 걸린 게 아니었으면 좋겠구나."

엄마가 틸리의 이마를 짚으며 말했다.

"아니에요, 정말이에요, 엄마. 전 괜찮아요. 그냥 보니가 없어서 너무 슬퍼서 그런 것뿐이에요."

"그래, 어쩌면 보니가 도망간 게 최선일지도 모르겠다. 보니는 스스로 넉을 길 찾을 수 있을 거야, 안 그래?"

엄마가 부드러운 목소리로 말했다.

틸리는 고개를 살짝 끄덕이고는 손수건으로 눈물을 훔쳤다.

"자, 자, 내가 샌드위치를 좀 만들어 줄게. 밤늦게 배고플지도 모르잖아. 네가 로지 언니를 귀찮게 하는 건 싫구나."

엄마가 계속 말했다.

"엄마, 정말 고마워요. 정말 좋은 생각이에요."

틸리는 거실에서 조심스럽게 걸어 나왔다. 일단 엄마 눈에서 벗어나자, 위층으로 달려갔다. 가슴이 두근거렸다. 정말 아슬아슬했다고, 혼잣말을 했다.

틸리는 빨리 보니를 보고 싶었다. 보니의 거친 혓바닥이 자신의 얼굴을 핥고, 곰팡내 나는 강아지 냄새가 폴폴 풍기는 게 느껴졌다. 틸리는 담요 안에 손전등을 돌돌 말아 넣고, 점퍼를 넉넉히 입고, 양말도 두 개씩 신었다.

그러고 나서 다시 계단을 달려 내려와 소리쳤다.

"저 준비 다 했어요."

엄마가 음식이 담긴 커다란 종이봉투를 들고 복도로 나왔다.

"나눠 먹으라고 넉넉히 쌌어. 로지네 식구들이 우리가 인색하다고 말하는 건 싫으니까. 장화, 비옷, 그리고 따뜻한 스카프……. 아, 틸리. 늦은 밤공기는 차가울 거야."

"전 토스트처럼 따뜻할 거예요."

틸리가 말했다.

"텐트가 새는지, 또 쓰러지지는 않는지 내가 가 볼게."

아빠가 거실 문가에 기대어 말했다. 아빠의 얼굴은 보다 더 편안해 보였다.

아빠의 말에, 틸리는 전쟁 소동이 일어나기 전에 얼마나 재미있게 지냈는지 찌르르 떠올랐다. 아빠는 틸리와 엄마를 데리고 운하 너머까지 한참 동안 산책하고, 피크닉을 할 수 있는 비밀 장소를 찾는 걸 그 무엇보다도 좋아했었다. 그리고 아빠는 언제나 자그마한 모닥불을 피웠다. 틸리는 샌드위치 빵을 굽곤 했다. 그리고 가끔은 늦은 시간까지 머물러 있었다. 이제 전쟁이 다가오고 있기에, 그 모든 것이 끝났다. 그리고 어른들은 항상 너무 성급하고 근심 걱정이 많았다.

틸리는 아빠의 커다란 갈색 눈동자를 올려다보았다. 틸리를 내려다보며 방긋 웃는 두 눈 주위로 주름이 잡혔다. 재미난 일에 함께 하고 싶어 하는 것 같았다. 틸리는 아빠를 실망시키고 싶지 않았다. 하지만 틸리는 이렇게 말했다.

"아, 괜찮아요, 아빠. 로지 형부가 잘 해 주실 거예요."

아빠는 신경 쓰지 않겠다는 듯 어깨를 으쓱해 보였다. 하지만 그렇지 않다는 걸 틸리는 알 수 있었다. 틸리는 부모님에게 작별 인사로 입맞춤을 하고, 현관문을 나와, 자전거를 타고 로지네 집을 향해 출발했다.

밖은 아직도 따뜻하고 해가 남아 있었다. 틸리는 뜻하지 않게 엄청난 모험이 다가왔다는 느낌이 들었다. 평생 처음으로 어른들 없이 야외에서 잠을 자야 한다. 그리고 전쟁에 참전한 군인들처럼, 애완동물들을 지킬 거다.

틸리는 어깨 너머로 슬쩍 바라보며, 부모님이 집 안으로 들어갔는지 확실히 확인했다. 그러고 나서 자전거를 길 건너편으로 돌려 운하로 향했다. 틸리는 피난을 떠났을 때 동물원을 어떻게 할 것인지 이야기할 적절한 시간이 되었다 생각했다.

'나에게 정말 멋진 계획이 있어. 로지가 내 생각에 동의했으면 좋겠어.'

틸리는 더 빨리 자전거 페달을 밟았다.

다리 위에 로지가 보였다. 틸리는 소리쳤다.

"안녕!"

틸리는 로지 옆으로 자전거를 몰며 하루 종일 마음속에 간직하고 있던 단어를 불쑥 내뱉었다.

"우리가 피난을 떠나면, 동물원은 어떻게 하지? 알렉한테 보살펴 달라고 부탁해야 하나? 내 생각에, 알렉은 군인으로 참전하기에는 너무 어리고, 피난을 떠나기에는 나이가 많아. 그러니까 분명 동물들을 돌봐 줄 수 있을 거야, 안 그래?"

"세상에, 난 그건 생각도 못 했네. 그래, 그럴 수 있을 것 같아. 네 생각은 어때?"

"나도 확실하지는 않지만, 어쨌든 뭔가 생각해야 해. 우리는 다음 주 화요일에 피난을 떠난단 말이야."

둘은 나란히 자전거를 몰았다. 둘 다 깊은 생각에 잠겨 있었다.

갑자기 틸리가 소리쳤다.

"아, 빌어먹을! 오늘 밤에는 그냥 다 잊어버리자."

"좋아! 어서 가자."

로지가 말했다.

둘은 페달을 힘차게 밟으며 들판의 울퉁불퉁한 땅을 달려 잡목림에 도착했다. 가시 관목을 헤치고 나아가, 공터로 들어서서 풀밭에 자전거를 내동댕이쳤다. 틸리가 오두막 문에 들어서기도 전에 보니가 반갑게 짖는 소리가 들려왔다. 그러고 나서 동물들이 모두 한꺼번에 울부짖었다. 야옹, 멍멍, 으르렁, 깩깩……

하노는 컹컹 짖기 시작하고, 파이어릿은 하노를 향해 깩깩 울어 댔다. 마치 둘이서 대화를 나누기라도 하는 것 같았다.

"파이어릿이 독일어를 하는 것 같지 않아?"

틸리가 몸을 숙여 보니를 풀어 주며 물었다.

"그럴지도. 앵무새는 무척 똑똑하거든. 파이어릿이 내일 나한테 '안녕'이라고 말할지도 모르지. 그런데 우리가 앵무새를 제대로 먹일 수 있을지 모르겠어. 앵무새는 배고프면 말도 못하잖아."

로지가 말했다.

로지는 팅커벨을 나무 상자에서 꺼내 귓가의 털을 부드럽게 어루만져 주었다.

"이것 좀 봐, 팅커벨이 눈을 조금 떴어. 오늘은 좀 괜찮아진 것처럼 보이는데. 네 생각은 어때?"

틸리는 팅커벨을 흘끗 바라보고는 말했다.

"아, 그런 것 같아."

하지만 틸리는 확신이 서지 않았다. 팅커벨은 최근 며칠 동안 상태가 별로 좋지 않았다. 틸리는 팅커벨이 빨리 낫기를 바랐다. 그래야 동물원 미래에 대한 계획을 마음 편하게 짤 수 있을 테니까.

보니가 밖으로 달려 나가자 틸리가 뒤따라갔다. 맨발에 닿는 저녁의 신선한 공기가 퍽 마음에 들었다. 하루살이가 머리 주변에서 윙윙거리고, 벌 한 마리가 활짝 핀 꽃 위에 앉아 마지막 햇볕을 쬐고 있었다.

"폭탄이 우리 동네에 떨어지면, 나는 부모님을 모시고 이곳 아지트로 와서 동물들과 함께 주무시게 할 거야. 그러면 우리가 애완동물을 구한 모습을 보고 부모님이 기뻐하실 거야. 안 그래, 보니?"

틸리가 큰 소리로 말했다.

무슨 말인지 다 알아들었다는 듯이, 보니는 고개를 치켜들고는 맑고 투명한 갈색 눈동자로 틸리를 바라보았다. 둘은 잠시 아무 말도 하지 않고 가만히 서 있었다.

숲은 밤을 맞을 준비를 하고 있었다. 나무 아래에는 검은 그림자가 드리워졌다. 틸리는 어른들에게서 멀리 벗어나 있다는 것에 안도감을 느꼈다. 찌는 듯한 더위, 미친 듯이 쏟아지던 폭풍우가 지나고 이제는 햇빛 찬란한 날씨가 지속되는 날들이었다. 하지만 전쟁이 점점 더 가까이 다가오고 있었다. 만약 좀 더 일찍 알아차렸더라면, 모든 동물들을 위한 적절한 계획을 미리 짤 수도 있었을 것이다.

이번 여름 내내 틸리가 원했던 일은 이 사랑스러운 아지트 안에서 재미나게 노는 것뿐이었다. 많은 동물들을 돌봐야 한다는 책임과 걱정으로 최근 며칠은 그런 재미를 느끼지 못하고 있었다. 하지만 가슴 설레는 기분 좋은 밤 덕분에, 지금 이 순간만은 자신의 어깨 위에 놓여 있던 근심과 걱정이 가벼워지는 걸 느꼈다.

"우리는 정말 재미난 밤을 보낼 거야, 보니 봉봉. 가자!"

보니는 큰 소리로 짖었다. 둘은 함께 오두막으로 돌아갔다. 마일스가 캠프파이어를 위해 나무를 쌓고 있었다.

"감자 좀 가져왔어. 우린 감자를 구워 먹을 수 있을 거야. 만찬을 즐겨야지."

마일스가 불룩한 부대자루를 발가락으로 툭 치며 말했다.

"한밤중에 만찬이네, 팅커벨."

로지가 자그마한 고양이를 안고 땅에 책상다리를 하고 앉으며 말했다.

오늘밤은 아이들 차지라고, 틸리는 생각했다. 행복한 한숨을 내쉬며…….

눈도 없고, 코도 없고, 입도 없고

✳

1939. 8. 30. 수요일 밤

어두워진 시각, 아이들은 오두막에 잠자리를 마련했다. 틸리와 로지는 서로 옆자리에, 그리고 마일스는 벽 한쪽 끝 뒤쪽으로 멀찌 감치 자리를 잡았다. 마일스는 밖에서 모닥불을 피우려고 무척이나 열심히 매달렸다. 불을 피운 뒤, 감자를 불 가장 뜨거운 바닥에 넣어 두었다.

"한참 걸릴 거야. 하지만 이보다 더 맛있을 수는 없지. 내가 버터도 가져왔어."

마일스가 기다란 막대기로 감자를 툭툭 건드리며 말했다.

로지는 강아지와 앵무새한테 주려고 고기 부스러기를 가져왔다. 틸리는 토끼를 먹이려고 당근을 좀 가져왔다.

틸리는 토끼 안토니가 든 나무 상자를 열며 소리쳤다.

"여기 있어, 우리 귀염둥이, 내가 너희 주려고 맛있는 당근 좀 잘라왔지."

토피와 애플은 기분 좋은 소리를 내고는 건초 사이에서 코를 킁킁거렸다.

"엄청 배고픈 거 같은데."

토끼들 소리가 더 요란해졌다. 틸리는 철망을 묶어 놓은 줄을 풀었다.

마일스가 다가와 자기 주머니에서 사과 하나를 꺼냈다. 이윽고 칼을 꺼내 사과를 잘라서, 기니피그 우리 안으로 집어넣었다.

"이거면 될 거야."

마일스는 사과 씨를 멀찍이 던지며 말했다.

기니피그는 금세 사과를 다 먹어 치웠다. 틸리는 이렇게나 마음이 놓인다는 사실에 깜짝 놀랐다. 숲속 동물원에 있는 동물들을 모두를 먹여야 한다는 책임감을 굉장히 크게 느끼고 있었다는 걸 새삼 깨달았다.

마일스는 쥐, 도미노에게 줄 사과 한 조각을 남겨 두었다. 컵처럼 오므린 마일스의 두 손 안에서 쥐가 과일을 앞발로 들고 맛나게 갉아먹었다. 틸리는 그 모습을 지켜보며 호기심이 일었다.

"도미노도 팅커벨처럼 꽤 얌전하게 먹네."

"사람들은 쥐를 크게 오해하고 있어. 쥐는 정말이지 무척 깨끗해. 그리고 꽤나 똑똑하다고."

마일스가 도미노를 셔츠 윗주머니에 넣으며 말했다.

마일스는 나가서 불을 살폈다. 틸리는 로지에게 작은 목소리로 말했다.

"메간 언니나 도널드 아저씨가 동물원에 대해 의심하는 것 같니? 우리 아빠는 저녁 먹으면서 날 심문하다시피 했어. 아이들이 운하 근처에 애완동물을 숨기고 있다는 소문을 들었다면서 말이야."

로지는 앵무새 새장의 빗장 사이로 비계 덩어리를 쑤셔 넣었다. 앵무새는 깩깩거리고는 앞으로 몸을 기울였다. 틸리는 앵무새가 로지의 손가락을 물지도 모르겠다고 생각했는데, 앵무새는 비계 덩어리만 낚아채 새장 안 바닥에 툭 떨어뜨렸다. 그러고는 횃대에서 아래로 폴짝 뛰어내려 비계 덩어리를 쪼아 먹기 시작했다.

"앵무새가 무척 배가 고팠나 봐. 그래서 더 사납게 굴었나?"

앵무새를 바라보던 틸리가 작은 소리로 중얼거렸다.

"우리 언니하고 형부는 아무 말 안 했는데……. 메간 언니는 엄마보다 훨씬 더 엄격해. 정말 말도 안 된다니까. 처음 내가 언니랑 형부하고 살러 갔을 때 우리는 진짜 엄청나게 싸웠어. 언니가 날 쫓아낼 줄 알았어. 그래도 형부는 무척 상냥했어."

로지가 말했다.

"그래, 도널드 아저씨는 무척 다정하지."

틸리가 동의했다.

"도널드 형부는 항상 이야기해. 메간 언니가 정말 좋은 사람이라고. 나도 그게 사실이라는 거 알아. 그리고 메간 언니가 날 돌봐 줘서 정말 고맙게 생각하고 있어. 안 그랬으면 난 고아원에서 살았을 테니까."

틸리와 로지는 그 생각에 몸서리쳤다.

"하지만 메간 언니는 날 정말 몰라, 틸리. 너랑 너무 달라. 메간 언니는 책을 전혀 안 읽어. 게다가 애완동물이라든가 뭘 알아내는 것에 대해서는 전혀 관심이 없어. 아빠와 난 매주 도서관에 갔어. 아빠는 나처럼 책을 무척 좋아했는데……."

로지가 계속 말했다. 말하는 동안 로지의 목소리는 점점 높아졌다. 이윽고 로지는 침묵에 빠져들었다. 틸리는 로지의 팔을 살짝 꼬집으며 자기 친구가 부모님을 얼마나 보고 싶어 하는지 이해하고 있다는 걸 보여 주었다.

틸리는 부모님이 안 계신다는 걸 상상조차 할 수 없었다. 정말 무시무시할 것 같았다. 부모님이 자주 틸리를 짜증스럽게 할지라도 말이다.

틸리와 로지는 서로의 눈을 바라보며 서 있었다. 손전등에 비친 얼굴은 새하얬다. 그때 로지가 눈에서 눈물을 닦으며 돌아섰다.

"내가 빵을 좀 기져왔어. 밖으로 가지고 나가서 맛있게 먹자."

로지가 자그마한 목소리로 말했다.

틸리는 로지가 나가는 모습을 지켜보았다. 틸리는 음식 부스러기가 담긴 봉지를 흔들어 털어 내, 보니가 마지막 조각을 먹게 했다. 그리고는 나무 상자 안을 물끄러미 들여다보며, 철망 사이로 손전등을 비추었다. 작은 애완동물들은 잠든 것 같았다. 하지만 내

일이면 더 많은 먹이가 필요할 거다. 그리고 그다음 날도, 또 그다음 날도.

오두막 밖, 불이 활활 타오르며 어두운 밤하늘에 환한 오렌지색 불꽃을 내뿜었다. 틸리는 바닥에 펴 놓은 담요 위에 치즈와 피클 샌드위치가 든 봉지를 올려놓았다. 로지의 빵도 거기에 놓여 있었다. 마일스는 버터와 사과 몇 개를 내놓았다.

로지는 자기 비옷 위에 앉았는데, 고양이 팅커벨은 분홍색 플란넬 천에 단단히 몸을 말고 로지의 무릎에서 자고 있었다.

"귀여운 팅커벨, 푹 자. 네가 건강해지면, 우리 함께 놀 수 있을 거야. 네가 숲속의 온갖 새들을 쫓아다닐 수 있도록 해 줄게, 약속해."

로지가 속삭였다.

틸리도 목에 스카프를 두르고 자신의 비옷을 펼치고 앉아, 보니의 따뜻한 몸을 다리 위로 잡아당겼다. 밤공기는 점점 쌀쌀해지고 있었지만, 보니는 상관하지 않는 것 같았다. 보니는 고개를 파묻은 채 엎드려, 캠프파이어를 지켜보며 두 눈을 깜빡거렸다.

'나랑 보니는 서로를 속속들이 잘 알고 있어. 우리는 언제까지나 서로를 사랑할 거야.'

틸리는 보니와 함께 있어서 행복하다고 생각하며, 손가락에 닿는 보니의 두툼한 털 느낌을 즐기고 있었다.

마일스는 쥐를 주머니에서 꺼내 이쪽 손에서 저쪽 손으로 달리

게 해 주었다. 쥐는 메리의 토끼만큼이나 새하얬다. 기다란 회색 꼬
리와 수염이 있었는데, 수염을 연신 흔들어 댔다.

"너희 부모님은 확실히 쥐는 크게 신경 쓰지 않으실 거야. 쥐는
많이 먹지 않을 것 같아."

틸리가 말했다.

"엄마는 도미노를 싫어하셔. 이제 도미노를 없앨 수 있는 핑계가
생겨서 좋아하시지. 비록 그게 전쟁을 의미한다 할지라도 말이야.
엄마는 도미노가 우리에서 탈출했다고 생각하고 계셔. 하지만 나
는 침대 밑 작은 상자 안에 녀석을 숨겨 두고 있지. 내가 도미노를
훈련시켜 독일 스파이를 찾아내게 할 거야. 도미노는 썩 잘 해낼
걸. 안 그래, 도미노?"

마일스가 방긋 웃으며, 도미노의 떨리는 코에 자기 코를 비볐다.

틸리는 빈정대듯 콧방귀를 뀌었다.

"음, 독일인들이 꽤나 벌벌 떨겠다."

모두 낄낄 웃었다.

"모닥불 속 그림자 보기 놀이하자. 무엇이 보이는지, 차례대로
말하는 거야. 이를테면 동화 속에 나오는 성이라든가 왕과 싸우는
용이라든가."

로지가 제안했다.

"아니, 유령 이야기하자. 캠핑에서는 유령 이야기가 제격이지. 보
이스카우트 대장은 이야기를 아주 잘해. 내가 시작할게."

마일스가 앞으로 몸을 숙이며 말했다. 얼굴이 모닥불 불빛에 비

쳐 환하게 빛났다.

틸리는 마일스가 어린 악당처럼 보인다고 생각했다. 그러자 등골에 소름이 쫙 돋았다.

마일스는 허리춤에 찬 칼집에서 보이스카우트 칼을 꺼내 나무 조각을 조금씩 깎기 시작했다.

"옛날 어두컴컴한 밤에 한 남자가 공동묘지를 지나 집으로 가고 있었어. 칠흑같이 깜깜한데다 비까지 내렸지. 그런데 뒤에서 마차가 다가오는 소리가 들렸어."

"공동묘지라고? 멍청해라."

로지가 솜털로 뒤덮인 핑커벨의 귀를 쓰다듬으며 말했다.

"누구보고 멍청하대? 안 그러고는 어떻게 죽은 사람을 관에 넣고 공동묘지로 갈 수 있어? 너 관 들어 본 적 있어?"

마일스가 물었다.

"전혀."

로지가 예의 그 '메간 언니 목소리'로 대답했다.

틸리가 낄낄 웃으며 말했다.

"계속해 봐, 어서."

"남자는 걸음을 멈추고 마차를 기다렸어. 이윽고 마부한테 태워 달라고 부탁했지. 마부는 커다란 망토를 입고 모자를 눌러쓰고 있었는데, 고개를 끄덕이며 그 남자를 태워 줬지. 마차가 출발했어. 남자는 유령이 밤마다 공동묘지에 나타난다는 말을 마을 사람들 한테 들었다고 마부한테 말했어."

마일스는 목소리를 최대한 유령처럼 내며 말했다.

마일스는 말을 멈추고 유령 소리를 냈다. 틸리는 그 소리가 마치 개구리가 기침하는 것처럼 들린다고 생각했다. 틸리는 마일스에게 도토리 하나를 툭 던졌다. 틸리와 로지는 낄낄거리며 웃었다.

그때 로지가 말해다.

"쉿, 들어 봐……. 저게 무슨 소리지?"

모두 가만히 귀 기울였다. 처음 들리는 거라고는 숲에서 나는 바스락 소리뿐이었다. 마치 자그마한 동물이나 새가 근처에서 콧노래를 부르는 것처럼. 그러고 나서, 종소리처럼 분명하게, 숲속 시냇가 쪽에서 올빼미가 울어 대는 소리가 들렸다. 그 소리는 멈췄다가 다시 들리기 시작했다.

"나, 올빼미 울음소리 처음 들어 봐."

로지가 착 가라앉은 목소리로 말했다.

"우리 여기에서 평생 있으면 좋겠다. 학교에서 화요일에 피난을 떠나. 내 짝은 스티븐 풀러인데 그 녀석은 완전 바보멍청이라니까."

마일스가 말했다.

틸리와 로지는 그 말에 다시 웃음을 터트렸다. 그러자 마일스가 화를 내며 말했다.

"이야기 계속해, 말아?"

"아, 계속해. 그게 낫겠어."

틸리가 말했다.

"음, 마부는 아무 말도 없었어. 남자는 마을 사람들이 밤에 공동묘지에서 키 큰 사람 모습이 걸어 다니는 걸 보았다고 계속 이야기 했어. 얼굴 없는 형체 말이야."

"그게 무슨 말이야, 얼굴이 없다니?"

틸리가 물었다.

마일스는 미간을 찌푸렸다. 그러고는 여자아이들을 향해 몸을 기울였다. 마일스의 얼굴은 모닥불 빛이 비쳐 핏빛으로 붉게 빛났다. 마일스는 쉿 소리를 냈다.

"얼굴도, 코도, 입도, 머리카락도 없는, 그냥 죽은 하얀 피부의 유령 말이야!"

로지는 숨을 헐떡이며 틸리를 바라보았다. 이윽고, 마일스가 물었다.

"마부가 뭐라고 말했는지 알아?"

"뭐라고 했는데?"

틸리가 속삭이듯 물었다.

마일스는 섬뜩하게 웃음을 터트리며 말했다.

"그 말을 듣고 마부는 남자를 향해 몸을 돌려 모자를 벗으며 이렇게 대답했대. '나처럼 생긴 사람 말이요?'"

마일스는 꽥! 비명을 지르며 모닥불을 두드려 쳤다. 허공에 불꽃이 환하게 빛났다.

틸리는 손으로 입을 가렸고, 로지는 팅커벨에게 몸을 숙였다.

그때 뒤에서 고함 소리와 함께, 덤불 사이로 요란한 소리가 들려왔다.

'아 이런! 얼굴 없는 사내가 오고 있나 봐.'

틸리는 공포에 부들부들 떨며 생각했다.

하지만 그건 네빌이 굉음을 내며 달려오는 소리였다. 그 뒤로 시드니도 따라왔다. 네빌과 시드니는 모닥불로 달려와, 자전거에서 폴짝 뛰어내렸다. 그러고는 자전거를 풀밭에 내동댕이쳤다.

"먹을 것 좀 있어, 틸리 누나? 나 배고파 죽겠어."

시드니가 헉헉거리며 말했다.

틸리는 안도의 웃음을 터트리며 말했다.

"도대체 너희 여기는 어떻게 온 거야? 부모님한테는 뭐라고 말하고 온 거야? 우리 동물원에 대해 떠벌이지는 않았겠지?"

"당근이지, 진정하라고. 우리 아빠는 밤에 일하셔. 그리고 우리 엄마는 갓난쟁이랑 팸이랑 함께 잠들었고. 두 분 다 우리 동물원에 대해 아무것도 몰라. 그리고 우리도 아무 말 하지 않을 거고, 안 그래, 시드니?"

네빌이 투덜거렸다.

"우리 믿어도 돼. 아 이런! 치즈 샌드위치잖아."

시드니가 말했다. 시드니는 이미 담요 위에 있는 꾸러미를 뒤지고 있었다.

시드니는 무릎을 꿇고 앉아 몸을 뒤로 젖혔다. 홀쭉한 얼굴을 틸리를 향해 치켜들었다. 틸리는 시드니의 두 눈에서 허기를 읽을 수 있었다.

"저녁 안 먹었어?"

틸리가 물었다.

"아침에 빵 한 조각 말고는 아무것도 못 먹었어."

시드니가 대답했다.

네빌이 시드니를 쿡 찌르는 바람에, 시드니는 모닥불로 쓰러질 뻔했다.

"그걸 뭐하러 얘기해? 다른 사람하고는 아무 상관도 없는데, 아빠 말처럼 말이야."

네빌의 얼굴이 부끄러움에 붉어졌다. 네빌은 뭔가를 찾아 주머니를 뒤지는 척했다. 하지만 틸리는 알 수 있었다. 주머니는 여기저기 구멍이 났으며, 거기에는 아무것도 없다는 것을……

"음식 나눠 먹자."

로지가 '메간 언니 목소리'로 말하며, 어색한 분위기를 풀어 버렸다.

틸리는 샌드위치를 옆으로 건넸다. 각자 하나씩 먹고도 하나가 남을 정도로 충분했다. 틸리는 남은 샌드위치를 시드니에게 아무 말 않고 건넸다. 시드니는 샌드위치를 받아, 반으로 쪼갠 뒤에 한 조각을 자기 형한테 주었다. 네빌은 머뭇거리다 땅바닥을 내려다보면서, 샌드위치를 받아 들고 입안에 쑤셔 넣었다. 틸리는 사과 두 개와 롤빵 하나씩을 나눠 주었다.

"밖에서 먹으니 전부 다 맛있지 않니?"

로지가 물었다. 모두 입에 음식을 가득 넣은 채 그렇다는 듯 꿀꿀거렸다.

"하지만 난 여전히 배고파."

시드니가 끙끙거렸다. 그러고는 배를 움켜잡고 풀밭을 데굴데굴 굴렀다.

"이건 그냥 첫 번째 코스에 불과해. 우린 모닥불에 감자를 굽고 있거든. 아직 다 안 됐니, 마일스?"

틸리가 물었다.

시드니는 환호성을 지르며 벌떡 일어섰다. 시드니는 두 팔을 쭉 뻗으며, 전투기로 변신해서는 모닥불 주위를 달리며 기관총처럼 따다다닥 총소리를 냈다.

마일스는 잿더미 안에서 감자를 꺼내 칼로 찔러 보았다.

"잘 익었는데."

마일스가 크게 외치더니, 감자를 풀밭 위로 굴렸다. 마일스는 감자를 자른 뒤, 가운데에 버터를 떨어뜨렸다. 아이들은 호호 불어 가며 감자를 먹었다. 감자가 너무 맛있어서 얘기할 때만 잠깐 멈추었을 뿐이다.

"지금껏 이렇게 맛있는 감자는 처음 먹어 봐."

시드니가 큰 소리로 말했다. 턱에서 버터가 뚝뚝 흘러내리고, 까맣게 탄 감자 껍질 때문에 입이 새까맸다.

음식이 동나고 모닥불이 사그라지기 시작하자 네빌이 물었다.

"코너하고 빌은 아무 흔적 없지?"

"걱정 붙들어 매. 녀석들이 여기 다시 오면 우리가 본때를 보여 줄 테니까."

마일스가 말했다.

"나랑 네빌 형은 여기를 지킬 사람이 더 많이 필요할 거라고 생각했어."

시드니가 말했다.

"무척 고맙구나. 어쨌든, 나랑 틸리는 그냥 여자잖아."

로지가 '메간 언니 목소리'로 말했다.

틸리는 콧바람을 불었다. 틸리와 로지는 서로 눈빛을 주고받았다. 사내아이들은 고개를 떨구고, 마일스는 모닥불에 잔가지를 좀 더 던져 넣었다. 모닥불이 타오르자 틸리는 두 손을 내밀었다. 약간 한기가 느껴졌다. 집에 있는 따뜻한 침대, 침실 아래층 거실에서 부모님이 이야기 나누는 모습을 잠시 생각했다.

"이제 모닥불 끄고 잠자리에 들자."

로지가 마치 틸리의 생각을 읽고 있기라도 한 듯 말했다.

시드니는 하품을 하고는 네빌의 자전거로 걸어갔다. 그러고는 바구니에서 부대자루 몇 개를 꺼냈다.

"우리 옆집 렌 아저씨가 이걸 줬어. 자기가 켄트에 과일 따러 갈 때 이거 덕분에 아주 따뜻했다고 하더라고. 과수원에서는 밖에서 잠을 잤대."

모두 안으로 들어갔다. 시드니와 네빌은 마일스의 담요 옆에 자기들이 가져온 부대자루를 깔고 덮고 누웠다. 그곳은 '남자 방'이었다. 로지가 그렇게 이름을 붙여 주었다.

틸리는 보니를 자기 담요 위로 잡아당겼다. 그 주에 처음으로, 보니의 부드럽고 따뜻한 몸에 다리를 끼고 잠자리에 누웠다. 집에서처럼 말이다. 로지는 코트로 쿠션을 만들어 잠든 팅커벨을 옆에 뉘였다. 그러고는 팅커벨 귀 뒤쪽 부드러운 털에 입을 맞추었다.

"오늘은 내 평생 최고의 밤이야."

로지는 틸리에게 속삭였다.

"맞아. 나는 집에 안 가고 싶어."

틸리가 말했다.

"나도 그래."

앵무새 파이어릿은 동의한다는 듯 졸린 목소리로 꺽꺽거렸다. 강아지 하노는 꿈속에서 멍멍 짖어 대는 것처럼 보였다. 보니는 틸리의 다리 위에서 몇 차례 뒤척이더니, 아주 편안하게 자리를 잡았다. 오두막에서는 흙냄새, 곰팡냄새가 났다. 동물들 때문이기도 했고, 또 무너져 내린 벽과 진흙 바닥 때문이기도 했다. 틸리는 담요 아래 기분 좋게 누웠다. 무척 아늑하게 느껴졌다. 다시 보니와 함께 잘 수 있었으니까. 오두막 안의 자그마한 동물들에게서 온갖 소리가 낮게 울려 퍼졌다.

"어떤 동물한테서 나는 소리인지 알아맞히면 2점 주기야."

마일스가 외쳤다.

"좋았어."

틸리와 로지가 동시에 대답했다. 그러고 나서 모두 낄낄 웃었다.

"조용!"

틸리는 숨을 참았다. 침묵 속에서 코를 쿵쿵거리는 소리가 들려왔다.

"기니피그."

시드니가 말했다.

"이름을 말해야지."

"나는 이름은 몰라."

"저건 토피야."

로지가 말했다.

"여자 팀 2점!"

틸리가 소리쳤다. 그러자 남자팀 쪽에서 "불공평해!"라는 불만이 튀어나왔다.

"뱀도 무슨 소리를 낼까?"

틸리가 로지한테 속삭였다.

"아니."

앵무새 파이어릿이 크게 깩깩거렸다.

"파이어릿! 2점."

시드니가 크게 외쳤다.

잠시 동안 아주 조용했다. 이윽고 하노가 멍멍 짖고 파이어릿이 깩깩 울어 댔다.

번개처럼 빠르게, 로지는 분명한 목소리로 말했다.

"저건 하노야. 그 뒤로 파이어릿이고. 4점. 여자 팀 승리!"

남자아이들 쪽에서 외침과 조롱이 흘러나오고, 이윽고 모두가 잠자리에 들 시간이라는 데 동의한 듯했다.

틸리는 눈꺼풀이 스르르 감기는 걸 느꼈다. 사내아이들이 모두 잠들었다고 확신했다. 적어도 한 명은 코를 골고 있었다.

"내가 동물원에서 밤을 보내리라고는 상상도 못 했어. 정말 완전 놀랍고도 재미있어."

틸리가 로지에게 속삭였다.

"우리가 여기에 영원히 머무를 수 있으면 좋겠어. 어른들은 멍청한 전쟁이나 하라고 하고."

"내 생각도 그래."

틸리와 로지는 잠이 들었다. 숲에서 올빼미가 우는 소리가 들려왔다.

꿈속에서, 틸리는 보니와 함께 오두막으로 걸어가고 있었다. 틸리는 연기 냄새를 맡았다. 시드니가 모두를 위한 멋진 저녁을 준비하고 있는 거라고 보니에게 알려줬다. 틸리가 아래를 내려다보니, 자그마한 강아지에게 눈이 없었다.

그리고 나서 피를 얼어붙게 만드는 비명이 허공을 갈랐다.

"저긴 얼굴 없는 남자야"

틸리가 비명을 질렀다. 틸리는 이제 완전히 잠에서 깼다. 로지가 팅커벨을 두 팔에 안은 채 벌떡 일어나 앉았다.

쓰러진 첫 번째 병사

✳

1939. 8. 31. 목요일 동트기 전

틸리는 자기 담요를 벗어 던지고 보니를 꼭 안았다. 보니는 멍멍 짖어 대며 낑낑거렸다. 희한하게, 유령 소리 같은 게 오두막 여기저기서 들려오고 있었다.

모두 잠에서 깨어났다. 마일스가 나지막하게 속삭였다.

"밖에 뭐가 있는지 나가 보는 게 좋지 않을까?"

하지만 누구도 꼼짝하지 않았다. 갑자기 쿵 소리가 들리며 뭔가 오두막 옆에 부딪혔다. 천장에서 먼지와 거미줄이 우수수 떨어져 내렸다.

하노와 보니가 낑낑거리며 짖기 시작했다. 로지는 비명을 지르며 벌떡 일어나 앞으로 달려갔다.

"이리 와!"

틸리가 외쳤다. 먼지 때문에 숨이 막힐 지경이었다.

로지는 오두막 문 앞에서 주저했다. 잠시 동안 침묵이 이어졌다. 이윽고, 고음의 일그러진 목소리가 들려왔다.

"너희를 잡으러 왔다."

"저건 바보 같은 코너 목소리야!"

시드니가 고함을 질렀다. 시드니는 앞으로 달려가 문을 벌컥 열며 소리쳤다.

"이리 와 봐, 이 개자식들!"

오두막 안에서 대소동이 일었다. 앵무새 파이어릿은 깩깩거리며 횃대에서 미친 듯이 위아래로 오르락내리락했다. 자그마한 애완동물들은 지푸라기 안에서 끽끽거렸다. 하노와 보니는 낑낑거리며 짖어 댔다. 틸리는 문득 생각했다.

'만약 저 녀석들이 이 안으로 밀고 들어와 프레디를 풀어 주면 어쩌지? 독사를 풀어 주면 우리는 엄청난 곤경에 처하게 될 텐데.'

틸리는 보니를 목줄에서 풀어 주며, 아지트 밖으로 성큼성큼 걸어 나왔다. 그러고는 꼿꼿하게 서서 소리쳤다.

"너희들 당장 그만둬, 안 그러면 보니가 물어 버릴 테니까!"

보니는 으르렁대기 시작했다. 정말 꽤나 위협적으로 들렸다. 이제 막 햇빛이 비추기 시작했다. 공터 여기저기에 나무들의 검은 그림자가 짙게 드리웠다. 어두운 구석 한 켠에 코너와 복서, 빌리가 함께 있었다. 코너와 빌리는 배를 움켜잡고 낄낄 웃고 있었다.

"넌 유머 감각이라고는 조금도 없냐? 착하지, 착하지."

코너가 비웃음을 흘리며 복서의 머리를 토닥이며 중얼거렸다.

"아, 정말, 왜 우리를 그냥 내버려 두지 않는 거니? 너희가 정말로 원하는 게 우리랑 우리 애완동물들하고 함께 놀려는 게 아니라면 말이야."

로지가 예의 그 '메간 언니 목소리'로 말했다. 로지는 머리카락을 귀 뒤로 넘기고 치마를 아래로 쓱쓱 쓸어 내렸다.

"지금 농담해? 전쟁 중에 너희 애완동물들을 어떻게 지킬 수 있는지 모른다면 어쩔 수 없는 거지."

코너가 말했다. 이제 점점 날이 환해지고 있었다. 코너의 짙은 머리카락이 눈 위에서 흩날렸다. 비웃듯 웃을 때 올라가는 입 꼬리도 보였다.

"너 정말 그렇게 멍청이냐?"

시드니가 소리쳤다. 틸리도 그 소리에 깜짝 놀랐다.

코너는 시드니를 경계하는 표정으로 바라보고는 복서를 가까이 잡아당겼다. 틸리는 코너가 정말로 자신의 개를 걱정하고 있다는 걸 알았다. 코너가 저런 불량배가 아니라면, 숲속 동물원에 정말 필요했을 것이다. 틸리가 보기에, 코너는 모두의 생각만큼 거친 편은 아니었다. 하지만 지금 코너는 멍청한 행동으로 동물원을 위험에 빠뜨리고 있었다.

"형 개가 얼마나 오래 살 거라고 생각해?"

시드니가 이어 말했다.

"그게 무슨 뜻이야?"

"동물 병원 밖에 늘어선 줄 못 봤어? 사람들이 애완동물 수백 마리를 죽이고 있어. 나랑 형이 어젯밤에 봤어. 운하 옆에 피운 모닥불을 말이야."

"무슨 모닥불?"

로지가 물었다.

"시체를 태우는 거야. 부대에 담아 운하에 그냥 던져 버리기도 했어. 가라앉도록 무겁게 해서 말이야. 하지만 너무 많아. 강아지, 고양이, 앵무새 등 온갖 동물들이 미친 듯이 불타고 있었다고."

네빌이 중얼거렸다.

로지는 깜짝 놀라 숨을 헐떡였다.

"복서도 그렇게 될 거야, 안 그래?"

시드니가 말했다. 그러고는 땅에 침을 퉤 뱉었다.

"저 멍청이들 말 듣지 마."

빌이 말했다.

하지만 코너는 이제 이 모든 소동이 자신과는 아무 상관없어 보였다. 코너는 복서의 귀를 어루만지며 빌에게 으르렁거렸다.

"가자."

그러고는 복서의 밧줄을 잡아당기며 성큼성큼 걸어가 버렸다.

"나쁜 놈 잘 떨쳐 버렸네."

틸리가 중얼거렸다. 하지만 정말 그렇게 생각하는지 확신이 없었다.

마일스가 웃으며 말했다.

"우리가 첫 번째 싸움에서 막 이겼네. 안 그래, 코브라 친구들?"

시드니가 허공으로 폴짝 뛰어오르며 함성을 지르고는, 다시 한 번 팔을 전투기처럼 쭉 뻗은 채 공터를 빙글빙글 돌았다.

틸리는 이제 진짜 아침이 되었다고 생각했다. 태양은 나무들 사이로 솟아오르고, 숲은 환해지고 이른 아침 공기로 상쾌했다. 틸리는 보니를 불러내 시냇가로 내려갔다. 보니는 물을 마시고, 틸리는 얼굴을 씻었다.

"음식 좀 남은 거 있어? 배고파 죽겠어."

틸리가 오두막으로 돌아와서 소리쳤다.

마일스와 네빌이 문가에서 몸을 기대고 있었다. 시드니는 두 손으로 고개를 감싼 채 풀밭에 책상다리로 앉아 있었다.

"동물들 확인해 봤어?"

틸리가 네빌한테 물었다.

네빌은 대답 대신 오두막을 향해 고개를 끄덕거렸다. 흐느끼는 소리가 들렸다. 틸리는 재빨리 오두막 안으로 들어갔다. 로지가 땅에 몸을 웅크리고 있었다. 로지의 두 팔에는 축 늘어진 털 뭉치가 안겨 있고, 로지의 얼굴에서는 눈물이 쏟아져 내리고 있었다.

"로지, 왜 그래?"

틸리가 물었다. 칼날 같은 두려움이 틸리를 스쳐갔다.

"팅커벨이 죽었어."

로지가 흐느끼며 대답했다.

"어디 봐. 네가 어떻게 알아? 어쩌면 그냥 곤히 잠들어 있는 건지도 모르잖아."

틸리가 손을 뻗었지만 로지가 뿌리쳤다.

네빌이 조용한 목소리로 말했다.

"소용없어, 틸리. 나랑 시드니는 마당에서 죽은 쥐를 항상 봐. 팅커벨은 분명 죽었어."

틸리는 바닥에 털썩 주저앉아 로지의 팔을 토닥여 주었다.

"내가 잠자는 동안 죽은 게 분명해. 나는 팅커벨이 이렇게 많이 아픈지 몰랐어. 내가 팅커벨을 죽게 만든 거야."

로지가 눈물을 흘리며 말했다.

"네가 죽게 만든 게 아니야!"

틸리는 겁에 질린 채 단호히 말했다.

틸리는 더 이상 뭐라고 말을 이을 수가 없었다. 자신의 둘도 없는 친구가 가장 아끼는 애완동물을 잃었다. 그리고 부모님이 돌아가시기 전 행복했던 시절과의 마지막 연결 고리를 잃었다. 이건 정말 어마어마한 재난이었다. 틸리는 뭔가 할 말을 떠올렸다.

"누구도 어떻게 해줄 수 없었어, 로지, 안 그래? 그러니까 있잖아, 넌 팅거벨하고 함께 자려고 이곳에 왔어. 그러니까 네가 죽게 만든 게 아니야, 알겠어? 사랑스러운 팅커벨도 알고 있었어. 당연히 알고 있었어. 네가 자기를 얼마나 사랑하는지 말이야."

"정말 그럴까?"

"그래. 정말 그럴 거야."

둘은 침묵에 빠졌다. 로지는 팅커벨의 입 주위 헝클어진 털을 어루만졌다. 팅커벨은 입을 꽉 다물고 있었다.

틸리는 팔을 뻗어 고양이의 발을 부드럽게 쓰다듬었다. 발이 얼마나 뻣뻣한지 느낄 수 있었다. 잠시 뒤, 틸리는 손을 거두어 무릎에 올려놓았다.

오두막 주변에서 틸리가 들을 수 있는 거라고는 애완동물들이 나무 상자 안에서 걸어 다니며 먹이를 찾아 뒤적이는 소리뿐이었다. 토끼 한 마리가 나무 벽에 쿵 부딪혀, 그 소리가 공허하게 울려 퍼졌다. 보니와 하노는 둘 다 배를 깔고 엎드려, 코를 발에 대고, 틸리처럼 서글픈 표정을 지어 보였다. 어쩌면 배가 고파서 그런 건지도 몰랐다. 동물들은 모두 음식과 물이 필요했다. 하지만 사내아이들은 그저 주머니에 두 손을 찔러 넣은 채 가만히 서성거리기만 했다. 시간은 자꾸 흘러갔다.

틸리는 곧 돌아가지 않으면 서로의 집 마당에서 캠핑을 한다던 거짓말이 들통날 거라고 생각했다.

'앞으로는 밖에 나가지 못할 테고 그러면 애완동물은 어떻게 되지?'

그런 생각에 미치자 뭔가를 해야만 했다. 그때 기발한 계획이 떠올랐다.

"장례식. 우리가 팅커벨을 여기 오두막 근처에 묻어 주는 거야. 그러면 팅커벨은 언제나 숲속 동물원에 있는 거잖아."

틸리가 말하자 로지가 울음을 잠시 그쳤다.

"팅커벨의 이름을 달아 주자. 난 팅커벨이 잊히는 게 싫어, 영원히. 내가 우리 엄마 아빠를 절대 못 잊는 것처럼 말이야."

로지가 자그마한 목소리로 말했다.

"그래야지."

틸리가 말했다.

"군대처럼 예의를 갖추어 묻어 주자."

네빌이 말했다.

"좋아. 팅커벨은 첫 번째로 쓰러진 병사야. 그러니 우리가 제대로 대접해 주어야지."

마일스가 조용한 목소리로 말했다.

"아침 식사가 시작되기 전에 빨리 끝마쳐야 해."

틸리가 중얼거렸다.

벌써 8시였다. 더 지체했다가는, 어른들한테 거짓말을 들키고 말 것이다. 시드니는 오두막 안으로 들어와 구석을 샅샅이 뒤지기 시작했다.

"여기, 팅커벨을 여기에 넣어. 그러면 여우가 찝쩍거리지 못할 거야."

시드니가 낡은 깡통 하나를 찾아내고 말했다. 팅커벨이 여우한테 먹힌다는 걸 생각하고 로지가 흐느껴 울기 전, 틸리가 밝은 목소리로 말했다.

"아, 그거 정말 멋지다. 시드니, 잘했어. 저기 단단하고 멋진 뚜껑이 있어. 이 안에 이끼 같은 걸 넣을 수도 있겠다, 로지."

"그리고 팅커벨이 좋아하는 분홍색 플란넬 천 조각도."

로지가 소맷자락으로 두 눈을 훔치며 말했다.

"서두르자, 얘들아. 나가서 안전하고 멋진 장소를 찾아 얼른 땅을 파자."

마일스가 칼을 꺼내며 말했다.

남자아이들은 사라졌다. 틸리는 팅커벨을 두 손으로 감싸 쥐었다. 그러는 사이, 로지는 팅커벨의 마지막 안식처를 준비했다. 로지는 준비하는 내내 팅커벨에게 중얼거렸다.

"그래 너도 봤지? 우리 사랑하는 고양이야, 넌 여기서 정말 안전할 거야. 아주 편안할 거야. 내가 매일 와서 네 무덤에 꽃을 놓을게. 언니하고 형부랑 같이 매주 일요일 교회 예배 끝나고 우리 엄마 아빠한테 그렇게 하는 것처럼."

틸리의 두 눈에 눈물이 고였다. 틸리는 눈물을 참으려 애썼다. 로지 앞에서 울면 안 돼, 틸리는 혼잣말을 했다. 하지만 소리 내어 울지 않는 건 정말 힘들었다.

로지는 팅커벨을 받아 들고 깡통 안에 조심스럽게 놓았다.

시드니가 들어와서 말했다.

"우리가 팅커벨을 위한 멋진 곳 찾아냈어. 와서 봐."

모두 오두막 뒤편의 햇볕이 잘 드는 곳에 빙 둘러섰다. 마일스와 네빌이 구덩이를 파고 있었다. 거의 육십 센티미터 깊이에 깡통이 들어갈 정도의 폭이었다.

"깊이 팠어. 안전할 거야."

네빌이 숨을 헐떡거렸다.

틸리는 로지가 끈과 곧은 나뭇가지 두 개로 자그마한 십자가를 만드는 걸 도와주었다. 나뭇가지는 마일스가 나무에서 자른 것이었다.

"집에 돌아가면, 내가 팅커벨 이름이 들어간 특별한 묘비를 만들 거야. 형부가 생일 선물로 준 유화물감을 쓰면 돼. 비가 오더라도 씻겨 없어지지 않을 거야."

로지가 나지막한 목소리로 말했다.

"좋은 생각이다."

틸리가 말했다.

모두 무덤 주변에 둥글게 섰다. 로지가 깡통을 구덩이 안에 넣었다. 마일스와 네빌이 흙을 다시 채우고 발로 꾹꾹 밟았다. 로지는 무덤 한쪽 끝에 십자가를 꽂았다.

아이들은 잠시 가만히 서 있었다. 그러고 나서 마일스가 말했다.

"내가 화살을 쏠 수 있어. 예포 여섯 발을 쏘는 것처럼 말이야."

틸리는 마일스에게 고개를 끄덕여 보였다. 마일스는 활을 하늘을 향해 겨냥하고는 화살을 쏘았다. 화살은 무덤 위에서 아치를 그리며 날아가 조금 떨어진 땅에 떨어졌다.

"잘했어."

틸리가 말했다.

"내가 코튼 선생님이 가르쳐 준 시를 알아."

시드니가 말했다.

"정말?"

틸리가 깜짝 놀라 물었다.

"시드니는 항상 책을 읽어. 학교에서 시드니한테 특별히 책을 빌려 줘. 코튼 선생님은 시드니가 중등학교에 진학해도 될 만큼 똑똑하다고 말했거든. 하지만 우리는 교복 살 돈이 없어."

네빌이 중얼거렸다. 시드니는 찢어진 주머니 안에 두 손을 찔러 넣고 고개를 푹 숙였다.

"그럼 어서 해 봐."

틸리가 말했다.

"선생님이 제1차 세계대전에 대한 이 시를 우리한테 가르쳐 줬어. 이 시는 죽은 사람을 기억할 때 부르는 노래야. 이건 로렌스 빈 뭐라는 사람의 시야. 난 2행까지밖에 몰라."

시드니가 말했다.

시드니는 군인처럼 두 손을 옆구리에 똑바로 올려놓고는, 한 번도 실수하지 않고 시를 암송해서 끝마쳤다.

"태양이 질 때, 그리고 아침에, 우리는 그들을 기억하리라."

침묵이 흘렀다. 틸리는 왜 시드니가 이처럼 똑똑하다는 걸 알아차리지 못했을까 의아했다.

이윽고 로지가 눈물을 닦으며 말했다.

"정말 아름답다, 시드니. 정말 고마워. 우리 주기도문 외울까?"

모두 고개를 끄덕였다. 모두 익숙한 문장을 중얼거리는 동안, 틸리는 두 눈을 감고 손을 모았다.

"…… 영원히 있사옵나이다, 아멘."

모두 눈을 뜨고 잠시 아무 말도 않고 서 있었다.

마침내 마일스가 말했다.

"우린 언제나 팅커벨을 기억할 거야. 우리 숲속 동물원에서 첫 번째로 쓰러진 병사로서 말이야."

로지는 눈물을 닦았다. 틸리는 로지를 안아 주었다. 틸리의 눈에 다시 눈물이 고였다.

모두 각자 가져온 담요와 물건들을 챙겨 집으로 향했다. 틸리는 어젯밤에 엄마한테 굿나잇 인사를 하고 난 뒤로 얼마나 많은 일을 겪었는지 떠올랐다.

모닥불을 피우고 음식을 익혀 먹고, 어른들 없이 집 밖에서 잠을 자고, 적으로부터 애완동물들을 지켜 냈다. 그리고 첫 번째 애완동물을 묻었다. 그런데 우리가 피난을 떠나고 나서 누가 동물원을 돌볼지 여전히 결정을 내리지 못했다.

도대체 어떻게 될까, 틸리는 걱정됐다. 틸리는 친구한테 손을 흔들어 작별인사를 하고, 집으로 조용히 자전거를 몰았다.

일꾼들이 우체통, 가로등 기둥, 그리고 거리의 나무 주위에 흰색으로 진하게 페인트칠을 하고 있었다. 하지만 틸리의 마음은 걱정으로 가득 차 있었기에, 왜 그렇게 칠을 하고 있는 건지 생각할 여유가 없었다.

끔찍한 이야기

＊

1939. 8. 31. 목요일 아침

"틸리, 황무지 진흙 밭에서 자고 온 것처럼 보이는구나!"

틸리가 집 안으로 들어가 부엌에 들어서자 엄마가 소리쳤다.

엄마는 볼품없는 나무 식탁 옆에 서 있었다. 틸리는 달려가 엄마의 팔에 안겼다. 팅커벨의 장례식 이후 금방이라도 울음이 터질 것만 같았다.

"자, 어리광 부리지 말고."

엄마가 틸리의 머리를 어루만져 주며 말했다.

아빠가 부엌에 들어서며 말했다.

"나는 안 안아 주니?"

틸리는 뒤돌아서 아빠의 낡은 양모 점퍼에 얼굴을 파묻었다. 담배 냄새와 비누 냄새가 났다. 아빠는 틸리를 꼭 안고는 바닥에서 들어 올렸다.

"대박 재미나게 보냈니?"

아빠가 물었다.

"여보, 당신 꼭 어린애처럼 말하네."

엄마가 고개를 절레절레 저으며 말했다.

"아주 멋졌어요, 그런데 배고파 죽겠어요."

틸리가 말했다.

엄마는 틸리에게 손가락 하나를 흔들어 보였다.

"옷 새로 갈아입고 이 손하고 얼굴 박박 문질러 씻고 와. 그래야 아침 먹을 수 있어."

"네, 엄마."

틸리는 대답하고는 부엌에서 달려 나갔다.

틸리가 씻어서 반짝반짝 빛나는 몸으로 돌아와 보니, 베이컨 튀긴 냄새가 났다. 마치 천국처럼 느껴졌다. 엄마는 베이컨, 달걀, 갓 구운 빵이 담긴 큼지막한 접시를 틸리 앞에 내려놓았다. 아빠는 신문에 두 눈을 고정한 채 이미 식사 중이었다.

"아직 독일에서 아무 말이 없네, 여보."

아빠가 중얼거렸다.

"왜 히틀러는 불쌍하고 작은 나라 폴란드를 가만히 내버려 두지 못하는지 모르겠어."

틸리가 아침을 게걸스럽게 먹어 치우자 엄마가 베이컨 두 조각을 더 구우며 말했다.

"지긋지긋한 히틀러가 이 전쟁을 원하기 때문이지. 등화관제 준비 다 되었겠지? 내일 시작한다. 금요일에."

아빠가 접시 옆에 포크와 나이프를 쨍 소리 나게 내려놓으며 말했다.

"하지만 아직 전쟁을 시작하지 않았잖아요, 아빠."

틸리가 말했다.

"곧 하게 될 거야."

"나는 최선을 다했어, 여보. 테드 보우가 어떤 사람인지 당신도 알잖아."

엄마가 신경질적으로 말했다.

테드 보우 아저씨는 동네의 공습 대피 감시원인데, 벌써부터 헬멧을 쓰고 호루라기를 들고 거리를 돌아다니면서 이웃 주민들에게 두목 행세를 하며 창문을 가리라고 윽박질렀다.

아빠는 신문을 펼쳐 놓고 그 뒤에서 중얼거렸다.

"테드 보우가 길 잃은 애완동물들이 낡은 공장 안에 숨어 있다고 말하더군. 스쿠더네 아이들이 그리로 가는 걸 봤다면서."

아빠는 고개를 신문 옆으로 삐죽 내밀고는 틸리에게 눈살을 찌푸렸다.

"그 애들이 너한테 무슨 말 안 하든?"

틸리의 심장이 방망이질 쳤다. 손이 하도 덜덜 떨려서, 하마터면 차를 쏟을 뻔했다.

"아니요."

틸리가 접시에 눈을 고정시킨 채 중얼거렸다.

"스쿠더네 아이들하고는 가까이 지내지 마라."

엄마가 앞치마에 손을 닦으며 말했다.

틸리는 숨어 있는 애완동물에서 화제를 돌릴 기회를 낚아챘다.

"그건 공정하지 않아요, 아빠. 네빌과 다른 아이들은, 스쿠더네 아이들은 항상 배를 곯고 있어요. 아침으로 빵하고 마가린 조금밖에 못 먹어요. 가끔씩 밥 구경도 못 해요."

틸리가 말했다.

아빠가 크게 한숨을 쉬고는 신문을 내려놓았다.

"버트 스쿠더는 참호 안에서 가스를 마셨어. 그 뒤로 폐가 안 좋아. 그래서 정상적으로 일하는 게 무척 힘들었지. 하지만 이번 전쟁은, 전쟁이 시작되면, 모든 걸 바꾸어 놓을 거야. 안 그래, 여보?"

아빠가 말했다.

"당신이 그렇다면 그런 거겠지, 여보."

"아, 그래. 참호 속에 있었던 남자들은, 다시 전쟁을 원하지 않아. 우리는 전쟁이 어떤 건지 똑똑히 알고 있으니까."

아빠가 말했다.

엄마는 깜짝 놀란 표정으로 아빠를 흘끗 바라보고는 빈 접시를 치우기 시작했다.

"하지만 이번에는 선택의 여지가 없어. 이번에는 히틀러와 나치라는 악에 대항한 생존을 위한 싸움이 될 거야. 하지만 그 후에, 전쟁이 끝나면, 당신은 내 말이 무슨 말인지 이해할 거야. 이 나라에서 모든 게 변할 거라는 거 말이야. 노동자들은 더 이상 낮은 임금과 배고픈 아이들을 그대로 놔두지 않을 거라고."

아빠가 계속 말을 이었다.

"그리고 만약 우리가 여기에서 독일인을 만난다면……."

틸리가 조심스러운 목소리로 말했다.

아빠가 콧방귀를 뀌었다.

"안 그러는 게 좋을 거야."

"하지만 만약 그저 어린 꼬마아이라면요?"

"아, 틸리가 말하는 건 에반스 부부 집에 있는 자그마한 남자아이인가 보네요. 에반스 부부가 유대인 아이 하나를 데리고 왔대요. 불쌍한 녀석. 그 애 이름이 뭐였더라, 아 그래, 주디."

엄마가 머리카락을 눈가에서 쓸어 넘기며 말했다.

"아니요, 엄마! 루디예요."

"독일인들은 유대인을 아주 고약하게 다루고 있어. 네가 그 아이를 계속 조심한다면, 그렇다면 아무 문제없겠지. 그 아이는 우리의 적이 아니야."

아빠가 말했다.

틸리는 마음이 놓였다. 자리에서 일어나 식탁 치우는 걸 도왔다. 그때 틸리는 또 다른 질문이 떠올랐다.

"만약 독일에서 전쟁이 터진다면, 키우던 애완동물들은 어떻게 될까요?"

아빠는 신문을 펼치며 중얼거렸다.

"여기서와 마찬가지겠지. 폭탄이 터졌을 때, 누구도 개가 미쳐서 날뛰는 걸 원하지 않으니까."

그렇다면 이런 일이 모든 나라에서 벌어진다는 말일까? 틸리는 스스로에게 물었다. 어른들은 아이들의 애완동물을 죽이고 있었다. 그건 정말 끔찍하게 잘못된 일이었다.

아빠는 일하러 나가고 틸리는 아침 설거지를 마치고 마른 수건으로 물기를 닦아 내고 있었다. 그때 현관문에서 노크 소리가 들려왔다.

로테였다. 로테는 자그마한 종이 상자 하나를 들고, 한쪽 겨드랑이에 커다란 종이 쇼핑백을 끼고 있었다.

"알렉이 너한테 이거 가져다주래. 거기에 쪽지가 있을 거야. 나는 무슨 말인지 읽을 수 없어."

로테가 말했다.

틸리는 로테를 잡아당겨 안으로 들이며 목소리를 낮추라는 시늉을 했다.

"쉿! 어른들이 우리 말 들으면 안 돼. 어른들은 요즘 무척 의심이 많아."

틸리는 로테를 위층을 떠밀며 엄마에게 소리쳤다.

"친구가 왔어요. 제 방에서 놀게요."

일단 방에 들어서서 문을 닫고 나서, 틸리는 종이 상자를 열어 보았다. 그 안에는 새끼 햄스터 두 마리가 솜으로 만든 보금자리에서 잠들어 있었다.

"아, 정말 귀엽네!"

틸리가 소리쳤다. 그러고는 로테가 내민 쪽지를 받았다. 암호로 적혀 있는 걸 보고 틸리는 소름이 돋았다.

"우리의 첫 번째 메시지야. 로지가 얼른 이걸 보면 좋겠네!"

쪽지에는 이렇게 적혀 있었다.

리우 테한들기아 이먹 해탁부.

"이게 영어야?"

로테가 당혹스러운 목소리로 물었다.

틸리는 웃으며 말했다.

"아, 암호야. 단어를 모조리 거꾸로 써. 자, 봐."

틸리는 각각의 단어를 가리키며 소리 내어 읽었다.

"우리 아기들한테 먹이 부탁해."

"와, 정말 똑똑한데. 히틀러가 영국 아이들을 이길 수 있다고 생각한다면, 그건 정신 나간 거야."

로테가 말했다.

로테는 자기가 가지고 온 쇼핑백을 열며, 자랑스러운 목소리로 말했다.

"내가 이걸 가지고 왔어. 내가 일하는 집의 그린 씨 부부가 음식을 너무 많이 버려. 그 사람들은 엄청 부자거든."

쇼핑백 안에는 고기 부스러기가 가득 들어 있었다.

틸리는 나지막하게 휘파람을 불었다.

"와, 우리한테 정말 필요한 거야. 고마워!"

"우리 강아지 하노한테도 조금 먹여 줄 수 있지?"

"당연하지. 우린 모두 함께 나눠."

로테의 얼굴에 미소가 번졌다. 로테는 틸리의 방을 둘러보았다.

"책이 참 많구나. 나는 책 읽는 걸 너무 좋아해. 하지만 내 책은 전부 고향 집에 있어. 독일에서는 나치가 책을 거대한 불꽃에 불태워 버렸어."

"불태웠다고? 왜 그런 짓을 하는 거지?"

틸리가 깜짝 놀라 물었다.

"나치는 자신들한테 동조하지 않는 사람이 쓴 책은 모조리 불태워. 내가 사는 도시, 프랑크푸르트에서 직접 봤어. 뢰머광장에서 말이야. 아빠는 나를 억지로 잡아당겼어. 내가 책을 구하려고 했거든. 그때 난 열 살 꼬마였어. 엄마가 그러는데 나치는 야만인이래."

틸리는 그 말이 너무 충격적이어서 한동안 아무 말도 할 수 없었다. 책을 불태웠다는 걸 들으면 루지가 뭐라고 말할까? 틸리는 선반에 놓인 몇 안 되는 책들을 훑어보았다. 생일 선물과 크리스마스 선물로 받은 책들이었다. 틸리는 그중 한 권을 꺼내며 말했다.

"이 책 읽어 봤어? 원한다면 빌려 가도 돼."

로테는 마치 귀중한 보물이라도 되는 것처럼 두 손으로 책을 받아 들었다. 그러고는 제목을 큰 소리로 읽었다.

"《기찻길의 아이들》, 네스……빗 지음. 고마워, 틸리. 넌 정말 친절한 아이구나!"

"내가 가장 좋아하는 작가야. 그 책 다 읽으면, 다시 와. 로지한테도 책이 많이 있어."

"아, 넌 진짜 친구야. 가슴 깊게 고맙게 생각해. 난 엄마한테 편지를 써서 네 이야기를 할 거야."

틸리는 고개를 끄덕이며 말했다.

"엄마가 그러는데, 루디가 유대인이래. 그래서 이곳으로 오게 된 거야?"

틸리는 말을 멈추었다. 로테가 시선을 떨구자, 틸리의 두 뺨이 붉어졌다.

"미안해. 무례하게 굴 생각은 없었어."

틸리가 허둥거리며 말했다.

"아, 아니야. 네 말이 맞아. 우리는 유대인이야. 나치는 모두에게 무척 잔인하게 굴어. 하지만 특히 유대인한테 더 잔인하게 굴지. 나치는 아주 나쁜 짓을 저지르고 있어."

로테가 말했다.

틸리의 입이 갑작스레 바싹 말랐다. 틸리는 입술을 핥으며 조심스럽게 물었다.

"이를테면?"

로테는 주저하다 차분한 목소리로 말했다.

"나치는 우리 아빠와 다른 유대인 남자들을 잡아갔어. 그러고는 축구장에서 풀을 뽑게 시켰어."

그건 그렇게 나쁜 짓처럼 들리지는 않았다.

"가위로?"

틸리가 물었다.

"아니, 이빨로."

"하지만…… 이해가 안 가."

틸리가 속삭였다. 그건 그냥 농담처럼 들렸다.

"하루 종일 그리고 밤늦게까지, 무릎을 꿇고, 유대인 남자 20명이, 자신의 이로 풀을 베어야 했어."

로테가 다시 시선을 떨구었다. 틸리는 로테가 수치심에 얼굴이 붉어진 걸 알 수 있었다.

로테가 말을 이었다.

"아빠가 집에 돌아왔을 때, 입안이 온통 피투성이였어. 일주일 동안 말 한마디 할 수 없었어. 히틀러는 유대인들을 모두 죽이려고 해."

"언니 부모님도 탈출할 수 없어?"

로테는 잠시 틸리를 물끄러미 바라보았다. 그러고 나서 주머니에서 종이쪽지를 꺼내 펼쳐 보였다.

"엄마는 거의 매일 나한테 편지를 써. 엄마는 내가 독일어를 잊어버릴까 봐 걱정해."

로테는 살짝 웃어 보였다. 그러고는 편지를 읽어 주었다.

"네가 독일어에서 실수를 많이 하고 있구나. 네 영어 실력이 많이 좋아진 건 다행이다. 하지만 모든 걸 잊어버리지는 마라. 그건 비참할 거야. 여기 독일에 있는 우리 모두를 생각하렴."

로테는 편지에서 뭔가를 찾기라도 하는 것처럼 잠시 말을 멈추었다. 그러고는 말했다.

"아, 여기 있네. 우리한테는 아무 일도 일어나지 않았어. 하지만 언제든 떠날 준비를 하고 있어. 우리는 쿠바나 칠레로 갈 허가증을 얻으려 노력 중이란다."

"여기 영국으로 오시면 안 돼?"

틸리는 쿠바라는 이름은 처음 들어 봤다. 도대체 어디 있는 나라지?

로테는 고개를 저었다.

"영국에서 부모님을 거부했어."

그러고는 책을 겨드랑이 아래 끼고서 말했다.

"이제 난 가야 해. 나중에 루디 보러 갈 거지?"

"그럼, 당연하지."

틸리가 대답했다.

틸리는 로테를 문밖으로 배웅했다.

틸리가 자전거를 꺼내 아지트로 가려는데, 엄마가 나와 틸리한테 종이쪽지를 건넸다.

"물건 좀 사 와라, 틸리."

"하지만 로지 만나기로 했는데요."

벌써 11시였다. 동물원의 애완동물이 모두들 배가 무척 고플 시간이었다.

"얼른 가! 곧 배급이 있을 거야. 물건을 채워 둬야 해. 벤슨 부인이 자신의 식료품 저장실에 뭘 어떻게 채워 두었는지 너도 봐야 해. 군대를 먹일 정도로 엄청나다니까. 그 집에는 달랑 두 식구밖에 없는데 말이야."

엄마가 쌀쌀맞게 쏘아붙였다.

틸리는 한숨을 푹 쉬고는 밖으로 나가 자전거를 탔다. 하이 스트리트로 자전거를 몰아, 은행 근처에 이르렀을 때, 말을 탄 여자아이가 눈에 띄었다. 소피아 하이클리프-반스였다. 연녹색 치마와 눈에 띄는 검은색 신발을 신고 있었다. 그 앞에는 소피아의 엄마가 아주 말쑥하게 차려 입고서 걸어가고 있었다. 그리고 또 다른 여자는 연빨강 모자를 쓰고 있었다.

틸리가 속도를 내 지나가려 하자, 소피아가 틸리를 보고 손짓했다. 정말 이상하다고 생각했지만, 소피아의 표정에는 발길을 멈추게 하는 뭔가가 있었다.

"안녕."

틸리는 조심스런 목소리로 말했다.

"멈춰 줘서 정말 고마워. 위층 하녀가 자기 동생들이 거북을 안전한 장소에 남겨 두었다고 말해서 말이야. …… 그러니까 숲속 오두막에……."

소피아가 은행 밖에서 멈춰선 두 여자를 흘끗 바라보면서 조용하게 망설이듯 말했다.

틸리는 소피아네 집에 도대체 하녀가 몇 명일까 뜬금없이 궁금해졌다. 하지만 틸리는 이렇게 말했다.

"그런데?"

"내 생각에, 네가 날 도와줄 수 있을 것 같아서, 그러니까⋯⋯."

소피아의 목소리는 빨간색 모자를 쓴 여자의 커다란 목소리에 파묻혔다.

"이것은 분명 애완동물들에 대한 끔찍한 살인이야. 무슨 말로도 설명할 수 없어!"

틸리와 소피아는 눈빛을 교환했다.

"저분은 이디스 고모야."

소피아가 속삭였다. 소피아는 자기 엄마를 흘끗 바라보았는데, 그애 엄마는 얼굴을 잔뜩 찌푸리더니 갑작스레 큰 소리로 말했다.

"음, 나는 상류층 사람들은 자기가 키우는 자그마한 고양이와 강아지들을 구할 수 있으리라고 생각했어. 하지만 세상에나, 이디스, 가난한 사람들의 벼룩에 물린 잡종 개를 원하는 사람은 아무도 없어요."

그러고는 소피아 엄마는 은행 안으로 잽싸게 들어갔다. 그 뒤를 이디스 고모가 고개를 절레절레 저으며 따라 들어갔다.

"나도 가 봐야 해. 우리 엄마가⋯⋯."

소피아가 중얼거렸다. 그러고는 어깨를 으쓱했다.

틸리는 소피아가 그렇게 속물이 아닐지도 모른다고 생각했다.

"저기, 어른들한테는 말하지 않을 거지, 약속할 수 있어?"

"물론이지, 날 믿어도 돼, 완전히."

소피아가 말했다. 소피아의 두 눈은 희망으로 크게 벌어졌다.

"좋아. 숲속 동물원은 들판 저쪽 끝에 있는 잡목림 너머 오두막 안에 있어. 우리 암호는 물동 이먹이야."

소피아는 재빨리 고개를 끄덕이고는 은행 안으로 달려 들어갔다. 그 모습이 놀란 토끼처럼 보였다.

정오가 지난 시각, 틸리는 마침내 엄마한테서 벗어날 수 있었다. 틸리는 햄스터가 들어 있는 종이 상자와 음식 부스러기가 담긴 쇼핑백을 몰래 숨겨 나와야 했다. 들키지 않고 밖으로 나온 틸리는 종이 상자를 담요 안에 넣고, 쇼핑백을 자전거 핸들에 걸고, 자전거를 몰아 거리로 나서 운하를 향해 나아갔다. '배 끄는 길'에 이르자, 사백 미터 정도 떨어진 곳에서 거대한 불길이 타고 있는 게 보였다. 불꽃이 물 위에 타오르며, 강물을 진한 붉은색으로 물들여 놓았다.

일꾼 두 넝이 딜리 옆을 지나갔다 그중 한 명이 말했다.

"런던에 고양이와 강아지가 오십만 마리 정도 있대. 그 많은 동물들을 전부 불태울까?"

둘은 모두 코를 쿵쿵거리며 부대자루를 운하 강둑 위의 불꽃에 깊이 던져 넣었다.

틸리는 최대한 빨리 페달을 밟아 그 끔찍한 광경에서 벗어났다.

연기 때문에 두 눈이 따끔거렸다. 들판에 이르러서야 멈춰 서서 한숨을 크게 돌렸다. 신선한 공기를 급히 들이마시며, 잎사귀 위의 무당벌레를 보았다. 오래된 노래가 마음속에 떠올랐다.

무당벌레야, 무당벌레야, 빨리 집으로 가.
너희 집에 불이 나서 아이들이 모두 죽었단다.

틸리는 몸을 부르르 떨며, 자전거에 다시 올라타 아지트로 달려갔다.

절대 헤어지지 않아

✳

로지는 공터에 있었다. 틸리가 도착해 흥분한 목소리로 외쳤다.

"봐! 우리의 첫 번째 비밀 암호 메시지야! 그리고 내가 하이 스트리트에서 누구를 만났는지 넌 믿지 못할 거야."

틸리가 종이쪽지를 흔들었지만 로지는 아무 대답도 없었다. 틸리는 로지의 얼굴이 무척 창백하다는 걸 눈치챘다. 틸리는 자전거를 풀밭에 털썩 쓰러뜨렸다. 로지의 두 뺨에 울긋불긋 얼룩이 두 개 있었다. 마치 열병에 걸린 것 같았다.

"메간 언니한테 말했어. 말해야 했어. 난 울음을 그칠 수 없었어."

로지가 떨리는 목소리로 말했다.

"숲속 동물원에 대해서?"

"아니, 물론 아니야. 팅커벨에 대해 그동안 솔직하게 말하지 않았다고 언니한테 말했어. 내가 운하 근처 덤불 속에 팅커벨을 숨겼는데, 팅커벨이 죽어서 우리가 묻어 주었다고 말이야. 하지만, 아, 틸리, 큰 문제가 생겼어."

"그게 무슨 말이야?"

"언니가 세 번이나 나한테 물었어. 내가 정확히 어디에 팅커벨을 숨겼냐고. 나는 얼버무렸지. 하지만 언니가 말했어. 아이들이 낡은 공장 안에 애완동물들을 숨기고 있다는 걸 다 알고 있다고 말이야."

틸리는 깜짝 놀라 숨을 헐떡였다.

"우리 아빠도 정확히 그렇게 말했어. 소문이 돌고 있다고 말이야. 하지만 만약 어른들이 그 소문을 믿기 시작하면, 어른들이 이 오두막을 찾아내는 건 그리 오래 걸리지 않을 거야. 여긴 들판에서 고작 몇 분 떨어지지 않은 거리에 있잖아."

틸리는 다시 한번 등골이 오싹한 기분이 들었다. 처음, 코너가 아지트를 찾아내 우리를 고자질하겠다고 위협하고, 이제 어른들이 우리 근처로 바싹 다가오고 있다. 어떻게 하면 우리가 어른들을 따돌릴 수 있을까?

"그런데 이건…… 이건 그것보다 훨씬 더 심해. 언니가 나를 학교 아이들이랑 같이 피난 보내지 않을 거래. 언니가 그랬어. 엄마는 우리가 떨어져 지내는 걸 원하지 않을 거래. 만약 전쟁이 터지면……."

로지가 울다 말고 딸꾹질을 하며 말했다. 로지의 목소리는 갈라지고, 얼굴은 완전 정신 나간 사람처럼 보였다. 눈물이 두 뺨에 줄줄 흘러내렸다.

틸리는 너무 놀라, 다리에 힘이 하나도 없었다. 마치 두 다리가 흐물흐물 물이 되어 버린 것 같았다. 둘 사이에 폭탄이 떨어져, 커다란 구덩이를 만들어, 둘을 영원히 떨어뜨려 놓은 것 같았다.

"하지만…… 하지만 네가 메간 언니 마음을 돌려놓을 수 없을까? 너희 형부는 뭐래?"

틸리는 말을 더듬었다.

로지는 뺨의 눈물을 닦으며 대답했다.

"형부는 나한테 항상 해 주던 비밀 윙크도 안 해 줬어. 나는 애원하고 매달렸어. 결국에는 언니가 나한테 너무 화가 나서 차 주전자를 거의 집어던질 뻔했어."

로지는 초록색 눈동자에 고통을 가득 담아 틸리를 바라보며 말했다.

"나는 전쟁이 터지면 너랑 함께 있고 싶어. 언니가 아니라……. 넌 이 넓은 세상에서 나를 진정으로 이해해 주는 유일한 사람이야. 틸리, 이제 엄마 아빠는 돌아가셨어. 우린 함께 지내야 해, 안 그래?"

"물론이지! 그 어떤 것도 우리를 갈라놓을 수 없어. 그건 정말이지 절대 상상할 수도 없어! 메간 언니가 우리를 함께 피난 보내도록 만들어야 해."

로지는 흐르는 눈물을 잠시 거두었다. 그러고는 말했다.

"나는 모두 잃은 기분이야. 처음에는 팅커벨. 그리고 너. 이제 아무도 남아있지 않아."

틸리는 앞으로 몸을 숙여 로지의 팔을 토닥여 주었다.

"내가 계획을 짜 볼게."

틸리가 숲 건너편을 물끄러미 바라보았다. 까마귀 한 마리가 나무 사이에서 천천히 게다가 음침하게 날개 짓을 했다. 틸리는 모든 생각이 모조리 빠져나간 느낌이 들었다. 틸리가 할 수 있는 일이라고는 곧 닥칠 절박한 운명을 생각하지 않도록 로지의 기분을 약간 북돋아 주는 것뿐이었다.

틸리는 얼굴에서 머리카락을 뒤로 쓸어내렸다.

"음, 팅커벨의 묘비는 어떻게 되었어? 하나 만들었어?"

틸리가 물었다.

로지는 입고 있던 카디건 끝자락으로 눈가를 닦고는 자신의 자전거 바구니 안에 든 납작한 꾸러미를 가리켰다. 꾸러미는 갈색 종이로 싸서 줄로 묶여 있었다.

"이불 속에서 손전등을 켜고 저걸 만들었어."

"잘했어. 애완동물들을 돌봐 주고 나서 저걸 세워 두자."

로지는 고개를 끄덕였다. 바로 그때, 알렉이 수조를 들고 오두막을 나왔다. 그러고는 수조를 풀밭에 내려놓고는 뚜껑을 옆으로 밀어 열어 안을 들여다보았다.

"프레디가 죽었어."

알렉이 감정을 억누르며 말했다.

틸리는 로지의 입이 다시 아래로 축 떨어지는 걸 볼 수 있었다. 틸리는 로테가 준 음식 부스러기 봉투를 로지한테 내밀며 말했다.

"여기, 가서 우리 애완동물한테 먹이자."

틸리는 '우리'라는 단어를 분명한 목소리로 발음하려고 했다. 로지는 오두막 안으로 들어갔다.

"로지가 별로 행복해 보이지 않는데."

알렉이 말했다.

"로지의 고양이가 죽었어. 그래서 아침에 묻어 주었거든. 프레디가 불쌍해."

알렉이 어깨를 으쓱해 보였다.

"걱정 마. 난 울지 않을 테니까. 프레디는 정말 좋은 녀석이었어."

"프레디를 팅커벨 옆에 묻어 줄까?"

"아니, 괜찮아. 내가 알아서 처리할게."

알렉은 딱딱하게 굳은 시체를 들어 올려, 부대에 싸서는 잡목림 속으로 들어갔다.

틸리는 보니를 풀어 주었다. 보니는 틸리를 향해 뛰어들며, 평소처럼 엄청 기쁘게 틸리의 손을 핥았다. 하노도 활기차게 움직였다. 하지만 루디가 보이지 않자, 하노는 배를 깔고 바닥에 엎드려 두 눈으로 틸리를 올려다보았다. 이윽고 앵무새 파이어릿이 시끄럽게 깍깍거리며 새장 빗장을 부리로 톡톡 쪼았다. 하노는 귀를 쫑긋 세우고는 시끄럽게 컹컹 짖어 댔다.

"보니, 쟤들이 뭐라는 거야?"

틸리가 물었다.

하지만 보니는 시끄럽게 컹컹 짖으며 오두막 뒤로 달려가 버렸다. 마치 이렇게 말하는 것 같았다.

"서둘러, 가서 놀자."

틸리가 뒤따라 가 보니, 로지가 팅커벨의 무덤에 무릎을 꿇고 앉아 있었다.

"우리 지금 묘비를 세울까?"

틸리가 소리치며 다가갔다.

"벌써 다 했어."

로지가 말했다.

"아."

틸리가 짧게 탄식했다. 로지가 도와달라고 부탁하지 않아서 살짝 마음이 아팠다.

묘비는 검정색 벨벳 리본으로 십자가 아랫부분에 묶여 있었다. 로지가 갖고 있는 제일 좋은 리본, 그러니까 교회에 갈 때 다는 리본이라는 걸 틸리는 알아차렸다. 틸리는 이걸 보고 메간 언니가 뭐라고 말할지 궁금했다.

묘비 위에, 로지는 팅커벨의 그림을 그리고 빨간색 페인트로 이렇게 적어 놨다.

내 최고의 친구이자 이 세상에서 가장 사랑스러운 어린 고양이

팅커벨 윌슨

1935년 5월 6일~1939년 8월 30일

둘은 잠시 동안 아무 말 없이 서서 묘비를 지켜보았다. 그러고 나서 로지는 팅커벨의 무덤에서 옆으로 물러서서 몸을 숙여 새로 파낸 흙에서 잡초를 뽑았다. 어깨를 축 늘어뜨린 채, 로지는 오두막으로 다시 걸어가며 중얼거렸다.

"어린 동물들한테 먹이를 좀 주는 게 좋겠어."

틸리는 보니를 데리고 시냇가로 가서 물을 먹였다. 자기 친구를 위해 뭘 해야 할지 모르기도 했고, 생각할 게 너무 많기 때문이기도 했다. 틸리는 어디서부터 시작해야 할지 알지 못했다. 보니가 시냇가에서 이리저리 헤집고 돌아다니는 동안, 틸리는 머릿속으로 모든 걸 정리해 보려고 노력했다.

먹을 게 부족했기에, 뭔가를 생각해 내야만 했다. 안 그러면 동물들은 모두 서서히 굶어 죽을 것이다. 틸리가 보니를 안았을 때 보니의 갈비뼈가 평소보다 더 많이 튀어나왔다는 걸 확실히 알 수 있었다.

아직까지 동물원을 돌볼 사람을 구하지 못했다. 그런데 이제 가장 큰 재앙이 닥쳤다. 로지와 함께 피난을 갈 수 없게 되었다.

'그래. 급한 불부터 끄자.'

틸리는 생각을 정리했다. 알렉한테 우리가 떠나고 나서 동물원

을 돌봐 달라고 최대한 빨리 부탁하는 게 첫 번째 할 일이었다.

하지만 로지의 피난을 어떻게 해결하지? 그건 해결할 수 없는 문제처럼 보였다. 틸리는 어디서부터 어떻게 시작해야할지 아무 생각도 나지 않았다.

공터로 돌아오자, 보니가 앞으로 달려 나갔다. 잡목림 가장자리에서 목소리가 들려왔다.

"안녕."

소피아가 머리카락에서 가시 관목을 떼어 내고 있었다. 네빌은 두 손을 주머니에 찔러 넣은 채 걱정스러운 표정을 짓고 있었다.

"저 아이가 암호를 제대로 말했어, 틸리."

네빌이 시선을 땅에 고정한 채 말했다. 마치 틸리가 자신한테 고래고래 소리칠 걸 예상하고 있기라도 한 것 같았다.

"저 애가 여기서 뭐하는 거야?"

마일스가 나무에서 털썩 뛰어내리며 소리쳤다. 그 뒤를 시드니가 따라 내렸다.

"저 여자애가 기밀을 누설할 거야."

시드니가 소피아를 노려보았다.

"너희 엄마는 말 타고 같이 안 왔어?"

시드니와 마일스가 킬킬 웃었다.

소피아는 밧줄을 잡아당겼다. 그러자 무척 심술궂은 표정의 염소 한 마리가 숲에서 갑작스레 불쑥 튀어나왔다. 염소는 수염이 길고 뾰족한 뿔이 두 개 달렸다.

"이리 와, 호라스."

소피아가 낑낑거리며 염소를 잡아당기고 또 잡아당겼다.

염소는 꼼짝 않고 그냥 서 있었다. 소피아는 곧 울음을 터트릴 것 같았다. 소피아는 승마복을 입고 있었는데, 크림색 승마바지는 흙투성이에 나뭇가지가 덕지덕지 붙어 있었다.

소피아는 손등으로 이마를 쓱 문지르며 말했다.

"제발 도와줘. 달리 부탁할 사람이 없어."

"우리를 어떻게 찾아낸 거야?"

로지가 오두막에서 나오며 물었다. 팔에 기니피그, 토피를 안고 있었다.

틸리는 로지와 눈길을 마주치려 했지만 로지는 다시 저 멀리로 시선을 돌리기만 했다. 기니피그는 로지의 점퍼 안으로 코를 킁킁거리더니 자그마한 코를 허공에 실룩거렸다. 하지만 로지는 기니피그가 얼마나 사랑스러워 보이는지 알아차리지 못한 것 같았다.

틸리는 나지막하게 한숨을 내쉬었다.

"하이 스트리트에서 틸리를 봤어⋯⋯."

소피아의 목소리가 기어들어 가더니, 금발머리를 한 손으로 매만졌다. 금발머리가 얼굴 주변에서 이리저리 바람에 날렸다.

"내가 소피아에게 암호를 알려 줬어."

틸리가 말했다.

사내아이들이 눈길을 주고받는 걸 보고 틸리의 얼굴이 약간 붉어졌다.

"우린 저 아이 못 믿어. 저 아이는 자기 말들을 갖고 얼마나 잘난 체하는데. 그리고 저 아이 엄마는 우리를 상스러운 아이들이라고 불렀단 말이야."

마일스가 투덜거렸다.

"미안해."

소피아가 중얼거렸다.

"얘들아, 나는 소피아가 자기 엄마하고 똑같다고 생각하지 않아, 안 그래? 우리 모두 부모님하고 똑같니?"

틸리가 말했다.

사내아이들은 숨죽여 뭐라 뭐라 중얼거렸지만, 누구도 틸리의 말에 반박하지 않았다.

"여긴 호라스라고 해. 아빠가 호라스를 안락사시킬 거래. 다음 주에 우리 말을 서섹스에 있는 이디스 고모네 집으로 보낼 거야. 그 집에는 마구간하고 헛간 같은 건물이 아주 많아. 하지만 호라스는 쓸모가 없대. 너무 늙어서 먹을 수도 없대."

소피아가 아이들의 침묵을 틈타 불쑥 말했다.

소피아는 살짝 흐느꼈다. 틸리는 팔을 뻗어 소피아를 위로해 줄 뻔했다.

"호라스는 관절염이 있어. 불쌍한 늙은 호라스. 하지만 만약 내가 호라스를 보호할 수 없다면, 난 그 멍청한 전쟁 따윈 아무 신경 쓰지 않아."

"그렇다면 왜 너희 고모가 염소를 데려가지 않는 거야?"

시드니가 물었다.

소피아가 고개를 가로저었다.

"고모는 오늘 아침에 서섹스로 돌아갔어. 그리고 아빠는 점심
식사 때가 되어서 나한테 그 이야기를 했어. 난 말을 타고 이곳으
로 왔어. 불쌍한 호라스는 내내 걸어야 했고. 정말 먼 거리였어."

"너희들 생각은 어때?"

틸리가 주위를 둘러보며 물었다.

"저 아이가 암호를 말했어."

네빌이 중얼거렸다. 마일스도 어깨를 으쓱했다.

틸리는 소피아를 돌아보며 말했다.

"여기 봐, 넌 우리 규칙에 동의했어. 그리고 호라스의 목숨을 걸
고 맹세해. 우리를 절대 배반하지 않겠다고 말이야."

소피아의 눈에는 눈물이 가득 고였다.

"아 그래, 맹세해. 너한테 정말 고마워."

틸리는 코브라 친구들을 둘러보고는 말했다.

"좋아. 그럼, 너도 우리 편이야."

"아, 정말 고마워. 그리고 내가 이걸 좀 가져왔어."

소피아가 말했다.

소피아는 등에 매고 있던 배낭 하나를 풀어 커다란 종이 봉지를
꺼냈다. 종이 봉지를 열어 아이들에게 보여 주었다.

"와우! 주말 내내 먹을 수 있을 만큼 충분해. 호라스는 풀만 먹
지, 안 그래?"

마일스가 외쳤다.

"그럴 거야."

소피아가 호라스를 단단히 묶으면서 말했다.

호라스는 날카로워 보이는 뿔로 소피아를 들이받으려 했지만, 소피아는 호라스의 코를 토닥여주며 조용한 목소리로 달랬다. 마침내 호라스는 진정되었다.

"우리 애완동물들 먹이고 깨끗이 청소하자."

틸리가 말했다.

틸리는 로지에게 다가가 속삭였다.

"난 잊지 않았어, 로지. 내가 약속했지, 그렇지?"

로지는 틸리와 눈도 마주치려고도 하지 않았다. 그냥 어깨를 으쓱해 보이고는 오두막 안으로 걸어 들어갔다.

소피아가 합류해 소리쳤다.

"세상에, 이거 너희들끼리 전부 다 한 거야? 저 근사한 기니피그 좀 봐. 누가 저 동물 우리를 만든 거야?"

스쿠더 집안 아이들은 그 칭찬으로 기분이 한껏 들뜬 것 같았다. 자신들이 만든 경첩 달린 뚜껑을 자랑스레 보여 주었다. 곧 소피아는 애완동물들을 들어 올리고, 먹여 주고, 더러워진 지푸라기를 치웠다. 공터 안팎으로 오가며, 소피아는 팔 한 가득 풀을 뜯어 자그마한 애완동물들을 위한 새로운 잠자리를 만들어 주었다.

틸리는 로지가 새끼 햄스터에게 관심을 갖게 해 주려고 애썼다.

"여기 앉아서 쟤네들 좀 안아 주면 어때?"

틸리는 로지를 나무 상자 위로 가볍게 밀어 앉히고, 무릎에 새끼 햄스터들을 놓아 주고 소피아가 가져온 음식 중에서 상추를 찾아냈다.

햄스터들은 상당히 발랄했다. 하나는 갈색, 하나는 얼룩무늬가 있는 검은색이었는데, 털이 정말 부드러웠다. 자그마한 귀는 분홍색이었다. 햄스터들은 상추를 좋아하는 것 같았다. 킁킁 냄새 맡으며 조금씩 뜯어 먹었다. 틸리는 그 모습에 넋이 나갔다. 그사이 보니가 로지의 무릎을 향해 코를 내밀려고 했다.

"안 돼, 보니. 제발, 그러다 먹어 버리겠니!"

틸리가 소리치며, 로지의 관심을 끌어 웃게 만들려고 했다. 하지만 로지는 아무런 관심도 보이지 않았다. 로지의 얼굴에는 완전히 낙담한 표정이 짙게 깔려 있었다.

소피아가 소리쳤다.

"난 이만 가야 해. 엄마는 내가 혼자서 말 타고 돌아다니는 거 싫어하셔. 집에 늦게 가면 큰일 나. 어쨌든 정말 고마워, 너희 모두. 아침에 다시 와서 도와줄게. 여긴 정말 재미난 곳이야. 난 너희가 정말 대단하다고 생각해!"

소피아는 손을 흔들어 인사하고는 오두막을 나갔다.

마일스가 말했다.

"저 아이 괜찮은 것 같아."

"물론이지."

시드니가 맞장구쳤다.

틸리는 마일스와 시드니를 향해 웃어 보이며 말했다.

"우리도 이제 가야할 시간이 된 것 같아. 동물 우리가 모두 제대로 잠겼는지 다시 한 번 더 확인해 보자."

틸리는 개 두 마리를 묶고, 하노에게 주변을 좀 달릴 수 있게 약간의 자유를 주었다. 하노와 보니는 둘도 없는 친구가 되었다. 이제서로 옆에서 잠을 잤다. 하노의 기다란 갈색 코가 보니의 등에 놓여 있었다. 보니는 틸리가 떠날 때 여전히 낑낑거렸다. 하지만 밤에따뜻하게 보낼 친구가 있다는 걸 알았기에 위로가 되었다.

틸리는 거북이를 종이 상자 안에 집어넣었다. 앵무새 파이어릿은 새장을 부리로 콕콕 쪼고, 하노는 컹컹 짖었다. 보니도 낑낑거렸다. 그러니까, 애완동물들이 모두 친구가 된 것처럼 보였다.

밤을 보낼 준비가 다 되어 있는 것을 보고 틸리가 만족해할 즈음, 스쿠더 집안 아이들과 마일스는 떠났다. 로지는 이미 자기 자전거에 올라탔다. 틸리와 함께 자전거를 몰아 집으로 돌아가는 내내 로지는 한 마디도 하지 않았다. 둘은 길모퉁이에서 헤어졌다. 틸리는 그 어느 때보다 걱정에 휩싸인 채 집에 도착했다.

그날 밤 틸리는 발치에 보니의 온기를 느끼지 못한 채 침대에 누워 있는 게 엄청나게 외롭게 느껴졌다. 틸리는 숲속 동물원을 돌보기까지, 그리고 로지와 함께 피난을 떠날 수 있도록 어른들을 설득하기까지 이제 고작 며칠밖에 남지 않았다는 걸 알고 있었다.

위기일발

✻

1939. 9. 1. 금요일

금요일은 그 주의 다른 날처럼 햇살 가득한 맑은 날로 아침을 열었다. 어른들은 그걸 '인디언 섬머'라고 불렀다. 날씨는 숲속 동물원의 일을 훨씬 수월하게 해 주었다. 매일 비가 온다면 어떻게 동물들을 모두 밖으로 데리고 나가 신선한 공기를 마시게 할 수 있을까?

딜리는 이를 닦으며 욕실 창문으로 밖을 내다보았다. 햇빛이 나무 사이로 비쳐 땅 위에 얼룩무늬를 만들어 냈다. 모든 게 고요하고 조용했다. 우유 배달부 아저씨가 끄는 말발굽 소리와 문가에서 들려오는 우유병 부딪치는 소리만 들릴 뿐이었다.

오늘 밤부터 영국 전체가 등화관제를 할 거라고 했다. 런던에서는 오늘부터 피난이 시작됐고, 프랑스에서는 이미 수천 명의 아이들을 파리에서 내보냈다는 소식이 뉴스에서 흘러나왔다.

나라 전체가 칠흑처럼 어두워진다면, 집으로 가는 길을 어떻게 찾을 수 있을까? 틸리는 궁금했다.

동네 잡화점에서 줄을 서서 기다리고 있던 남자가 이렇게 말했었다.

"어떤 불빛도 밖으로 새어 나가게 하지 않는 게 좋아. 하지만 달이 떠 있으면, 템스 강은 마치 반짝반짝 빛나는 크리스마스트리처럼 환하게 빛나겠지, 안 그래?"

'그러면 독일군의 폭탄은 길을 잃지 않겠구나.'

틸리는 그렇게 생각하며 몸서리쳤다.

적어도 틸리네 집은 템스 강에서 몇 킬로미터 떨어진 곳에 있었다. 웨스트 런던에 도착할 즈음에는 이미 폭탄을 다 쏟아 부은 뒤일지도 모른다. 하지만 틸리는 희망을 품지는 않았다.

"오늘 아침에는 네가 마당 파는 일을 좀 도와줬으면 좋겠구나. 오늘 직장에서 교대가 좀 늦게 시작하거든."

아침 식사가 끝나고 아빠가 말했다.

틸리는 크게 한숨을 쉬었다.

'도대체 언제 동물원에 가서 동물들을 먹이지?'

틸리는 아빠를 따라 밖으로 나가며 이렇게 생각했다.

아빠는 울타리 옆 딱딱한 땅에 삽을 밀어 넣고 있었다. 아빠의 커다란 가죽 장화는 도널드 아저씨네 가게에 붙은 포스터 그림처럼 보였다.

"승리를 위해 밭을 가꾸자.*"

그 생각이 떠오르자 틸리는 웃음이 났다.

열심히 잡초를 뽑고 있을 때, 엄마가 새참을 먹으라고 불렀다. 아빠가 먼저 들어갔다. 틸리도 뒷문으로 들어섰다.

"케이크 남았어요?"

틸리가 큰 소리로 물었지만, 부엌에는 아무도 없었다.

틸리는 개수대에서 손을 씻고 복도를 지나 거실로 갔다. 엄마와 아빠는 라디오를 듣고 있고 있었다. 마지막 멘트가 끝나자 아빠가 라디오를 껐다. 엄마와 아빠는 아무 말도 하지 않고 그 자리에 그대로 서 있었다. 부엌 가스 불에서 주전자가 끓으며, 느릿느릿 휘파람소리를 냈다. 하지만 누구도 움직이지 않았다.

"이제 시작되었군, 여보."

침묵을 깨고 아빠가 말했다.

아빠의 두 눈이 걱정으로 어두웠다. 틸리는 두려움을 느끼며 손을 뻗어 아빠 손을 잡았다. 아빠는 뒤를 돌았다. 아빠의 편안하고 넓적한 손은 평소처럼 믿음직스러웠지만, 아빠의 얼굴은 밝지 않았다. 뭔가 끔찍한 일이 일어난 게 분명했다. 하지만 틸리는 너무 두려워 무슨 일인지 감히 물어보지 못했다.

---

* 영국은 "승리를 위해 밭을 가꾸자(Dig for Victory)"라는 운동을 전개했는데 채소를 직접 가꿔 식량을 자급하자는 캠페인이었고, 그 중심이 되는 채소가 홍당무였다.

엄마는 이마를 가로질러 손을 문지르며, 걱정스럽게 한숨을 쉬고는 부엌으로 걸어갔다. 틸리와 아빠가 그 뒤를 따랐다. 식탁에 앉아, 엄마가 가스를 끄고 주전자를 들어 커다란 갈색 차 주전자에 물을 붓는 모습을 지켜보았다.

"아, 여보."

엄마가 탄식하듯 내뱉었다.

"뭐가 시작됐다는 거예요?"

틸리가 자그마한 목소리로 물었다.

"독일이 오늘 새벽에 폴란드를 침공했대."

아빠가 대답했다.

엄마는 차를 따르고 케이크를 잘랐다.

틸리는 이 상황이 아직도 이해가 안 되었지만, 차마 더는 물어볼 수 없었다.

아빠는 차에 설탕을 넣더니 젓고 또 저었다. 아빠가 절대 손을 멈추지 않을 것처럼 보였다.

"수상은 독일이 폴란드에서 철수하지 않으면 우리가 전쟁을 선언할 거라고 말했어. 아직까지 전쟁을 선언하지 않은 게 놀랍구나."

마침내 아빠가 찻숟가락을 내려놓으며 말했다.

"아빠는 수상님이 선전포고를 했으면 좋겠어요?"

틸리가 물었다.

"물론이지. 우리 모두 그렇단다. 테드 보우, 도널드, 그리고 폐가 안 좋은 버트 스쿠더조차도 말이야."

아빠는 눈살을 찌푸리며 틸리에게 몸을 기울였다.

"만약 히틀러가 제멋대로 날뛰게 내버려 둔다면, 히틀러는 우리한테 폭탄을 퍼부을 거야. 우리가 겁쟁이라서 대들지 못한다고 생각하겠지. 우리는 히틀러에게 본때를 보여 줘야 해. 히틀러에게 영국이 어떤 나라인지 똑똑히 보여 줘야 한다고. 안 그래, 여보?"

"그래요, 여보."

하지만 엄마의 목소리에는 불만이 가득했다. 아빠는 전쟁을 원할지 모른다. 하지만 엄마는 그렇지 않았다. 그리고 나도 아니다, 정말 아니다.

틸리는 문득 로테가 했던 말이 떠올랐다.

"엄마가 그러는데, 히틀러는 야수래. 그 어떤 것도 히틀러를 막을 수 없을 거래."

숲속 동물원을 만들어야 했던 것은 히틀러 때문이라고, 틸리는 다시 상기했다. 그래, 맞다, 우리는 히틀러를 물리쳐야 한다. 안 그러면 사람은 물론이고 애완동물들이 모두 죽을 지도 모른다.

"만약 전쟁이, 히틀러가 이곳으로 와서 우리한테 폭탄을 떨어뜨리는 걸 막을 수 있는 유일한 길이라면, 우리도 전쟁을 해야 하는 거죠?"

틸리가 물었다.

아빠는 틸리 말이 맞는다는 듯 고개를 끄덕이며 말했다.

"그래, 우리 딸. 하지만 넌 다음 주에 학교 친구들하고 함께 피난을 떠나야 해."

피난. 또 그 소리다.

그때 틸리는 깨달았다. 로지에 대한 약속을 지키려면 자신이 평생 그 어느 때보다 더 용감해야 한다는 것을…….

틸리는 의자를 밀고 일어섰다.

"왜 그러니?"

엄마가 성마른 목소리로 물었다.

틸리는 심호흡을 하며 애써 차분하려고 노력했다. 틸리는 아빠와 눈을 마주칠 수 없어 식탁보를 내려다보았다.

"아빠, 엄마, 메간 언니가 로지한테 피난을 안 보내겠다고 말했대요. 그래서 로지는 정말 끔찍하게 슬퍼하고 있어요. 로지는 나랑 헤어지는 걸 견딜 수 없어 해요. 우리가 친자매와 같기 때문이에요. 그리고……."

"도대체 무슨 말 하고 있는 거니, 어리석게!"

엄마가 식탁보에서 음식 부스러기를 손으로 쓸어내리면서 말꼬리를 잘랐다.

부모님은 틸리 말을 귀 담아 듣는 것 같지 않았다. 아빠는 과일 케이크 조각을 마저 먹었다. 아빠는 조금 있으면 일하러 갈 거다.

"제발, 아빠. 이건 전쟁만큼이나 중요한 문제라고요."

틸리는 떨리는 목소리로 말을 이어갔다.

아빠는 이마를 찌푸렸지만 아무 말도 없었다. 기회를 잡자, 틸리가 계속 말했다.

"아빠가 메간 언니한테 말해 주세요. 로지를 저랑 같이 피난 보내야 한다고요. 전 로지와 약속했어요. 전쟁 중에 함께 있기로요. 전 약속을 깰 수 없다고요."

"틸리! 더 이상 네 말을 듣지 않을 거야!"

엄마가 주전자를 선반에 쿵 소리 나게 올려놓으며 소리쳤다.

틸리는 눈물이 터져 나올 것만 같았다.

"아니요, 엄마! 전 로지 없이는 안 갈……."

틸리가 소리쳤다.

틸리가 미처 뭐라고 말하기도 전에, 엄마는 틸리의 다리를 찰싹 때렸다. 틸리는 비명을 질렀다. 그러고는 입술을 깨물어 눈물이 터지려는 걸 꾹 참았다.

잠시 아무도 움직이지 않았다. 마치 시간이 얼어 버린 것 같았다. 틸리는 식탁을 내려다보았다. 긴장감이 모든 것 위에 내려앉은 것 같았다. 막 부은 차의 표면 위에 내려앉고, 과일 케이크 위에 내려앉은 것 같았다. 손을 내밀어 어디로도 다가갈 수 없었다.

전쟁은 사나운 용 아니면 얼굴 없는 괴물 같다고, 틸리는 몸을 떨며 생각했다. 전쟁이 우리 모두를 먹어 치우려 한다. 그러면 아무것도 남아나지 않을 것이다.

"넌 화요일 아침 일찍 출발할 거야. 로지를 어떻게 할지는 메간이 알아서 할 일이야. 그 문제에 대해서는 더 이상 왈가왈부하지 마라. 이제 네 방으로 올라가."

아빠가 의자를 뒤로 밀며, 손으로 머리를 넘기면서 말했다. 걱정

위기일발

189

이 있거나 불쾌할 때 항상 아빠가 하는 행동이었다.

틸리는 부엌을 나서 계단을 올라가 침대에 누웠다. 참았던 눈물이 흘러내렸다. 보니가 너무 보고 싶었다. 만약 사랑스러운 강아지가 그곳에 있었다면, 옆에 바싹 달라붙어 틸리를 위로해 줬을 것이다. 눈물을 닦아 주고, 엄마가 때려 시뻘게진 다리를 핥아 줄 테지.

'왜, 도대체 왜 어른들은 우리 이야기를 귀담아 듣지 않는 걸까?'

틸리는 울면서 생각했다. 어른들은 자신들만 전쟁을 치른다고 생각하지만 아이들도 전쟁을 치른다.

'로지를 절대 남겨 둘 수 없어. 그건 정말 배신이야.'

눈물이 끊임없이 얼굴을 타고 흘러내렸다. 틸리는 옆으로 몸을 돌려 잠을 청했다. 하지만 아래층에서 들려오는 소리에 잠이 확 달아났다.

귀 기울여 들어 보니, 아빠 목소리였다.

"이번 주에는 그 어떤 것도 날 놀라게 하지 못하는데, 테드 보우."

전쟁이 시작된 건가, 틸리는 생각했다. 침대에서 폴짝 뛰어나와 아래층으로 내려갔다.

"여기 마침 내려왔네."

엄마가 말했다.

테드 보우 아저씨가 문가에 서 있었다. 공습 대피 감시원 유니폼을 입고, 커다란 검은색 장화를 신었다. 머리에는 철모를 쓰고, 목에는 호루라기를 걸고 있었다.

"대피소로 가야 하는 거예요?"

틸리가 걱정스러운 목소리로 물었다.

"뭣 때문에? 우린 아직 전쟁을 선언하지 않았어."

테드 보우 아저씨가 큰 소리로 말했다.

틸리는 안도의 한숨을 내쉬었다. 전쟁이 시작되었다는 생각에 몸을 부들부들 떨고 있었다.

"테드 보우가 그러는데, 동네 사람들이 낡은 공장에 숨어 있는 애완동물들의 증거를 찾았다는구나. 틸리, 우리한테 솔직히 말해. 이런 시기에 그런 말도 안 되는 일을 그냥 두고 볼 수는 없단다."

아빠가 틸리를 노려보며 말했다.

틸리는 피가 얼어붙는 느낌이 들었다. 어떻게 알았지? 난 뭐라고 말해야 하지?

"말해 봐라, 애야."

테드 보우 아저씨가 다그쳤다.

바보멍청이, 틸리는 하마터면 무심코 말할 뻔했다.

생각해, 딜리는 혼잣말을 했다. 그때 좋은 생각이 떠올랐다.

"음, 그러니까, 사실 저랑 로지가 운하 옆에 있는 덤불에 팅커벨을 숨겼었어요……."

"네가 뭘 어쨌다고? 어떻게 내 말을 거역할 수 있지?"

아빠가 고함쳤다.

틸리는 온몸이 부들부들 떨렸다. 문득 다른 말이 생각났다.

"저…… 저는…… 그게 다예요. 팅커벨이…… 로지가 메간 언니한테 말했어요. 죽었으니까요, 그러니까 팅커벨이 말이에요."

"아, 그건 로지 엄마가 로지한테 준 고양이였어. 돌아가시기 전에……."

엄마가 말했다.

아빠와 테드 보우 아저씨는 화를 내며 서성였다. 틸리는 등 뒤에서 손가락으로 십자가를 만들어 빌고 또 빌었다. 보니에 대해서는 제발 묻지 않기를 바라면서…….

"그럼 공장은 뭐냐?"

테드 보우 아저씨가 얼굴을 찡그린 채 틸리를 노려보며 물었다.

"그건 저도 몰라요. 그곳에서 놀면 안 된다고 들었어요."

틸리가 대답했다.

테드 보우 아저씨는 손가락을 틸리한테 흔들어 보이며 말했다.

"아이들한테 확실히 말해. 스쿠더네 아이들도 포함해서 말이야. 불량배 같은 녀석들 말이다. 공장에서 멀찍이 떨어져 있으라고. 그리고 동물 흔적을 보면 아저씨한테 당장 말해라. 보는 즉시 말이야. 알아들었지, 얘야?"

"네, 물론이지요, 아저씨."

틸리는 최대한 진지한 표정을 지으며 말했다.

테드 보우 아저씨는 아빠와 함께 집을 나섰다. 아빠는 일터로 가야 했으니까. 그 모습을 바라보며 틸리는 생각했다. 전쟁이 엄마와 아빠, 그리고 테드 보우 아저씨를 속이는 것보다 더 끔찍할까?

지옥의 모습

✳

1939. 9. 1. 금요일 오후

엄마는 부엌으로 사라져 버렸다. 엄마가 그 지긋지긋한 땅 파기를 하러 마당으로 나오기 전에 틸리는 탈출을 감행했다. 엄마한테 맞은 다리가 여전히 붉었다. 재빨리 자전거를 낚아채고 문을 빠져나와, 문을 쾅 닫았다.

이른 오후임에도 거리는 무척 분주했다. 자전거를 타고 달리며, 틸리는 앞을 지니가는 사람들을 피하느라 몇 차례 브레이크를 밟아야 했다. 사람들은 고개를 앞으로 푹 숙인 채 종종걸음으로 보도 위를 재빨리 걸어갔다. 마치 의사와 급한 약속이 있기라도 한 것처럼 보였다. 여러 사람들이 바구니를 들거나 개를 목줄에 묶어 끌고 가고 있었다. 아니면 가슴에 새장을 안고 있었다. 마을의 모든 사람들이 애완동물을 데리고 있는 것처럼 느껴졌다. 도대체 다들 어디로 가는 거지? 어쩌면 애완동물을 안전한 곳으로 피신시키는 건지도 몰랐다.

바로 그때, 타운필드 학교에서 아이들이 줄지어 나와 기차역을 향해 가는 모습이 보였다. 아이들은 모두 어깨에 배낭을 하나씩 메고, 목에는 갈색 이름표를 달고 있었다. 틸리는 아이들이 줄지어 걸어가는 곳으로 자전거를 몰았다. 이름표에 적힌 이름이 보였다. 틸리는 드디어 피난이 시작되었다고 생각했다.

"어디로 가는 거니?"

틸리가 키 큰 여자아이에게 물었다.

"선생님이 말을 안 해 줘. 우리는 시골로 가는 거래, 난 그것 밖에 몰라. 거기에 조랑말이 있으면 좋겠는데……."

여자아이가 배낭을 다른 어깨로 들쳐 메며 말했다.

여자아이는 가 버리고 행렬이 길을 건너는 걸 기다리고 있었다. 그때 틸리 앞에 강아지를 안고 있는 한 아주머니가 멈춰 섰다. 어린 소년이 그 아주머니의 다리를 붙잡고 엉엉 울고 있었다.

"안 된다고 했잖아, 티미. 아빠가 뭐라고 말씀하셨는지 너도 알잖아. 폭탄이 떨어지면 피도는 엄청 짖어 대며 사람들을 물 거야. 피도는 대피소에 못 들어가. 거긴 공간이 부족하단 말이야."

아줌마가 말하고 있었다.

"피도! 피도! 피도!"

꼬마아이가 계속해서 비명을 질렀다.

사람들이 바구니를 들고 서둘러 지나갔다. 틸리도 그 뒤를 따랐다. 기다란 줄이 거리 위에 이어져 있었다.

"무슨 일이야?"

틸리가 자기보다 조금 더 나이 들어 보이는 남자에게 물었다. 그 남자는 손에 토끼 한 마리를 들고 있었다.

"수의사가 동물들을 안락사시켜 주기를 기다리고 있어. 그게 최선이야. 전쟁이 언제 시작될지 몰라. 독일이 폴란드를 침공했으니까. 나도 곧 군대에 들어갈 거야. 열아홉 살이거든. 남자들은 징집당하고 있어."

그 남자는 틸리를 바라보며 대답했다. 빨리 군대에 가고 싶어 하는 것 같았다.

틸리가 자전거를 타고 줄 끝으로 가니, 동물 병원 문이 활짝 열려 있었다. 대기실에는 사람들로 가득했다. 애완동물의 죽음을 조용히 기다리면서……. 그 모습에 틸리는 몸서리쳤다. 재빨리 페달을 밟아 다음 모퉁이로 갔다. 담장이 높이 쳐져 있었지만, 가운데에 문이 열려 있었다. 호기심에, 틸리는 문 너머를 들여다보았다.

마치 지옥을 보는 것 같았다!

강아지, 고양이, 새를 비롯해 수많은 동물들이 동물 병원 뒷마당에 수북이 쌓여 있었다. 틸리는 멍해졌다. 그 시체들이 운하 옆 모닥불에 던져질지 또는 다른 곳에 던져질지는 중요하지 않았다. 동물들은 모두 완전히, 정말이지 완벽하게 죽어 있었다.

아무도 저 불쌍한 동물들을 원하지 않는다고, 틸리는 생각했다. 틸리의 두 눈에 눈물이 고였다. 자신과 로지와 같은 아이들이 아끼는 사랑스러운 애완동물들. 어른들은 전쟁에서 이들을 돌보고 먹일 만큼 동물을 충분히 사랑하지 않았다.

"네가 나한테 물어본다면, 충격적이야."

나지막한 목소리가 들려왔다. 뒤돌아보니, 어떤 할아버지가 지팡이에 몸을 기댄 채 서 있었다.

"저걸 전부 어떻게 한대요?"

틸리가 물었다.

"아교*로 만들겠지. 전쟁에서는 아교가 많이 필요하니까. 누군가는 부자가 되겠구나."

할아버지가 담담하게 대답하고는 한쪽 다리를 절뚝거리며 저만치 걸어갔다.

틸리는 정말 끔찍하다고 생각했다.

틸리는 자전거를 돌려 페달을 힘껏 밟았다. 눈물 때문에 앞이 보이지 않을 정도였다. 마침내 틸리는 들판에 도착했다. 브레이크를 밟고, 잠시 그대로 서 있었다.

등에 따뜻한 햇볕이 느껴졌다. 머리 위쪽에서 제비가 급하게 내려오고, 블랙베리가 익고 있는 산울타리를 따라 디기탈리**가 나부꼈다. 회색 들쥐 한 마리가 고개를 치켜들고 잠시 바라보더니, 번개처럼 재빨리 노란 옥수수 속으로 사라져 버렸다. 지평선까지

---

* 짐승의 가죽, 힘줄, 뼈 등을 고아서 끈끈하게 만든 것으로, 풀이나 지혈제로 쓴다.

** 여러해살이풀의 일종.

쭉 늘어선 옥수수는 파도처럼 물결쳤다.

다행스럽게도 숲속 동물원은 안전했다. 적어도 지금까지는. 틸리는 공터로 달려갔다.

다른 아이들은 이미 도착해 있었다. 꼬마 여자아이들은 동물들을 풀밭에 풀어 놓고 박수를 치며 노래 부르고 있었다. 틸리와 로지가 어릴 적에 자주 부르던 노래였다. 틸리는 잠시 멈추어 아이들을 지켜보았다.

"박쥐야, 박쥐야, 내 모자 아래로 오렴,

내가 베이컨 한 조각 줄게,

내가 빵을 구우면 너한테 케이크를 줄게

만약 내가 실수하지 않는다면."

그때 차가운 손이 느껴졌다. 뒤돌아보니, 분필처럼 새하얀 로지가 있었다.

"너 피난을 떠날 때까지 이제 며칠밖에 남지 않았어."

"내가 아빠한테 말했어. 우리가 함께 가겠다고 너랑 약속했다고. 우리 아빠가 메간 언니한테 말할 거야. 너도 같이 피난을 보내자고 말이야."

틸리는 턱을 앞으로 쭉 내민 채 말했다.

"장담하는데, 너희 엄마하고 아빠가 절대 그렇게 하지 않으실걸. 부모님이 너한테 소리 지르지 않으시든?"

로지가 말했다. 초록색 눈동자가 반짝였다.

"엄마가 내 다리를 찰싹 때렸어."

틸리는 로지에게 새빨간 자국을 보여 주었다. 자국은 이제 흐릿해지기 시작했다.

"아, 틸리. 넌 나 때문에 고문을 견뎌 냈구나."

로지가 한숨을 쉬었다.

"별거 아니야."

하지만 틸리는 무척 충격을 받았다는 걸 인정해야 했다. 엄마가 틸리를 때린 적이 거의 없었으니까.

틸리와 로지는 오두막 안으로 들어갔다.

틸리가 소리쳤다.

"나 왔어, 우리 귀염둥이 보니."

틸리가 목줄을 풀어 주자, 보니는 즉각 뛰어올랐다. 틸리는 보니에게 몸을 기울여, 부드러운 귀를 살며시 잡아당기며 거칠지만 따뜻한 보니의 혀가 얼굴을 핥는 느낌을 즐겼다.

로지가 뭔가 말하려 한 순간, 새된 비명이 오두막의 열린 문 사이로 들어왔다. 틸리와 로지가 밖으로 달려 나가 보니, 호라스가 공터를 가로질러 사납게 달려오고 있었다. 고개를 푹 숙이고, 근처에 있는 누구라도 뿔로 들이받을 태세였다.

틸리는 겁에 질린 채, 호라스가 아이들을 찔러 죽일지도 모른다고 생각했다.

"도망가!"

틸리가 소리쳤지만 여자아이들은 겁에 질려 풀밭에서 떼 지어 모여 있었다. 자기 동물들을 꼭 붙든 채 비명을 질렀다.

마일스가 화살을 쏘았다. 화살이 호라스의 털 덮인 두툼한 등짝에 부딪히자, 마일스가 환호성을 질렀다. 하지만 화살은 다시 튕겨 나왔다.

그때 시드니가 호라스의 앞으로 뛰어나와 소리쳤다.

"자, 착하지!"

시드니는 손에 밧줄을 들고, 새된 목소리로 휘파람을 불기 시작했다.

"저건 양이 아니야! 거기서 비켜, 시드니."

틸리가 소리쳤다.

틸리는 돌 하나를 주워들고는 힘껏 던졌다. 돌은 호라스의 콧잔등에 맞았다. 늙은 염소는 잠시 멈칫하더니, 앞발로 땅을 긁고 뿔을 이리저리 흔들어 댔다. 그러더니 머리를 숙여 마지막 돌진을 준비했다.

틸리가 돌 하나를 더 던지려고 할 때, 소피아가 공터로 불쑥 뛰어 늘어오며 소리쳤다.

"호라스! 당장 멈춰!"

호라스는 비틀거리더니 멈춰 섰다. 호라스의 뿔은 시드니의 앙상한 다리에서 몇 센티미터 떨어지지 않은 곳에 있었다. 문득, 이 사나운 늙은 염소가 쉰 목소리로 구슬프게 울어 대기 시작했다.

"이 멍청한 녀석."

소피아가 중얼거리며, 호라스가 씹어 먹어 버린 밧줄 끝을 잡았다. 그러더니 아이들에게 돌아서서 말했다.

"미안해, 제발 날 용서해 줘. 다시는 줄을 끊지 못하게 할게. 제발, 틸리, 우릴 내쫓지 마."

"네 멍청한 염소가 내 동생을 죽일 뻔했다고!"

네빌이 소리쳤다.

"음, 여자아이들은 이제 괜찮아 보여."

틸리가 말했다.

메리와 팸은 풀밭에 자리 잡고 앉아, 토끼와 자그마한 동물들을 어르며 달래고 진정시키고 있었다. 누구도 이 사건으로 일을 크게 만들고 싶어 하지 않는 것 같았다.

"걱정 마. 다시는 이런 일이 일어나지 않게 확실히 해."

틸리는 소피아가 불쌍하다고 느꼈다.

마일스가 돌돌 감긴 밧줄 조각을 들고 다가왔다.

"오두막 뒤 쓰레기 더미에서 찾아냈어. 더 단단히 꽉 묶어 두면, 녀석이 다시는 밧줄을 씹어 먹지 못할 거야."

소피아는 여전히 호라스와 고군분투 중이었다. 호라스는 숨 가쁘게 머리를 끄덕이면서 소피아에게서 벗어나려고 버둥거렸다.

마일스는 자기 일을 시작했다.

틸리는 로지를 찾아 두리번거렸다. 하지만 로지는 어디에도 보이지 않았다. 틸리가 팅커벨의 무덤으로 걸어가려고 할 때, SOS 나팔 소리가 들려왔다.

루디가 공터로 불쑥 튀어나왔다. 얼굴은 땀으로 뒤범벅인 채 숨을 헉헉거렸다. 루디는 손으로 들판을 가리키며 독일어를 섞어 가며 소리쳤다.

"코너…… 봐, 봐…… 밋 디엠 복서-훈트…… 나쁜 녀석."

"코너가 도대체 뭐 어쨌다는 거야?"

틸리는 깜짝 놀라 물었다.

"코너가 온다는 소리처럼 들리는데. 그리고 그 어마 무시한 빌이……."

로지가 중얼거렸다. 너무 조용하게 다가왔기에 틸리는 로지가 오는 소리조차 듣지 못했다.

마일스는 활에 화살을 걸었다. 그러고는 발을 넓게 벌려 서고 자세를 잡았다.

복서가 잡목림을 헤치고 나왔다. 밧줄 끝에 코너가 있었다. 하지만 빌은 보이지 않았다.

복서는 틸리에게서 얼마 떨어지지 않은 곳에 우뚝 멈추었다. 틸리는 두 손을 허리에 얹은 채 꼼짝 않고 섰다. 최대한 사나운 표정을 얼굴에 지어 보이려 했지만, 무릎이 후들거렸다.

코너가 목줄을 잡아당기며 중얼거렸다.

"앉아, 복서. 앉아, 어서."

코너가 고개를 들자, 틸리는 한숨을 내쉬었다. 코너의 얼굴은 눈물자국 범벅이었다.

틸리는 도저히 믿기지 않았다.

"네가 날 좀 도와줘야겠어. 틸리. 아빠 때문이야. 아빠가 아침에 복서를 총으로 쏠 거라고 했어. 낡은 군대 권총으로 말이야. 난 복서가 태어날 때부터 함께 지냈어. 복서는 언제나 내 곁을 지켜 줬어. 아빠가 날 때리려 할 때 아빠한테 으르렁거렸지. 그러면 아빠는 항상 뒤로 물러났어. 엄마가 돌아가신 뒤로 나에겐 복서밖에 없어. 제발, 틸리, 날 위해 복서 좀 숨겨 줘."

코너가 말했다.

구조대

✳

1939. 9. 1. 금요일 오후

"여기서 당장 꺼져."

마일스가 고함쳤다. 놀랍게도, 마일스가 코너에게 칼을 겨누는 게 보였다.

그때 틸리 뒤로 다급한 목소리가 들렸다.

"그거 내려놔. 경찰이 널 잡으러 오는 걸 바라지는 않겠지?"

알렉이었다. 알렉이 공터에 도착했다. 틸리는 마음이 놓였다.

마일스는 머뭇거렸다. 이윽고 칼을 내려 허리춤에 찬 칼집에 다시 꽂았다.

틸리는 코너를 노려보며 말했다.

"우리가 너랑 네 불량배 친구를 잊었다고 생각하는 거야? 그런데 네 친구는 어디 있어?"

"정말 미안해, 틸리. 정말이야. 빌은 타운필드 학교에서 피난을 떠났어. 더 이상 빌을 볼 일은 없을 거야."

코너는 우물쭈물 말했다.

"우리가 왜 저 개를 돌봐야 하는데?"

메리가 소리쳤다.

"이빨이 너무 커서 무서워."

팸은 눈물이 그렁그렁한 눈으로 말했다.

하지만 틸리는 복서가 불쌍했다. 그리고 코너도 약간 불쌍한 느낌이 들었다. 틸리는 로지한테 속삭였다.

"내 생각이 맞았어. 저 아이는 자기 애완동물을 진심으로 걱정하고 있어."

하지만 로지는 대답하지 않았다. 로지는 지금 자신만의 불행한 세상에 빠져 있었다. 틸리가 로지의 기운을 북돋아주기 위해 할 수 있는 건 아무것도 없었다. 틸리마저 우울한 기분이 들었다.

그때 알렉이 앞으로 걸어 나왔다. 틸리는 알렉이 소피아를 바라보고 있다는 걸 깨달았다. 소피아는 알렉의 눈길을 느끼자 얼굴을 붉혔다.

"내가 보니까, 코너가 뭔가 나쁜 짓을 저지른 것 같구나. 그래도 너희들이 코너에게 기회를 주면 어떨까?"

알렉이 말했다.

"맞아요."

소피아가 자그마한 목소리로 말했다. 알렉은 소피아에게 들뜬 미소를 지어 보였다.

'아, 알렉은 왜 나를 저렇게 바라보지 않는 걸까?'

틸리는 어쩔 수 없이 질투심이 일었다.

"네 개가 루디를 먹어 치우려 했어, 안 그래, 친구?"

시드니가 루디를 바라보며 고함쳤다.

"야."

루디가 하노의 부드러운 갈색 귀를 잡아당기며 대답했다.

"난 정말 바보였어."

코너가 말했다. 코너는 정말 미안해하는 것 같았다. 코너는 몸을 숙여 복서를 어루만졌다. 복서는 코너 옆 풀밭에 앉아 커다란 턱을 편히 쉬고 있었다. 복서의 입 옆으로 침이 연신 흘러나와 풀밭에 뚝뚝 떨어져 내렸다.

알렉은 이 상황에 흥미를 잃은 것처럼 보였다. 소피아에게 어슬렁어슬렁 다가갔다. 소피아는 호라스의 거친 털투성이 머리를 쓰다듬고 있었다. 알렉이 소피아에게 뭐라고 말했는데, 무슨 말인지 들리지 않았다. 알렉의 말에 소피아는 살짝 웃음을 터트렸다.

알렉은 우리보다 한참 나이가 많다고, 틸리는 생각했다. 알렉은 더 이상 숲속 동물원에 관심이 없는 것 같았다. 로지도 마찬가지로 보였다. 모든 게 무너지고 있는 것처럼 느껴졌다.

"어떻게 생각해, 틸리?"

코너가 틸리의 잡생각을 싹둑 끊으며 물었다.

"안 된다고 말해. 저 아이는 그냥 문제만 일으킬 뿐이야."

마일스가 으르렁거렸다.

"그렇다고 복서가 총에 맞아 죽도록 내버려 둘 수는 없어."

팸이 말했다.

"널 때려서 미안해, 친구. 그만 화해하는 게 어때?"

코너는 마일스에게 손을 내밀며 말했다.

마일스는 주먹을 쥔 채 그냥 그대로 서서 네빌을 쳐다보았다. 네빌은 어깨를 으쓱해 보일 뿐이었다. 마일스는 다시 몸을 돌려 손을 내밀었다.

"약속 지키는 게 좋을 거야!"

"그럴게, 약속할게. 내겐 복서가 전부야. 복서는 내 인생의 전부라고."

코너가 말했다.

"아주 잘 됐네. 그런데 어떻게 하면 복서가 오두막의 다른 동물들을 공격하지 않게 할 수 있어?"

틸리가 말했다.

"복서는 안 그럴 거야. 내가 이곳에 없을 때는 항상 밧줄로 확실하게 묶어 둘게."

코너의 말에 틸리는 크게 한숨을 내쉬었다. 내가 할 수 있는 게 뭘까, 틸리는 생각했다. 숲속 동물원은 죽음의 위협에 놓여 있는 애완동물들을 구하는 곳이다. 틸리는 로지가 평소처럼 자신을 지지해 주기를 바랐다. 혼자서 결정을 내리는 건 정말 외로웠다.

"좋아. 그럼, 복서가 있을 적당한 장소를 찾아보는 게 좋겠다."

틸리가 말했다. 그러고는 소리쳤다.

"모두 각자 애완동물을 잘 단속해. 집에 갈 시간이야. 어른들은 오늘 밤 첫 등화관재에 무척 신경이 예민한 상태라고. 우리가 늦게까지 밖에 있으면, 어른들은 불편한 질문을 해 댈 거야."

"너랑 함께 중간까지 갈 수 있어."

알렉이 소피아에게 하는 말이 들렸다.

"하지만 내 말이 여기 있어."

소피아가 얼굴을 붉히며 말했다. 그러고는 잡목림 사이로 가 버렸다. 알렉은 약간 풀이 죽은 모습이었다. 틸리가 기회를 낚아채, 나지막한 목소리로 알렉에게 말했다.

"우리가 다음 주에 피난을 떠나고 나면 오빠가 동물원을 봐 줄 수 있는지 물어보고 싶었어."

알렉은 소피아의 뒷모습을 바라보며 중얼거렸다.

"그럴 수 있을걸."

"음, 그러면 소피아랑 더 많이 이야기할 수 있을 거야, 안 그래?"

알렉은 이 말에 얼굴이 환해지며 말했다.

"좋아, 좋은 생각이네, 틸리. 네 애완동물들은 걱정 붙들어 매. 나한테 맡기면 돼."

그러고는 머리 뒤로 모자를 밀어 쓰고, 두 손을 주머니에 쑤셔 넣고 걸어갔다. 기분 좋게 휘파람을 불면서…….

이제 한 가지 문제는 해결되었다고 생각하니 마음이 놓였다. 이제 로지의 문제를 처리해야 한다.

아이들은 각자 동물들을 우리에 넣고 가 버렸다.

틸리는 오두막 옆에 커다란 금속 고리가 걸려 있는 걸 발견했다. 지난밤에 남자아이들이 잠을 잤던 나지막한 벽 뒤였다.

"이 정도면 될 것 같은데."

틸리는 고리를 힘껏 잡아당기며 코너에게 말했다.

"그래."

코너가 말했다.

코너는 복서를 고리에 묶고 나서 단단한지 확인했다. 그러고는 물이 담긴 깡통 하나를 복서 앞에 내려놓고는 떠났다.

틸리는 마지막 몇 분을 보니와 단둘이 보냈다. 자신의 사랑스러운 강아지를 두고 떠나는 게 날이 갈수록 더 힘들었다. 보니가 하노와 부둥켜안고 자는 모습이 행복해 보이기는 했지만, 틸리가 떠나갈 때면 보니는 여전히 애처롭게 낑낑거렸다. 틸리는 보니의 코에 마지막으로 입을 맞추고, 가능한 한 빨리 다시 오겠다고 약속하고, 밖으로 나가 오두막 문을 닫았다. 틸리는 잡목림을 지나 들판까지 가는 내내 울음소리를 들었다. 가슴 찢어질 것 같았다.

로지는 틸리를 기다리고 있었다. 둘은 아무 말 없이 자전거에 올라탔다. 운하를 건너며 틸리가 소리쳤다.

"우리가 피난 가고 나면 알렉이 숲속 동물원을 돌봐 주겠다고 약속했어. 정말 마음이 놓이지 않아?"

하지만 로지는 아무 말 없이 자전거를 몰았다. 틸리는 로지 뒤를 따라가며, 만약 오두막으로 몰래 가서 몇 시간을 더 보낸다면 엄마가 뭐라고 말할까 생각했다.

갑자기 로지 자전거가 우뚝 멈추어 섰다. 틸리는 하마터면 로지
와 부딪힐 뻔했다.

로지는 자전거에서 폴짝 뛰어내려 고개를 한쪽으로 기울이며
서 있었다.

"저 소리 들려?"

로지가 속삭였다.

"무슨 소리?"

로지는 자전거를 쓰러뜨려 놓고 허물어질 것 같은 집으로 달려
갔다. 유리창은 깨지고, 현관문 페인트칠은 벗겨져 있었다.

여기 누가 살고 있을까? 틸리는 궁금했다.

"난 아무 소리도 안 들리는데?"

틸리가 말했다.

"쉿."

로지가 입에 손가락을 가져다 대며 말했다.

둘은 잠시 아무 말 않고 서 있었다. 이윽고 집 안에서 무슨 소리
가 희미하게 흘러나왔다. 틸리는 그게 무슨 소리인지 알아차릴 수
없었다.

하지만 로지가 소리쳤다.

"저기!"

틸리가 친구를 미처 말리기도 전에, 로지는 현관문을 힘껏 밀었
다. 그러자 현관문이 삐걱 열렸다. 로지는 집 안으로 사라졌다.

"안 돼, 로지! 돌아와!"

틸리가 소리쳤다. 하지만 대답이 없었다.

함께 따라가 보는 게 좋겠다고 생각하고, 틸리는 열린 문 사이로 발을 옮겼다. 신경이 곤두섰다.

집 안은 무척 어두컴컴했다. 복도 끝이 보이지 않을 정도였다. 카펫도 깔려 있지 않아, 걷는 소리가 맨 바닥에 울려 퍼졌다. 틸리는 첫 번째 방을 흘끔 들여다보았다. 방 안은 완전히 텅 비어 있고, 창문은 얇은 갈색 종이로 덮여 있었다. 순간, 마일스가 얘기했던 '얼굴 없는 유령'이 머릿속에 번뜩 떠올랐다. 틸리는 벌벌 떨며 뒤돌아 계단 끝으로 걸어갔다.

"로지? 우리 여기 들어오면 안 돼."

틸리는 나지막한 목소리로 속삭였다. 누군가 자신들이 침입해 들어온 걸 발견할지도 모른다는 두려움이 앞섰다.

하지만 여전히 침묵 말고는 아무것도 없었다.

틸리는 귀신이 나올 것 같은 낡은 집을 뒤지고 싶은 생각은 정말이지 추호도 없었다.

그때 위층에서 발자국 소리가 들리고, 로지가 계단 꼭대기에 모습을 드러냈다. 로지는 카디건을 벗어 그걸로 뭔가를 감싸 팔에 안았다. 천천히, 로지는 한 발 한 발 내디디며 아래층으로 내려왔다. 로지가 바닥에 이르렀을 때, 틸리는 로지의 초록색 눈동자가 반짝반짝 빛나는 걸 알 수 있었다. 고양이 팅커벨이 죽은 뒤로 처음 보는 눈빛이었다.

"그게 뭐야?"

틸리가 속삭였다.

아주 조심스럽게, 로지는 카디건의 모퉁이를 펼쳤다. 털이 덮인 검은 얼굴이 나타났다. 자그마하고 뾰족한 귀와 깜빡이는 눈이 있었다.

"아, 로지. 정말 귀여운 새끼고양이구나."

틸리가 숨이 차 말했다.

"그렇지?"

로지가 활짝 웃었다. 그러더니 더듬더듬 말이 흘러나왔다.

"형부가 아침 먹을 때 말했어. 너도 보아서 알겠지만…… 사람들이 시골로 떠나고 있다고. 폭탄을 피해서 말이야. 가구며 모든 걸 다 챙겨 자동차에 잔뜩 싣고서. 그리고 형부가 또 이런 말도 했어. 사람들이 자기가 키우던 애완동물들을 그냥 버리고 간다고."

"거리에 그냥?"

"그래. 형부는 불쌍한 새끼 강아지들이 멍멍 짖으며 자동차를 피해 달아나는 모습을 보았다고 했어."

"정말 끔찍하다! 산인힌 사람들 같으니라고!"

"그리고 형부가 그러는데, 사람들이 텅 빈 낡은 집에 애완동물들을 버리기도 한대. 그래서 나는 알았지. 그냥 알았어, 밖에서 야옹하는 울음소리를 들었을 때. 아, 불쌍하고 가엾은 도로시."

로지는 허리를 숙여 새끼고양이의 자그마한 귀에 입을 살짝 맞추었다.

"정말 멋진 이름이다. 《오즈의 마법사》의 도로시. 적어도 넌 '겁쟁이 사자'라고 부르지 않았어."

틸리가 방긋 웃으며 말했다.

"아니면 '양철 나무꾼'이라고도."

로지가 방긋 웃으며 대답했다.

"동쪽 마녀."

"고양이한테 마녀라고 부를 수는 없어."

로지가 말했다. 가장 깐깐한 '메간 언니 목소리'로.

틸리와 로지는 깔깔 웃음을 터트렸다.

"불쌍한 엄마하고 새끼 둘은 위층에 죽어 있어."

"우리가 가서 데려와야 할까?"

틸리가 물었다. 비록 더 이상 낡은 집 안으로 들어가고 싶지 않았지만 말이다.

"아니. 그냥 가자. 우린 지금 살아 있는 동물을 돌봐야 해."

로지가 문 쪽으로 걸어가며 말했다.

둘은 밖으로 나와 자전거를 일으켜 세웠다. 로지는 도로시를 아주 조심스럽게 바구니 안에 넣었다. 그러는 사이 줄곧 새끼고양이한테 말을 걸었다.

"내가 집에 가서 너한테 우유를 그릇에 가득 담아 줄게. 그러고 나서 내 침대에서 나랑 함께 자는 거야. 그러면 다시는 혼자 있지 않아도 돼."

"메간 언니는 어쩌고?"

자전거를 타고 가며 틸리가 물었다.

"고양이를 숨길 거야. 언니는 절대 모를걸. 내일 우리 동물원에 데려가야지. 하지만 그곳에 남겨 두지는 않을 거야. 우리는 절대 헤어지지 않을 거야."

로지가 단호하게 말했다.

"아주 좋은 생각이야. 나도 보니를 집 안에 숨겨 둘 수 있으면 정말 좋겠어. 하지만 보니는 너무 커. 보니랑 함께 있지 않을 때는, 매 순간마다 보니가 보고 싶어."

틸리가 한숨을 지었다.

로지가 문득 자전거를 멈추었다. 틸리는 그 옆에 비틀비틀 멈춰 섰다.

"넌 정말 좋은 아이야, 틸리. 팅커벨이 죽고 나서 너한테 못되게 굴어 정말 미안해. 우리 아직 둘도 없는 친구 맞지?"

로지가 진지한 목소리로 말했다.

틸리는 로지의 걱정스러운 눈을 잠시 동안 뚫어져라 바라보았다. 그러고 나서 말했다.

"그렇게 멍청한 소리 하지 마!"

서로 마주 보고 깔깔 웃었다. 이윽고 틸리와 로지의 뺨에서 눈물이 줄줄 흘러내렸다.

구조대

213

나쁜 소식

✳

"오늘 밤에 폭풍이 온다고 하더라고. 그래서 오두막이 새는 데가 없는지 확인하고 있어."

틸리와 로지가 아침을 먹고 공터에 가니, 마일스가 외쳤다.

마일스는 오두막 벽에 기대어 있었다. 쥐 도미노가 마일스의 손바닥 위에 앉아 있었는데, 아침 햇살 속에서 기다란 수염이 나부꼈다.

로지는 자전거를 내동댕이치며 소리쳤다.

"우리 동물원에 새 식구 생겼어. 얘들아, 여긴 도로시라고 해."

아이들이 모두 둥글게 모여들었다. 로지는 자신의 자그마한 새끼 고양이를 내보였다. 로지의 뺨이 분홍빛으로 물들었다.

"아, 메리, 저 자그마한 앞발 좀 봐. 정말 귀엽지 않아?"

팸이 로지의 팔에 자그마한 공주처럼 누워있는 도로시를 어루만지면서 물었다. 새끼 고양이가 살짝 하품을 하며 야옹거리자, 아이들은 기뻐하며 소리를 내질렀다.

"저 고양이는 토끼랑 새끼 햄스터들하고 같이 놀 수 있겠어."

메리가 제안했다. 이윽고 손을 뻗어 새끼 고양이를 들려 했지만 로지가 물리쳤다.

"나중에. 내 생각에, 아직 충격에서 못 벗어난 거 같아. 아무런 희망도 없이 버려졌으니 말이야."

로지가 도로시의 검은 털을 어루만지면서 말했다. 도로시는 눈을 가늘게 뜨고는 자그마한 코를 실룩거렸다. 로지가 한쪽 귀에 입을 맞추자, 새끼 고양이는 가르랑거렸다.

"네가 자기 엄마라고 생각하는 것 같아."

틸리가 말해다.

로지는 모두에게 환하게 웃어 보였다.

"로지는 이제 예전의 자기 모습으로 돌아왔어. 자신이 돌봐야 할 새로운 새끼 고양이가 생겼으니까."

틸리는 행복한 한숨을 지으며 혼잣말을 했다.

"나는 보니 앞에서 방독면을 써 보이려고 해. 그래야 보니도 익숙해져서 겁먹지 않을 테니까."

이윽고 틸리가 이렇게 선언했다.

메리는 신이 나 손뼉을 쳤다.

"나도 할래. 어서 와, 팸."

시드니와 네빌은 눈썹을 들어 올리며 눈빛을 교환했다. 이내 아이들은 모두 항상 차고 다니는 네모난 작은 상자 안에서 각자의 방독면을 꺼내 썼다.

우주에서 보면 모두 괴물처럼 보일 거라고, 틸리는 생각했다. 틸리는 공터를 빙 둘러보았다. 방독면을 쓴 채 웃는 건 엄청 힘들었다. 끔찍한 고무 맛이 입에 느껴졌다. 게다가 숨조차 제대로 쉴 수 없었다.

마일스가 허우적거리며 뭐라고 말했지만, 틸리는 한 마디도 알아들을 수 없었다. 마일스는 도미노를 들어 올렸다. 방독면의 기다란 코가 쥐에 거의 닿을 듯 했지만, 도미노는 그저 물끄러미 바라보기만 할 뿐이었다.

틸리는 발끝으로 서서 오두막 안으로 다가가 보니의 이름을 불렀다. 사랑스러운 강아지는 방독면을 보자마자 미친 듯이 컹컹 짖어 대기 시작했다.

"괜찮아, 보니 봉봉."

틸리가 소리쳤다.

틸리의 목소리가 마치 물속에서 들려오는 것 같았다. 보니가 틸리를 알아보기까지는 몇 분이 걸렸다. 이윽고 보니는 방독면 사이로 틸리의 얼굴을 핥으려 했다.

"그만할래."

틸리가 방독면을 머리에서 벗으며 소리쳤다. 보니가 기뻐하며 몸을 핥자, 틸리는 깔깔 웃었다. 그러고 나서 몸을 곧게 세우고 말했다.

"자, 시냇가에 가서 놀자."

틸리는 보니를 데리고 밖으로 나와, 로지에게 함께 가자고 소리 쳤다. 방독면을 쓰지 않으니, 훨씬 더 재미있었다. 로지는 강둑에 앉아, 도로시를 감싸 안고 부드럽게 이야기를 하고 있었다. 반면 틸리는 보니와 함께 물속에서 물장구를 쳤다. 남자아이들이 공터 주변의 나무 위로 높이, 높이 오르면서 서로를 부추기는 소리가 들려왔다.

아침이 지나가면서, 하늘이 점점 어두워졌다. 나무 사이로 구름이 몰려왔다.

"이제 점심시간이 다 된 것 같아. 알렉이 왔는지 가서 보자."

틸리가 물 밖으로 나오며 말했다.

하지만 공터에 도착해 보니, 알렉의 흔적은 보이지 않았다.

대신 소피아가 와서 호라스에게 당근을 먹이고 있었다.

"너도 피난 가니?"

소피아가 틸리에게 소리쳐 물었다.

"응. 너는 안 가?"

틸리가 되물었다. 하지만 틸리는 아직도 어찌할지 몰랐다.

"아, 아무도 내게 말을 안 해줘. 이디스 고모가 일요일에 서섹스에서 올 거야. 그러면 내가 고모한테 조용히 물어볼 거야. 고모네 집으로 말을 데려갈 때 호라스도 함께 데리고 갈 수 있는지 말이야. 아빠는 나한테 엄청 화를 내겠지만, 난 상관 안 해."

소피아는 금발머리를 뒤로 넘겼다. 오늘 아침 머리카락은 소피아가 타고 온 말처럼 단정하게 손질되어 있었다. 소피아는 아랫입술을 삐죽 내밀었다. 틸리는 소피아의 얼굴에서 근심스러운 표정을 읽을 수 있었다.

'소피아는 부모님한테 반항해 본 적이 없구나.'

틸리는 측은한 생각이 들었다.

"이디스 고모라는 분은 동물을 모두 죽여야 한다는 데 동의하지 않는 것처럼 들리네?"

틸리가 말했다.

"응, 분명 그럴 거야. 고모는 동물 구조 조직 같은 곳에서 활동하는 것 같아. 덤 애니멀* 뭐 그런 거 말이야. 하지만 나도 자세한 건 몰라."

"음, 알렉이 우리 동물원을 돌봐 주겠다고 약속했어. 그러니 동물들은 무사할거야."

소피아의 눈빛이 밝아졌다. 소피아는 틸리를 존경의 눈빛으로 바라보았다.

"정말 잘됐다. 이제 무슨 일이 생기든, 호라스한테는 안전한 집이 있는 거네. 넌 정말 대단한 지도자야, 틸리. 넌 항상 뭔가를 생각해 낸다니까. 난 이제 그만 가야겠어."

소피아는 들판으로 향했다. 그곳에 소피아의 말이 풀을 뜯어 먹

---

*Dumb Animal. '말 못하는 짐승'이라는 뜻으로 동물 애호가들이 사용하는 용어.

고 있었다.

틸리는 소피아가 가는 모습을 지켜보며 한숨을 쉬었다.

'만약 내가 정말 훌륭한 지도자라면, 메간 언니가 로지를 피난 보내도록 왜 설득하지 못할까?'

아직 전쟁이 시작조차 하지 않았는 데도 해결해야 할 문제는 끝이 없는 것 같았다.

로지가 오두막 문으로 나와 손을 내밀었다.

"비 오니?"

"폭풍이 몰아칠지도 몰라."

"집에 가는 게 낫겠어. 비 맞으면 도로시가 감기에 걸릴지도 몰라."

로지는 다시 근심스러운 표정으로, 깨끗한 푸른색 플란넬 조각에 자그마한 새끼고양이를 감쌌다.

"네 말이 맞는 것 같아. 모두 잘 들어."

틸리가 말했다. 아이들의 시선이 틸리를 향했다.

"동물들을 잘 단속해. 비에 젖어서 감기에 걸리지 않도록 말이야. 폭풍이 오기 전에 얼른 집으로 가자."

아이들은 모두 서둘러 동물들을 제자리에 놓았다.

틸리는 보니를 잘 묶어 두고 마지막으로 안아 주었다.

"최대한 빨리 다시 올게, 우리 귀염둥이."

보니는 애처로운 목소리로 끙끙거리기 시작했다.

자전거를 타고 출발하자 비가 내리기 시작했다. 아이들은 운하 맞은편에서 헤어졌다.

'오늘은 보니와 함께 놀지 않고 오후 시간과 저녁 시간을 뭘 하며 보낼까?'

집으로 들어서며 틸리는 궁금증이 일었다. 적어도 마당에서 땅을 파지는 않겠다고 안심했다.

엄마는 틸리한테 공습 대피소에 가져갈 커다란 쿠션을 꿰매는 걸 도와달라고 했다.

"앉을 게 필요해. 안 그러면 모두 축축하게 젖을 거야. 거기는 밤에 꽤 춥거든. 모두들 배고플까 봐 걱정하고 있어. 오늘 아침에 코코아 조금이랑 설탕 한 봉지를 사 왔단다. 그런데 내 앞에 있던 여자가 설탕 열 봉지를 사 가지 뭐야. 그 많은 걸로 뭘 하려는 건지 모르겠다니까."

엄마가 투덜거렸다.

엄마는 다시 바느질을 시작했다. 틸리는 엄마의 말에 맞장구를 치려 노력했다. 구해야 할 동물들이 있는데 누가 설탕 따위를 신경 쓸까, 틸리는 그 말을 하고 싶어 입이 근질거렸다.

"일단 대피소에 들어가면, 발이 계속 축축할 거야. 너도 알 거야. 축축하면, 네 아빠가 기침을 얼마나 하시는지."

엄마가 말을 이었다.

불현듯, 틸리는 생각했다. 만약 폭탄이 머리 위로 떨어진다면, 우리는 산 채로 그 끔찍한 땅속 피난처 안에 그대로 묻힐지도 모른다고. 그러면 숨 쉴 공기조차 없을 테지. 방독면을 썼을 때처럼 답답하겠지.

네빌은 팸이 방독면 쓰기를 거부할지도 모른다고 걱정했다. 역시나 팸은 오늘 방독면을 아주 잠깐 썼다 이내 벗어 버렸다.

틸리는 이 전쟁이 시작되면, 숨 쉬는 게 가장 큰 문제가 될 거라고 결론을 내렸다. 틸리는 바늘을 두툼한 천에 다시 꿰맸다. 틸리는 보니와 함께 있고 싶었다. 폭풍의 한가운데라 할지라도 말이다.

틸리가 지루해 죽을 것 같다고 생각한 바로 그 순간, 누군가 현관문을 쿵쿵 두드리는 소리가 들려왔다.

"제가 나갈게요."

틸리는 소리치며 펄쩍 일어나 복도로 달려갔다.

계단에 로테가 서 있었다.

"아주 나쁜 소식이 있어."

로테가 속삭였다. 창백한 얼굴에서 눈동자가 타올랐다.

틸리는 로테를 집 안으로 들이고 나서 소리쳤다.

"학교 친구예요."

둘은 위층으로 서둘러 올라갔다. 문을 닫고 방 안에 안전하게 들어오고 나서야 틸리가 물었다.

"무슨 일인데?"

"루디가 벤슨 부부네 옆집에 사는 거 너도 알지?"

로테가 말했다.

틸리가 고개를 끄덕였다. 틸리는 불길한 예감이 들었다.

"루디가 나한테 말해 줬어. 알렉이 다리가 부러져서 병원에 있대. 오늘 아침에 동물원에서 일하다 그랬대. 사다리에서 떨어졌대."

로테가 말을 이었다.

"아, 안 돼! 우리가 피난을 가고 나면 알렉이 동물을 돌봐 주기로 했단 말이야."

틸리가 소리쳤다. 하늘이 무너지는 느낌이었다.

"이제 어떻게 하면 좋지?"

로테가 물었다.

"나도…… 나도 잘 모르겠어. 생각 좀 해 봐야겠어."

틸리는 말을 더듬었다.

"제발 잘 생각해 봐, 틸리. 나는 루디 때문에 정말 겁나. 그리고 걱정스러워. 그리고 엄마가……."

로테의 목소리가 낮아졌다.

"언니 엄마는 괜찮은 거야?"

틸리가 물었다.

"이번 주에 엄마 편지를 못 받았어."

"아, 이런."

로테는 주머니에서 파란색 항공 편지지의 얇은 종이 한 장을 꺼내며 말했다.

"엄마는 8월 25일 이 편지를 쓰고는, 그 뒤로 더 이상 편지가 없어. 내가 좀 읽어 줘도 될까?"

"물론이지."

틸리가 말했다.

로테는 천천히 편지를 읽으며, 번역해 주었다.

"네가 보낸 지난번 편지를 마음속으로 암기했어. 제발 가능한 한 자주 편지를 써다오. 우리는 며칠 동안 편지를 받지 못했어. 너희 둘의 소식을 간절히 기다리고 있단다. 루디한테 여름방학을 즐겁게 보내라고 말해다오. 이곳 프랑크푸르트에서는 아이들이 이미 학교에 다니기 시작했어. 아이들은 그걸 별로 탐탐하게 여기지 않지만 말이야. 우리 걱정은 하지 말고 즐겁게 보내. 아빠 엄마의 키스를 듬뿍 담아 보낸다."

편지를 다 읽고 로테는 잠시 말을 멈추었다.

"만약 영국이 전쟁을 선언하면, 우리 엄마는 더 이상 편지를 쓸 수 없을 거야. 난 루디랑 함께 이곳에 남겠지. 제발, 틸리. 내 불쌍한 동생을 위해서 우리 강아지 하노를 안전하게 지켜 줘야 해."

로테가 말했다. 눈물이 줄줄 흘러내렸다.

'맞아, 우리가 지켜 줘야 해.'

틸리는 속으로 다짐했다. 로테와 식구들 때문에 너무 슬펐다. 이 끔찍한 시간에 서로 떨어져 지내야 하다니……. 이들은 서로를 너무나도 간절히 그리워했다. 그리고 용감하게 대처하려고 열심히 노력하고 있었다.

낡은 오두막 안에서 날 기다리고 있는 내 귀여운 보니는 어떻게 되는 걸까? 숲속 동물들은 음식과 물과 우정을 우리에게 의지하고 있다.

그때 틸리에게 좋은 생각이 떠올랐다.

"로테 언니, 언니는 피난 가지 않지, 맞지? 언니가 우리 동물원을 돌보면 어때?"

"아, 안 돼, 난 그럴 수 없어. 정말 미안하지만, 나는 집 밖으로 나올 시간이 별로 없어. 엄청나게 많은 일을 해야 하거든."

로테는 커다란 갈색 눈동자로 틸리를 바라보았다. 그러고 나서 말했다.

"네 친구 로지가 할 수 있지 않을까? 로지도 피난을 가니?"

틸리는 고개를 가로저었다.

"안 갈 것 같아. 물론, 내가 로지한테 물어보긴 할 거야. 하지만 솔직히 말하자면, 로지가 그 많은 동물들을 다 돌볼 수 있을 것 같지 않아. 매일 동물 우리를 청소하고 음식을 가져다주는 건 정말 큰 책임이 따르는 일이거든."

내가 어떻게 로지한테 동물원을 돌봐 달라고 부탁할 수 있을까, 틸리는 생각했다. 그건 내가 로지와 함께 피난 가는 걸 포기한다는 뜻이었다.

"난 가 봐야 해. 제발 뭔가 좀 생각해 봐, 틸리. 넌 항상 잘 생각해 내잖아."

로테가 말했다.

둘은 아래층으로 내려갔다. 틸리는 로테를 현관문 밖까지 배웅해 주었다.

엄마가 틸리한테 저녁 식사를 준비하라고 일렀다. 아빠는 수상이 아직까지 전쟁을 선언하지 않았다고 중얼거리며 부엌으로 들어왔다.

엄마는 냄비를 이리저리 쿵쿵 부딪히며, 기다리다 죽겠다고 말했다. 왜 사람들은 마음을 결정하지 못하는 걸까?

"벤슨 부인이 그러는데, 옷가게 주인이 히틀러가 분명 포기할 거라고 말했대요. 며칠 동안 등화관제 커튼을 하나도 팔지 못했다면서요. 게다가 사람들이 우체통을 우스꽝스러운 색깔로 칠한대요. 색이 변하면, 가스가 살포된 걸 알 수 있다나요."

엄마는 아빠를 향해 어깨를 으쓱하며 말했다.

"근처에 우체통이 없으면 어떻게 되는 거예요?"

틸리가 끼어들며 물었다.

"아, 맙소사, 제발!"

아빠가 갑자기 소리를 쳤다. 엄마와 틸리가 깜짝 놀라 주춤했다. 아빠는 그리 자주 소리치는 사람은 아니었다. 정말 화가 났을 때 빼고 말이다.

"벤슨 부인, 그 멍청한 여자가 지껄이는 말에 관심 끊으라고 내가 몇 번이나 말했어? 히틀러는 조금도 포기하지 않을 거야, 알았어요? 수상은 오늘이나 내일 전쟁을 선언할 거라고. 수상은 더 이상 지체할 수 없어."

틸리는 고개를 끄덕거리며, 눈을 동그랗게 뜨고 아빠를 바라보았다. 어쩌면 전쟁은 이미 시작되었는데, 아빠는 그걸 식구들한테 비밀에 부치고 있는 건지도 몰랐다. 엄마가 더 흥분하지 않도록 말이다.

틸리는 저녁에 아무것도 먹을 수 없었다. 가스가 살포되고, 동물원에 음식을 가져 가고, 피난을 떠나는 일 등 걱정이 많았기 때문이다. 어른들이 보내는 곳이 어디든, 자신은 그곳을 싫어할 거라고 확신했다. 로지나 보니와 함께 가지 못할 테니까.

'나도 로지하고 같은 기분이야. 나도 내 친구들을 모두 잃고 있다고.'

틸리는 이렇게 생각하다가 버터 바른 빵에 목이 막힐 뻔했다. 마음이 싱숭생숭해서 보니를 위해 햄을 숨기는 것도 깜빡했다.

저녁 식사가 끝나고 나서, 모두 거실에 앉았다. 틸리는 책을 읽으려 했지만 집중이 되지 않았다. 창문은 거리를 향해 열려 있었고, 비가 여전히 줄기차게 내리고 있었다.

어두워지기 시작하자, 테드 보우 아저씨의 목소리가 들렸다.

"등화관제 시간 다 되었어요. 자동차 전조등 꺼요."

운전자가 대답했다.

"걱정 말아요, 친구. 독일 놈들은 10분 안에 이곳에 오지 못해요. 그때쯤이면 난 집에 도착할 거요."

"뻔뻔한 놈 같으니라고."

아빠가 중얼거렸다. 그러더니 창문을 꽝 닫고 등화관제 커튼을 내렸다.

틸리는 질식할 것 같은 느낌이었다. 저 밖의 세상과 단절된 느낌이었다. 밖에 나가 시원한 밤공기를 마시고 싶었다. 머리가 아파 오기 시작했다. 책에 적힌 글자가 눈앞에서 이리저리 춤을 추었다. 한 가지는 확실했다. 만약 이것이 전쟁이라면, 이 전쟁은 엄청나게 따분할 것이다.

그때 갑작스레, 밖에서 엄청나게 큰 폭발음 소리가 들려왔다. 창문이 죄다 흔들렸다.

틸리는 벌떡 일어났다. 엄마는 새된 비명을 질렀다.

"폭격이 시작되었나봐. 빨리 대피소로 내려가!"

엄마는 틸리의 손을 잡고 말했다.

"기다려 봐!"

아빠는 두툼한 커튼을 옆으로 잡아당겼다.

"보라고, 그냥 폭풍일 뿐이야. 오늘 밤 날씨가 사나울 거라고 했어."

"거기, 커튼 닫아!"

거리에서 목소리가 들려왔다.

또 테드 보우 아저씨였다. 번개가 쳤을 때, 테드 보우 아저씨 모습이 언뜻 보였다. 헬멧을 머리 위에 바짝 당겨 썼다.

얼굴 없는 남자와 같다고, 틸리는 생각했다.

식구들은 모두 거실에 서서 서로를 바라보았다. 엄마의 얼굴에는 두려움이 묻어 있었다. 아빠는 손으로 연신 머리카락을 쓸어넘겼다. 분노와 걱정이 뒤섞여 긴장하고 있는 게 역력했다.

틸리는 전쟁이 시작되면 이럴 거라고 생각했다. 어른들은 소리치며 명령하고 위협한다. 애완동물들은 홀로 남고, 사람들은 모두 공기 안 통하는 지하 대피소에 바글바글 모여 있다.

틸리는 그날 밤 나머지 시간을 숨 참는 연습을 하면서 보냈다. 그리고 아침에 로지한테 뭐라고 말할까, 생각했다.

전쟁

✳

1939. 9. 3. 일요일

밤새도록 사납게 불어 대던 끔찍한 폭풍이 지나가고 난 뒤, 일요일 아침은 밝고 청명했다. 틸리는 방 창문의 등화관제 커튼을 옆으로 젖혀 열고 거리를 내다보았다. 거리는 나무에서 떨어진 나뭇잎과 나뭇가지들로 어수선했다. 해가 높이 솟아 도로 위의 물웅덩이를 반짝 비추었다.

틸리가 아래층으로 내려오자, 아빠가 말했다.

"수상이 11시에 연설할 예정이다. 틸리, 집에 있어. 오늘 아침에는 엄마를 도와드리렴. 모두 함께 수상의 연설을 듣도록 하자."

한참 동안 동물원에 가지 못하겠다고, 틸리는 생각했다. 하지만 뉴스 또한 놓치고 싶지 않았다.

그때 뒷문에서 노크 소리가 들렸다. 벤슨 부인이었다.

"알렉이 틸리한테 보내는 전갈을 가지고 왔어. 알렉이 미안하다고 하더라. 그게 무슨 소리인지 하나님만 알겠지."

벤슨 부인은 알렉과 같은 유쾌한 목소리로 소리쳤다.

틸리는 어깨를 으쓱해 보였다. 엄마가 소리쳤다.

"알렉 다리는 좀 어때요?"

"엉덩이까지 깁스를 했지 뭐야. 의사가 그러는데, 몇 주 동안 걸으면 안 된대요. 이제 전쟁이 곧 시작될 거래. 난 이제 얼른 가 봐야겠어. 테드 보우가 어젯밤에 등화관제 때문에 나한테 잔소리를 엄청 하더라고."

벤슨 부인은 그 말을 남기고 가 버렸다.

엄마는 개수대에서 설거지를 시작했다. 아빠는 마당으로 나갔다. 아빠가 대피소에 못을 박는 소리가 또 들려왔다. 틸리는 몇 시간 동안 엄마를 도왔다. 마침내 아빠가 들어와 말했다.

"이제 시간이 거의 다 되었군."

엄마는 시계를 흘끗 쳐다보았다. 틸리도 시계를 쳐다보았다. 11시 2분 전이었다. 아무 말 없이 모두 거실로 갔고, 아빠가 라디오 스위치를 켰다.

방송은 11시 15분까지 시작하지 않았다. 하지만 자리에 앉아 조용히 기다렸다. 틸리가 알고 있는 이 동네의 모든 가족들이 분명 라디오 주변에 모여 전쟁이 시작되기를 기다리고 있을 듯했다.

드디어 라디오에서 챔벌린 수상의 진지한 목소리가 흘러나왔다. 처음에는 틸리는 무슨 말인지 알아듣기 힘들었다. 마침내 평생 최악의 말을 들었다.

"…… 저는 그런 일은 절대 받아들일 수 없으며, 따라서 우리나라는 독일과 전쟁을 하게 되었다는 것을 여러분에게 말씀드릴 수밖에 없습니다."

틸리는 온몸이 마비된 느낌이 들었다.

챔벌린 수상은 연설을 계속했다.

"여러분은 상상할 수 있습니다. 평화를 쟁취하기 위한 우리의 기나긴 투쟁이 실패했다는 게 저에게 얼마나 고통스러운 일격이었는지……."

"우리는 어떻고? 그건 우리한테도 지독한 일격이라고, 이 멍청아."

아빠가 소리쳤다.

"여보! 말 좀 조심해서 해요."

엄마가 말했다.

하지만 틸리는 상관하지 않았다.

우리는 전쟁 중이라고, 틸리는 연신 생각했다. 평생 살면서 가장 긴장되는 순산이있다.

'이제 사랑스런 보니는 어떻게 되는 걸까?'

틸리네 가족은 수상의 말에 끝까지 귀를 기울였다.

"이제 신이 여러분 모두를 축복해 주시기를 바랍니다. 신이 정의를 수호해 주기를 바랍니다. 우리가 맞서 싸우는 것은 야만적인 힘, 잘못된 믿음, 불의, 억압과 박해와 같은 사악함입니다. 저는 그런 사악함에 대항해 정의가 승리하리라 믿습니다."

틸리는 연설을 모두 다 이해하지는 못했지만, 로테와 루디가 독일 프랑크푸르트의 자신의 집에서 이미 야만적인 힘과 불의를 목격했다는 건 알았다. 그리고 이들이 안전을 찾아 영국으로 왔지만, 만약 나치가 런던을 쳐들어온다면 이들과 같은 유대인 아이들에게 어떤 일이 생길까? 모든 아이들과 어른들에게 무슨 일이 생길까? 그리고…….

틸리가 이 어려운 생각을 미처 끝마치기도 전에, 밖에서 간담을 서늘하게 만드는 울부짖음이 들려왔다.

"공급 경보예요!"

엄마가 소리쳤다.

생각할 겨를도 없이, 틸리는 현관문으로 달려가, 문을 열고 거리로 뛰어나갔다. 하늘을 올려다보았다. 엄마와 아빠도 뒤따라왔다. 거리에는 이웃 주민들로 가득 찼다. 모두 하늘을 향해 목을 길게 빼고 있었다.

건너편에 사는 꼬마 보비가 밖으로 나와, 장난감 권총, 소총, 철모와 방독면을 하고 행진하며 소리쳤다.

"여기 독일군이 왔다! 여기 독일군이 왔다!"

"저기 봐! 방공기구야!"

벤슨 부인이 소리쳤다.

틸리는 지켜보았다. 거대한 은빛 시가* 모양의 기구가 천천히 하늘에 떠올랐다. 크기가 크리켓 운동장만 하다고, 아빠가 말했었다.

"저게 폭격기를 막아줄 거야."

누군가 소리쳤다.

"아니 못 막아. 그저 폭격기를 방해만 할 수 있을 뿐이지."

누군가 맞받아쳤다.

"왜 누가 나서서 히틀러를 확 목 졸라 죽이지 않는 거야?"

누군가 으르렁거렸다.

"나는 팔다리가 잘려 산 채로 묻힐 바에야 차라리 당장 죽어 버리겠어."

벤슨 부인이 말했다.

테드 보우 아저씨가 헐떡거리며 왔다. 호루라기를 연신 불어 댔다. 철모가 머리에 부딪혔다.

테드 보우 아저씨가 소리쳤다.

"대피소 안으로 들어가요, 여러분. 서둘러요! 어서요!"

경찰관 한 명이 자전거를 타고 전속력으로 지나가며 소리쳤다.

"대피해요! 대피해요!"

갑자기 사람들은 마구 소리치며 아이들을 낚아챘다.

엄마는 뒤돌이 뛰기 시작했다. 하지만 아빠가 엄마 팔과 틸리의 손을 잡고 말했다.

"뛰지 말아요, 여보. 이웃들이 우리가 당황해하고 있다고 생각하는 건 싫소."

---

*엽궐연. 담뱃잎을 썰지 않고 통째로 돌돌 말아서 만든 담배.

아빠는 벤슨 부인에게 함께 가자고 소리쳤다.

틸리의 무릎이 두려움에 후들거렸다. 틸리가 지금 당장 원하는 것이라고는 대피소에 처박혀 그곳에서 영원히 있는 것뿐이었다. 사이렌 소리를 들으면 보니가 어떤 기분이 들까? 소음이 계속해서 이어지며, 틸리의 머릿속을 가득 채웠다. 첫 번째 폭탄이 언제쯤 머리 위에 떨어질까?

대피소의 나무 의자에 자리를 잡자마자, 아빠는 문을 쾅 닫고 묵직한 나무 걸쇠로 단단히 고정시켰다. 사이렌 소리가 계속 들려 왔다. 틸리와 엄마는 서로 꼭 붙어 있고, 벤슨 부인은 두 손으로 귀를 막은 채 앉아 있었다. 어젯밤 내린 비 때문에 바닥에 물웅덩이가 고였다. 틸리는 곧 온몸이 오싹했다. 아빠는 기름 램프에 불을 붙였다. 틸리는 유리 뒤에서 깜빡거리는 불꽃에 초점을 맞추려고 노력했다.

그때, 아주 갑작스럽게 사이렌 소리가 멈추고 훨씬 더 차분한 어조로 '경보 해제' 소리가 들려왔다.

아빠가 중얼거렸다.

"완전 틀려먹은 경보였어, 확실해. 분명 테드 보우가 잘난 체하려고 한 모양이야."

"다행이네요."

엄마가 한숨을 쉬며 손으로 이마를 닦았다.

틸리는 일어섰다. 밖으로 나가고 싶어 안달이 났다. 아빠가 나무 빗장을 풀었다. 벤슨 부인의 시선을 느끼며, 틸리가 물었다.

"알렉 오빠는 어떻게 하고요?"

"걱정 마라, 얘야. 알렉은 병원에 잘 있어. 독일 놈들도 병원은 감히 폭격하지 못할 거야, 안 그래요?"

벤슨 부인이 경쾌한 목소리로 물었다.

틸리는 하늘 높은 곳에서 보면 그 건물이 병원인지 아닌지 어떻게 구별할 수 있을까 궁금했다. 하지만 틸리는 아무 말도 하지 않았다.

모두 밖으로 나왔다. 엄마는 점심을 준비하러 들어갔다. 틸리는 얼른 가서 보니를 보고 싶었다. 가까스로 점심을 먹었다. 틸리는 음식을 목구멍으로 거의 넘길 수가 없었다. 점심을 먹고 나서, 엄마를 졸라 가까스로 밖에 나가 신선한 공기를 마시고 오라는 허락을 받아 냈다.

"몇 시간만이다, 명심해. 그리고 집 근처에 있어. 언제든 사이렌이 울릴 수 있으니까. 우린 지금 전쟁 중이야."

엄마가 마치 히틀러의 머리통을 부술 기세로 개수대 안에 든 냄비를 쨍그랑거리며 말했다.

밀리는 자전거를 낚아채 길로 나섰다. 사람들을 피해 자전거를 요리조리 몰아야 했다. 사람들은 하이 스트리트에 있는 동물 병원으로 향하고 있었다. 누군가 줄이 팔백 미터나 길게 늘어서 있다고 큰 소리로 말했다.

런던의 애완동물들이 모두 떼거지로 붙잡혀서 죽임을 당하고 있구나, 틸리는 생각했다.

하지만 이제 틸리는 로지를 마주해야 했다. 로지한테 동물원을 돌봐 달라고 부탁해야 했다. 틸리는 그런 부탁을 한다는 게 너무나도 두려웠다.

배신자 또는 책임자

✳

1939. 9. 3. 일요일 오후

틸리가 아지트에 도착했을 때, 시드니가 마일스에게 소리치는 소리가 들렸다.

"독일 놈들이 다음 주에 상륙한다는 데 내기 걸게!"

"미친 소리 하지 마! 우리 아빠가 그러는데, 우리 해군이 독일 놈들이 영국해협에 발가락 하나 들여놓지 못하게 막는다고 했어."

마일스가 되받아쳤다.

메리나 팸의 모습은 어디에도 없었다. 호라스도 보이지 않아서 틸리는 이상하게 여겼다. 루디는 하노에게 독일어로 뭐라고 중얼거리고 있었다.

틸리가 오두막 안에 들어가 보니, 로지가 도로시를 안고 있는 게 보였다. 로지의 얼굴에는 마른 눈물 자국이 선명했다.

"오늘 아침에 메간 언니하고 정말 엄청나게 싸웠어. 아침 식사 내내 말 그대로 서로 고래고래 고함쳤어. 나하고 언니가 한바탕 전쟁을 치렀어. 언니가 너랑 같이 피난을 못 가게 하니까. 언니가 이렇게 지독한 사람이라니 도저히 믿기지 않아!"

로지가 말했다. 틸리는 보니를 풀어 주고, 무릎에 앉혀 안아 주며 말했다.

"나쁜 소식이 또 있어서 두려워."

틸리는 로지에게 알렉의 다리가 부러진 이야기를 해 주었다.

"그럼 우리 동물원을 구할 사람은 이제 아무도 없는 거네."

로지가 말했다. 그러고는 몸을 숙여 도로시의 눈과 입 주변의 털을 쓰다듬어 주었다.

"저기 있잖아……, 그러니까, 만약…… 음, 네가 그렇게 해 줄 수 있을까 하고."

틸리가 말했다.

하지만 틸리는 그 말을 하자마자 자신이 너무 못됐다는 느낌이 들었다. 로지는 틸리를 향해 돌아섰다. 얼굴에는 두려움 가득한 표정이 역력했다.

"내가? 하지만 난 혼자서 절대 그렇게 할 수 없어."

로지의 목소리가 떨렸다. 초록색 눈동자에는 눈물이 가득했다.

"복서가 빠져나와서 내 다리를 물거나, 메리의 토끼가 내 얼굴을 긁거나, 그리고…… 그리고 먹이는 어쩌고? 앵무새한테 줄 씨앗을 내가 어디서 구해? 그리고 거북이가 겨울잠을 잘 때 어떻게 하면 좋을지 전혀 아는 게 없어."

"아니, 물론 말도 안 되지. 다 괜찮아, 로지. 다 이해해. 정말이야."

틸리는 말한 걸 후회했다. 둘은 아무 말 없이 지독한 침묵 속에서 함께 앉아 있었다. 백만 년이 흘러간 것처럼 느껴졌다.

그때 로지가 불쑥 말했다.

"전쟁 내내 메간 언니와 같이 있어야 한다고 생각하니 견딜 수가 없어. 아 틸리, 도로시하고 보니를 데리고 우리 도망가자. 적어도 도로시와 보니를 구할 수는 있잖아. 그리고 작은 동물들은 풀어 주면 돼. 공터에서 풀을 뜯어 먹고 살 수 있어. 안 그래? 그리고 둥지를 만들어 주고……."

"여우한테서 숨겨 주는 거야. 나도 찬성이야, 나도 같은 생각을 했어. 모두 풀어 줘서 살아날 기회를 주는 거야."

둘은 또다시 아무 말 없이 가만히 앉아 이 생각을 되새겼다. 이윽고 틸리가 말했다.

"만약 우리가 도망친다면, 어디로 가지?"

"소피아한테 시골에 있는 고모네 집 근처에 알고 있는 곳이 있는지 물어보는 건 이떨까? 어쩌면 우리가 동물들과 함께 그리로 갈 수 있을지도 몰라. 마구간에 자그마한 방이 있어서 지푸라기 위에서 잘 수도 있고. 농부를 도와주고, 음식을 구하고, 닭한테 먹이를 주고……."

로지가 먼저 입을 열었다.

"그리고 달걀을 모으고. 아, 그거 정말 끝내주는 아이디어다, 로지. 그렇게 해 보자. 소피아는 분명 이 근처 어딘가에 있을 거야. 호라스가 평소 있던 곳에 안 보이거든. 소피아가 돌아오면 우리가……."

"소피아는 갔어. 여기 쪽지를 남겼어."

마일스가 오두막 안으로 들어오며 쪽지를 내밀었다.

틸리는 쪽지를 건네받아 큰 소리로 읽었다.

사랑하는 코브라 친구들에게,

모두 무사하기를 빌어. 정말 멋진 소식이 있어. 난 가까스로 이디스 고모를 설득해 호라스를 시골에 있는 고모네 집에 데려갈 수 있게 되었어. 그때 아빠가 들어와서 말했어. 나랑 엄마가 내일 아침에 이디스 고모네로 피난을 갈 거라고 말이야. 그래서 호라스를 데려갈게. 끝내주는 여행을 준비할 수 있도록 말이야. 호라스는 분명 트럭 안에서 차멀미를 엄청 하겠지.

너희 모두에게 감사의 뜻을 전하고 싶어. 특히 틸리한테. 나랑 호라스에 대한 너의 친절한 행동 정말 고마워. 너희 동물들 모두 안전한 집을 찾을 수 있기를 빌게.

행운을 빌어!

사랑을 담아

('애정'보다는 '사랑'이 훨씬 멋지다고 생각하지 않니?)

소피아 하이클리프-반스

"배신자! 그 아이를 런던 타워에 가두고 나서 머리를 댕강 잘라 버려야 해."

마일스가 말했다.

하지만 마일스는 그다지 신경 쓰지 않는 것 같았다. 밖으로 달려가며, 시드니와 루디를 불러 전투기 놀이를 하자고 했으니까.

틸리는 루디가 하는 말을 들었다.

"야, 콤 히어, 하노."

시드니는 독일어로 대답했다. 왠지 유창하게 들렸다.

"야, 구트, 브라바 훈트."

"음, 이제 신경 써야 할 동물이 한 마리는 줄었네. 그렇게 멋진 곳으로 갈 수 있다니, 소피아는 정말 행운아인 것 같지 않아?"

틸리가 한숨을 쉬며 말했다.

로지는 고개를 끄덕였다. 아이들은 각자 동물을 데리고 밖으로 나갔다.

마일스가 다가와, 몸을 숙여 숨을 골랐다.

"네가 피난을 가면 도미노는 어떻게 할 생각이야?"

틸리가 물었다.

"도미노를 위해 특별 상자를 만들었어. 구멍이 있는 상자 말이야. 내 가방 바닥에 딱 맞아. 나는 도미노를 데려갈 거야. 내 짝꿍한테 말했지. 만약 날 고자질하면 녀석의 귀를 잘라 버리겠다고 말이야."

마일스는 자신의 칼을 휘둘렀다.

"칼도 가져갈 거야?"

"당근이지. 보이스카우트 대장이 그러더라고, 독일 놈들이 쳐들어오면 보이스카우트가 필요할 거래. 난 농부랑 같이 군인 숙사에 들어가면 좋겠어. 그 사람이 나한테 총 쏘는 법을 가르쳐 줄 거야."

"나도 그러면 좋겠다, 친구. 우린 모두 아침에 떠날 거야. 어디로 가는지는 아무도 몰라."

네빌이 말했다.

오후가 되고, 점점 시간이 지나갔지만, 아무도 집으로 돌아갈 생각을 하지 않았다. 틸리는 식사 시간에 늦으면 곤경에 처하리라는 걸 알았다. 폭탄이 터지기 시작하는 건 차치하고라도 말이다. 하지만 이제 전쟁이 시작되었고, 아직까지 어떤 문제도 제대로 해결하지 못했다.

해가 지고 있었다. 하늘이 붉게 물들었다. 틸리에게는 주변의 모든 게 빠르게 변하고 있는 것처럼 보였다. 거리, 하늘, 심지어 집조차도 모두 두려운 곳이 되었다. 더 이상 안전하고 익숙한 곳이 아니었다.

하지만 가장 큰 두려움은 어떻게 하면 애완동물들을 구하고 로지와 함께 피난을 떠나느냐 하는 것이었다.

'우리가 할 수 있는 게 분명 뭔가 있어야 해.'

틸리는 절망에 사로잡혀 생각했다. 분명 있어야 했다.

모두 함께 오두막 밖, 풀밭에 앉아 있었다. 기다란 그림자가 뒤쪽 숲속을 어둡게 물들이고, 시원한 바람이 불어와 살갗이 서늘해 졌다. 동물들은 이 아이에게서 저 아이에게로 달려들었다. 로지만 보이지 않았다. 로지는 오두막 뒤 팅커벨의 무덤에 앉아 있었다.

틸리는 만약 오늘 밤에 도망간다면, 어쩌면 마지막일지도 모른 다고 생각했다. 만약 우리가 소피아에게 도움을 청할 수 없다면, 누군지 모를 농부 아줌마의 자비에 우리 자신을 맡겨야 할지도 모른다.

마지막 햇살이 공터에서 사라졌을 즈음, 뒤에서 소리가 들려왔 다. 코너가 커다란 막대기로 덤불을 헤치며 나왔다.

"복서를 데리러 왔어. 난 형들하고 멀리 갈 거야. 스코틀랜드에 감자 캐러. 트럭을 얻어 타고 갈 거야. 오늘 밤에 떠나."

코너가 오두막 안으로 들어서며 말했다. 잠시 뒤, 복서를 밧줄에 묶어 앞으로 잡아당기며 데리고 나왔다.

"음, 행운을 빌어."

틸리가 말했다.

무시무시한 덩치 큰 개가 떠나는 게 아쉽지는 않았다. 해결해야 할 문제가 하나 줄었다.

"정말 고마워, 틸리."

코너가 중얼거렸다. 그러고는 앞으로 몸을 숙여 틸리의 뺨에 깜짝 입맞춤을 했다. 마일스와 시드니가 휘파람을 요란스레 불어 댔 다. 틸리는 얼굴이 홍당무가 되었다.

코너는 잡목림 사이로 사라졌다.

"벌써 집에 가야 할 시간이야, 틸리. 우리 이제 어떻게 하면 좋지?"

로지가 물었다.

하지만 틸리는 코너의 뒷모습을 바라보며 그 입맞춤을 생각했다. 틸리는 완전히 새로운 생각이 마음속에 피어나는 걸 깨달았다. 코너가 자신을 좋아하는 것 같았다. 틸리는 알렉을 좋아했지만, 알렉은 소피아를 좋아했다.

그런데 소피아가 뭐라고 말했더라? 이디스 고모가 동물들을 좋아하고, 동물보호 조직의 회원이라고 했었다. 그렇다면 어쩌면…….

"나한테 좋은 수가 하나 있기는 한데……."

틸리가 아이들을 돌아보며 말했다.

"그럴 줄 알았어! 넌 이 세상 최고의 지도자야! 어서, 뭔지 말해 봐."

로지가 얼굴이 환하게 밝아지며 외쳤다.

"있잖아, 그러니까, 그게 제대로 될지는 모르겠지만, 오늘 밤 소피아네 집에 가서 피난 갈 곳을 부탁하는 거야. 그래서 말인데, 네 도움이 필요해, 시드니."

틸리가 이어 말했다.

시드니는 알았다는 듯 진지하게 고개를 끄덕였다.

"소피아 고모를 찾아야 해. 소피아가 이번 주말에 고모와 함께 지낸다고 말했던 거 기억나지?"

"왜 소피아 고모를 찾아가야 하는데?"

마일스가 물었다.

"아, 알았다. 역시 넌 똑똑해."

로지가 말했다.

"글쎄, 난 모르겠는데."

네빌이 웅얼거렸다.

"잘 들어 봐! 소피아네 고모를 찾아가서, 우리 동물도 같이 시골로 데려가 달라고 부탁하는 거야. 소피아네 고모는 분명 아주 넓은 집에 살 거야. 애완동물들을 사랑하는 사람이겠지. 우리처럼 말이야. 염소 호라스의 목숨을 구해 주려고 하는 걸 보면 알 수 있어. 호라스는 안전하게 지낼 곳이 있는데, 우리 동물들은 끔찍한 위험에 놓여 있다는 건 정말 불공평해. 모두 나랑 함께 갈 거지?"

틸리가 큰 소리로 물었다.

아이들은 모두 환호하며 '물동 이먹'을 크게 외쳤다. 마침내 로지가 또랑또랑한 목소리로 말했다.

"아주 좋은 생각이야. 그런데 소피아네 집에 어떻게 갈 거야? 형부가 소피아네 집에 매주 배달을 가는데, 거긴 아주 멀다고 했어. 지금은 주말이야. 거기까지 자전거를 타고 갈 수는 없어, 밤새 달려야 겨우 도착할걸."

"어쨌든, 난 함께 못 가. 집에서 엄마를 도와드려야 하거든. 하지만 시드니가 너희들을 데려다줄 거야. 렌 아저씨한테 부탁하면 되

배신자 또는 책임자

지 않을까?"

네빌이 중얼거렸다.

시드니가 고개를 끄덕였다.

"누구 돈 좀 있어?"

아이들 모두 주머니를 뒤적였다. 마일스가 동전을 꺼내 시드니에게 건넸다.

"이걸로는 부족해."

네빌이 말했다.

"뭐가 부족한데?"

틸리가 물었다.

"렌 아저씨가 과일 트럭에 우리를 태워 데려다줄 수 있을 거야. 하지만 돈을 드려야 돼. 누구 돈 좀 없니?"

네빌이 물었다.

모두 고개를 절레절레 저었다. 그때 루디가 반짝반짝 빛나는 동전 하나를 꺼냈다. 이제 렌 아저씨한테 줄 돈이 생겼다.

시드니가 함성을 지르며 동전을 낚아챘다.

"야, 루디. 당케, 내 친한 친구."

루디는 예의 바르게 고개를 숙여 인사했다.

시드니는 킬킬 웃으며 루디를 따라서 고개를 숙여 인사했다. 그러자 루디의 얼굴에 사랑스러운 미소가 피어났다. 틸리는 그런 루디의 표정은 처음 보았다.

시드니와 루디는 연신 서로에게 인사하고, 마침내 시드니가 참지 못하고 낄낄 웃으며 바닥에 데굴데굴 뒹굴었다.

틸리, 로지, 시드니, 마일스, 그리고 루디가 모두 함께 소피아네 집에 가기로 했다. 아이들은 재빨리 애완동물들이 밤을 보낼 수 있게 우리에 넣어 주고 자전거를 타고 출발했다. 루디는 시드니의 자전거 안장에 앉고, 시드니는 페달을 밟으며 숨을 헉헉거렸다. 둘 모두 공터에서 사라졌다.

이제 홀쭉한 달만이 희미한 빛을 내뿜고 있었다. 네빌 뒤에서 어두워진 들판을 전속력으로 달리며, 틸리는 연신 생각했다.

'이디스 고모한테 동물들을 데려가 달라고 부탁해야 해. 이건 애완동물을 구할 수 있는 마지막 기회야.'

이들은 공장에 이르렀다. 운하를 향해 페달을 밟을 때, 틸리는 거리와 집들이 얼마나 어두운지 똑똑히 보았다. 불빛 한 조각도 보이지 않았다. 등화관제 속에서 사방이 아주 기이하고 낯설어 보였다. 길을 잃기에 딱 안성맞춤이었다.

아이들이 다리를 건너 거리에 들어서자, 마일스가 소리쳤다.

"가로등 기둥에 부딪히지 마. 흰색 선을 조심하라고."

너무나도 당연하게, 틸리는 나무와 가로등 기둥, 그리고 심지어 우체통 주변에 짙게 칠한 페인트 선을 볼 수 있었다. 정말 똑똑하네, 틸리는 생각했다. 지난주에 일꾼들이 저렇게 칠해 두었다. 자동차를 위해 연석 위에도 흰색 선이 칠해 있었다.

틸리는 마일스 뒤에서 자전거를 몰았다. 마침내 이들은 모두 스쿠더네 집 밖에 우뚝 멈추어 섰다. 네빌이 집 안으로 들어가고, 시드니는 마당을 가로질러 렌 아저씨를 찾았다. 하지만 한참이 지나도록 나타나지 않았다. 틸리는 서서히 희망을 잃었다.

틸리가 어둠 속에서 혼자 자전거를 타고 가야겠다고 결정한 순간, 시드니가 다시 헐레벌떡 뛰어왔다. 그 옆에는 땅딸막한 남자가 하나 있었는데, 짧은 소매의 웃옷에 멜빵바지를 입은 채 마당을 성큼성큼 걸어왔다. 입에는 담배를 물고 있었다.

"빨리, 얘들아!"

시드니가 말했다.

"잘했어, 시드니."

틸리가 말했다.

둘은 렌 아저씨를 따라 길옆에 주차된 트럭으로 갔다.

트럭 뒤쪽이 하늘을 향해 활짝 열려 있었다. 하지만 바닥에서 너무 높아서 렌 아저씨가 아이들의 다리를 밀어 줘야 했다. 트럭 안에는 흙이 묻은 부대자루가 거친 나무 바닥에 쌓여 있었다.

"됐지?"

"훌륭해, 시드니."

시동이 켜지고 트럭이 천천히 움직였다.

"등화관제 속에서는 빨리 갈 수 없다고 렌 아저씨가 그랬어. 하지만 내가 돈을 주니까 아주 좋아했어."

시드니가 말했다.

"거기 도착하려면 얼마나 걸릴까?"

마일스가 물었다.

"난 엄마 아빠한테서 혼날 거야. 너무 늦었거든."

"형부가 낮에 갈 때는 20분 걸려. 그러니까 아마도 이 정도 속도로 가면 30분 이상 걸릴 거야."

로지가 말했다.

로지는 도로시를 안고 있었다. 새끼 고양이가 야옹하는 소리가 들렸다.

보니도 여기 있으면 얼마나 좋을까, 틸리는 어쩔 수 없이 그 생각이 떠올랐다. 오늘은 우리의 마지막 밤이 될 수도 있었다. 정말 오랫동안. 그 생각에 틸리는 너무나 슬펐다. 틸리는 거의 울음이 터지기 일보직전이었다.

그때 시드니가 틸리의 손에 사과 하나를 찔러 주었다.

"렌 아저씨가 이거 먹어도 된대. 오늘 아침 시장에서 남은 거래."

틸리는 달콤한 사과를 한 입 베어 물었다. 문득, 하루 종일 아무것도 먹지 않은 걸 깨달았다. 아이들마다 사과 3개씩 돌아갔는데, 사과를 먹고 나니 훨씬 기분이 좋아졌다.

아이들은 도시를 벗어나 머리 위로 나무가 서로 부딪히는 길을 따라 달렸다. 너무 어두워서 얼굴 앞에 손조차 보이지 않을 지경이었다. 시드니와 마일스는 유령 소리를 냈다. 루디도 합세했다. 로지는 틸리의 손을 도로시의 따뜻한 몸에 올렸다. 틸리는 약간 기운이 솟는 느낌이 들었다. 긴장되니 배가 슬슬 아팠다.

"얼마나 더 가야 해?"

마일스가 소리쳤다. 차가 길 위에서 이리저리 쿵쿵 요동쳤다.

로지가 대답도 하기 전에, 트럭이 요란하게 브레이크 소리를 내더니 갑자기 멈추어 섰다.

아이들은 어두컴컴한 좁은 길에 있었다. 나무로 뒤덮인 거대한 문이 어렴풋이 보였다.

"저기가 진입로야. 여기서부터 걸어가야 해. 렌 아저씨가 우리를 기다려줄까, 시드니?"

로지가 물었다.

렌 아저씨는 트럭 뒤로 돌아와 아이들이 차에서 내리는 걸 도와주었다. 입에 문 담배가 붉게 타올랐다. 시드니는 폴짝 뛰어내려 렌 아저씨한테 나지막한 목소리로 말했다. 렌 아저씨는 말수가 적은 사람처럼 보였다.

이윽고 시드니가 말했다.

"아저씨가 30분 기다려 준대. 그 정도면 됐지?"

"응, 그럴 것 같아."

틸리가 대답했다. 렌 아저씨는 틸리를 내려 주었다.

모두 길에 내려서자, 루디가 주머니에서 손전등을 꺼냈다. 불빛이 열린 문 안쪽의 자갈 깔린 진입로를 비췄다.

"가자."

틸리가 앞으로 걸어가며 말했다.

틸리는 애써 용감해 보이려 했다. 하지만 솔직히 틸리는 평생 그 어느 때보다 겁을 먹고 있었다.

이 기이한 집 안으로 걸어 들어가 이디스 고모한테 애완동물들을 구해 달라고 부탁하느니 차라리 히틀러와 히틀러의 그 멍청한 폭탄을 지금 당장 마주하는 게 훨씬 더 쉬울 거라고, 틸리는 생각했다.

마지막 희망

∗

1939. 9. 3. 일요일 저녁

진입로는 상당히 길었다. 집은 보이지 않았다. 불빛이 하나도 없기 때문이었다. 올빼미 한 마리가 나무에서 울어 댔지만 오두막 옆 숲속에 사는 익숙한 올빼미 소리처럼 들리지는 않았다. 틸리는 초조해서 몸이 덜덜 떨렸다. 자신이 말이나 꺼낼 수 있을지 확신이 서지 않았다. 목이 꽉 막힌 기분이었다.

굽은 길을 돌아서자 집의 윤곽이 희미하게 나타났다. 길은 진입로를 크게 한 바퀴 돌아 집으로 이어졌다.

"우린 현관으로 들어가면 안 돼."

틸리가 속삭였다.

"날 따라와."

시드니가 말했다. 시드니는 눈에 띄지 않도록 몸을 숙인 채 집 옆으로 걸어갔다.

모두 따라서 몸을 숙였다. 그리고 루디는 손전등을 껐다.

시드니는 걸어가다가 열린 출입문을 발견하고 그 안으로 쏙 들어갔다. 모두 따라 들어가 보니, 창고처럼 보이는 곳이었다.

"사람들이 어디 있을 거 같니? 벌써 8시가 다 되었어."

마일스가 물었다.

"어쩌면 저녁 식사를 하고 있을지도 몰라."

틸리가 대답했다.

시드니는 방 안으로 더 들어가서, 이제 나지막하게 속삭였다.

"저기. 저기 문이 있어."

아이들은 발끝으로 살금살금 다가갔다. 시드니가 손잡이를 돌려 문을 열었다. 삐걱 소리가 났다.

남자의 짜증 섞인 목소리가 들려왔다.

"서둘러, 피터. 하이클리프-반스 씨가 브랜디 나오기를 기다리고 있단 말이야."

"죄송해요, 제임슨 씨."

대답이 들려왔다.

틸리는 그 자리에 얼어붙어 숨을 죽였다. 아이들은 발자국 소리가 사라지기를 기다렸다.

이윽고 시드니가 문 사이로 미끄러져 나가자, 모두 따라갔다. 틸리의 심장이 엄청나게 두근거려서 언제라도 제지를 당하고 조용히 하라는 말이 들려올 것 같았다.

아이들이 있는 곳은 기다란 복도였다. 한가운데에는 붉은 카펫이 깔린 계단이 있었는데, 계단은 위층 회랑으로 이어져 있었다. 샹들리에가 아이들 머리 위, 천장에 매달려 있었다. 샹들리에의 크리스털이 다이아몬드처럼 반짝반짝 빛났다.

"와, 저거 좀 봐봐."

시드니가 평상시의 목소리로 말했다.

"쉿! 어느 쪽이야, 틸리?"

로지가 속삭였다.

틸리는 복도를 이리저리 둘러보았다. 양쪽에 문이 엄청나게 많이 있었는데, 모두 굳게 닫혀 있었다. 틸리는 어느 쪽으로 가야 할까 망설였다.

갑작스레, 다시 발자국 소리가 들려왔다. 시드니가 속삭였다.

"서둘러. 계단 뒤로 숨어."

아이들은 모두 계단 뒤로 달려가, 그림자 속에서 옹기종기 모여 있었다.

이윽고, 깜짝 놀랍게도, 남자가 짜증스럽게 고함치는 소리가 들렸다.

"야, 거기 꼬마 녀석, 거기 당장 서!"

시드니가 발각되었다.

하지만 시드니는 뻔뻔한 목소리로 소리쳤다.

"만나서 반갑습니다, 선생님. 그냥 지나가는 길이었어요. 그러니까, 뒷문으로 쥐 한 마리가 들어오는 걸 봤어요, 그래서 이 집 젊은

숙녀 분들이 모두 괜찮은지 확인하려고 온 거예요.”

“선생님이라고 부르지 마라. 피터, 저 녀석 잡아. 경찰이 뭐라고 하는지 두고 보자꾸나.”

“네, 제임슨 씨.”

다른 남자가 말했다.

틸리가 그림자 밖으로 막 나와 시드니를 옹호하려 했을 때, 커다란 외침이 튀어나왔다.

“조심해! 저 녀석 도망가지 못하게 막아! 그냥 거기 멍청하게 서 있지 말고, 어서 뒤쫓아 가라고!”

묵직하고, 육중하게 움직이는 발자국 소리가 복도를 지나 사라졌다.

마일스는 소리 없이 웃었다. 하도 웃어서 두 눈에는 눈물이 나왔다.

“시드니는 절대 잡히지 않을 거야.”

마일스는 중얼거렸다.

“조용히 해. 누가 우리 말 들을지도 몰라. 시드니가 우리한테 시간을 벌어준 거야. 하지만 시간이 많지는 않아.”

틸리가 속삭였다.

바로 그때, 문 열리는 소리가 나더니 소피아의 목소리가 들렸다.

“이디스 고모, 내일 서섹스까지 가는 데 얼마나 걸려요? 호라스가 걱정되어서요.”

‘드디어 찾았다!’

틸리는 흥분과 긴장에 하마터면 크게 소리칠 뻔했다. 로지는 틸리 옆에서 숨을 헐떡거렸다. 마일스는 루디의 귀에 대고 뭐라고 속삭였다.

여자가 대답했다. 약간 저음이었지만 푸근한 목소리였다.

"몇 시간 걸릴 거야. 그러니까 네가 차 안에서 징징거리지 않았으면 좋겠구나, 얘야."

이디스 고모구나, 틸리는 생각했다. 이디스 고모는 소피아의 그 재수 없는 엄마처럼 잘난 체하지 않는 것 같았다. 하지만 정말 그럴까?

틸리는 앞으로 몸을 살짝 내밀어 계단을 내다보았다. 문이 거의 닫히려고 했다. 로지가 틸리를 뒤로 잡아당기며 조용히 하라는 신호를 보냈다.

"저 사람들 눈에 띄겠어. 어쨌든, 이제 우리 어떻게 하지? 곧 경찰이 도착할 텐데."

하지만 갑자기 틸리는 그런 건 신경 쓰이지 않았다.

'우리는 이곳까지 이렇게 왔고, 우리 동물을 구하기 위해 수많은 난관을 극복했어. 이제 나는 저기로 들어가서 도움을 청해야 해. 그리고 어떤 일이 생기든 애처롭게 징징거리는 소리를 해서는 안 돼.'

틸리는 마음을 다잡으면 생각했다. 이디스 고모는 분명 징징거리는 아이들은 싫어할 것이다.

틸리는 로지와 아이들을 향해 돌아섰다. 아이들의 눈은 환하게 빛나고 있는 샹들리에 불빛을 받아 반짝였다. 아이들이 몸을 움츠린 채 틸리를 올려다보았다. 틸리가 이 마지막 문제를 해결해 줄 수 있다고 확실히 믿고 있는 것 같았다.

"모두 여기 있어. 나 혼자가 갈게. 시드니는 괜찮을 거야. 시드니는 혼자 잘 해낼 수 있어. 만약 무슨 일이 생기면, 렌 아저씨와 함께 빠져나가. 그러면, 나만 문제에 빠지게 되는 거니까. 너희들이 이곳에 왔다는 걸 아무도 모를 거야."

틸리가 속삭였다.

아이들은 틸리를 바라보며, 아무 말도 하지 않았다.

틸리는 다리가 하도 떨려서 똑바로 서 있을 수나 있을지 의심스러웠다. 쓰러지지 않고 방 안으로 걸어 들어가는 건 차치하고라도 말이다.

그때 마일스가 말했다.

"이상한 소리 마. 우리 모두 함께 갈 거야, 안 그래, 코브라 친구들?"

"틸리, 넌 가끔 너무 바보 같아."

"야, 물동 이먹."

"하지만…… 난…… 난 그렇게 생각하지 않아."

틸리가 말을 더듬었다.

"앞장서."

로지가 예의 그 '메간 언니 목소리'로 말했다.

틸리는 잠시 로지를 뚫어져라 바라보았다. 그러고 나서 몸을 일으켜 세우고, 어깨를 뒤로 젖히며 말했다.

"좋아, 빨리 해치워 버리자."

틸리가 문으로 성큼성큼 걸어갈 때 아이들도 뒤따라갔다. 틸리는 손잡이를 돌려 문을 밀어 열었다.

아이들은 환하게 불을 밝힌 방 안에 들어섰다. 벽난로에서는 불이 타오르고 있었다. 방은 상당히 컸는데, 소파와 안락의자가 벽난로 옆에 둥글게 놓여 있었다. 멋진 검정 드레스를 입은 여자 두 명이 소파에 앉아 담배를 피우고 있었다. 틸리는 그중 한 명이 소피아의 엄마라는 걸 알아보았다. 다른 여자가 이디스 고모일까? 틸리는 이디스 고모를 하이 스트리트에서 뒷모습만 봤을 뿐이었다.

소피아는 안락의자에 몸을 웅크리고 앉아 책을 읽고 있었다. 소피아가 틸리와 아이들을 알아보고는, 깜짝 놀라 입을 떡 벌렸다.

누군가 말하기도 전에, 틸리가 작은 소리로 말했다.

"제발… 제가……."

하지만 소피아가 틸리의 말을 끊었다.

"안녕! 엄마, 숲에서 봤던 아이들 기억나지요?"

틸리는 소피아가 자기들 편인지 아니면 자기들을 쫓아내려 하는지 확신이 없었다. 하지만 마일스는 확신이 있는 것처럼 보였다.

"이 배신자!"

마일스가 소리쳤다.

"우리가 호라스를 위해 모든 걸 해 줬잖아."

로지가 턱을 허공에 쭉 내밀면서 말했다. 도로시는 야옹거리며 자그마하게 콧소리를 냈다.

소피아 엄마는 자리에서 벌떡 일어나서 벨처럼 보이는 것에 손을 뻗었다.

틸리의 심장이 쿵 무너져 내렸다. 이제 우리는 체포될 거라고, 틸리는 생각했다.

문득, 다른 여자의 얼굴에 흥미로워하는 표정이 일었다. 그 여자는 아이들을 유심히 살펴보았다. 고개는 한쪽으로 기울어지고, 눈썹은 한껏 올라가 있었다. 마치 이렇게 말하는 것 같았다.

"듣고 있잖니, 얘기해 봐."

그건 분명 이디스 고모라고, 틸리는 생각했다. 그리고 갑자기 틸리에게 필요한 그 모든 힘과 용기가 온몸에 솟구쳤다.

"제발 들어주세요."

틸리는 그 여자를 똑바로 바라보았다. 그 여자는 틸리를 차분한 표정으로 바라보았다.

"아줌마가 이디스 고모세요? 관절염을 앓는 늙은 염소를 걱정해 주는 분, 폭격에서 구해 주려는 분 말이에요. 우리 동물들한테도 지리를 마련해 줄 수 있는지, 부탁하려고 이렇게 왔어요. 알아요. 우리가 키우는 동물들은 평범한 애완동물들이에요. 그리고 우리는……."

틸리는 주변의 아이들을 둘러보았다.

"음, 우리는 그저 평범한 아이들이에요. 그리고 우리는 돈을 드리거나 뭐 그럴 수는 없어요. 하지만 정말로 영원히 감사드릴 거예요. 동물들을 히틀러의 폭격에서 구해 주실 수 있다면요."

"세상에나, 이디스. 나는 종을 울려 제임슨을 불러서 이······ 이······."

소피아 엄마가 말했다.

"대단한 아이들이네. 내 생각에 이 말이 맞을 것 같아요, 마조리."

이디스 고모가 당당하고 힘찬 목소리로 말했다.

'휴, 저 사람이 이디스 고모가 맞구나. 그런데 저 여자가 우리 편일까?'

틸리는 긴장을 늦추지 못했다.

소피아 엄마는 말을 멈추었다. 당혹감에 얼굴이 일그러졌다.

"분명해요, 저 아이들은 아주 대단하네요."

이디스 고모가 말을 계속했다.

이디스 고모의 시선은 흙투성이 코브라 친구들을 훑으며, 틸리의 붉어진 얼굴에 닿았다. 소피아는 책을 내려놓고 일어섰다. 소피아는 걱정스러운 듯 이마를 찡그렸다. 소피아가 아이들 편을 들어줄까? 아니면 사자 밥으로 던져 버릴까?

"우리는 대단한 아이들이 아니에요, 그저 동물을 좋아하는······."

틸리가 입을 열었다. 하지만 복도에서 들려오는 한바탕 소동과 쿵쾅거리는 발자국 소리 때문에 말을 그칠 수밖에 없었다.

남자의 목소리가 소리쳤다.

"저 녀석 잡아!"

시드니가 방으로 불쑥 뛰어 들어왔다. 카펫 위로 데구루루 구르다가 마침내 무릎을 꿇고 말았다.

"여기 아주 멋지다. 안 그래, 틸리 누나?"

시드니가 소리쳤다. 남자 둘이 방 안으로 달려와 시드니를 붙잡았다.

"이거 놔요. 전 아무 짓도 안 했다고요!"

남자들이 시드니의 팔을 잡아 꼼짝 못하게 하자, 시드니가 버둥거리며 소리쳤다.

"저 아이 놔두세요! 저 아이는 분명 이 아이들과 함께 왔을 거예요."

이디스 고모가 고압적인 목소리로 소리쳤다.

이디스 고모는 눈썹을 치켜뜨며 틸리를 보았다. 틸리는 고개를 끄덕해 보였다.

"이디스, 난 아주 많이……."

소피아 엄마가 말을 꺼냈다. 얼굴에는 화난 표정이 역력했다.

"지금은 아니에요, 마조리."

이디스 고모가 소피아 엄마를 나무라듯 말했다.

소피아 엄마는 자리에 앉아, 탁자에 놓인 부채를 집어 들고는 격하게 부채질을 해 댔다. 얼굴이 벌겋게 달아오르고 땀으로 흥건한 남자 둘이 시드니를 놓아주었다. 시드니는 너덜너덜한 옷을 매만졌다. 마치 그 옷이 최고급 옷이라도 되는 것처럼.

"감사합니다, 내 친구."

시드니는 당당하게 말했다. 그러고는 이디스 고모를 바라보며 말을 이었다.

"저기 맞은편 방에 책이 엄청 많더라고요. 저는 디킨스 씨가 쓴 책의 제목들을 거의 다 훑어보았어요."

이디스 고모의 눈썹이 위로 불쑥 솟구쳤다. 틸리는 눈썹이 공중으로 날아갈지도 모른다고 생각했다.

"책은 많이 읽니, 얘야?"

"저희 선생님께서 책을 빌려주셨어요. 저는 《데이비드 코퍼필드》*를 반쯤 읽었어요. 사람들은 그 아이를 정말 끔찍한 학교에 보내요, 맞죠?"

이디스 고모는 시드니를 잠시 바라보고는 틸리에게 말했다.

"너희가 대단한 아이들이 아니라고 말했지?"

이디스 고모는 방을 훑어보며, 소피아의 시선과 마주쳤다.

"그렇다면 너 아주 멋지게 놀았겠구나, 소피아. 이처럼 사랑스러운 친구들하고 말이다?"

이디스 고모가 소피아를 바라보며 말했다.

"절대 그렇지 않겠지, 얘야?"

소피아 엄마가 공포에 질려 소리쳤다.

---

*찰스 디킨스가 쓴 소설로 의붓아버지의 모진 학대 속에서 자라 소설가로 성공하는 인물의 이야기를 다룬 작품.

하지만 깜짝 놀랍게도 소피아는 턱을 앞으로 내민 채 흔들리는 목소리로 말했다.

"틸리와 틸리의 친구들이 호라스의 목숨을 구해 주었어요. 그리고 제 생명도 구해 주었고요. 제발 저 아이들을 도와주세요, 이디스 고모. 엄마는 제대로 이해하지 못할까 두려워요."

"어떻게 감히……."

소피아 엄마가 말하려 했다.

하지만 이디스 고모가 소피아 엄마의 말을 끊었다.

"소피아, 훌륭한 안주인처럼 저기 있는 초콜릿을 친구들에게 건네주지 않겠니?"

"그러지 마!"

소피아 엄마가 재빨리 내뱉었다.

"만약 우리가 우리 조국에서 유쾌한 전쟁을 함께 치르려 한다면, 난 오히려 소피아가 훌륭한 여주인처럼 초콜릿을 돌릴 정도로 현명할 거라고 생각해요, 마조리."

이윽고 이디스 고모는 담뱃재를 커피 탁자에 놓인 유리 재떨이에 비벼 껐다.

깊은 침묵이 이어졌다. 그사이 소피아 엄마는 갑작스레 다시 엄청나게 부채질을 해 댔다. 소피아는 얼굴이 새빨갛게 변했다.

이디스 고모가 다시 재촉했다.

"소피아?"

소피아는 자기 엄마를 깜짝 놀란 표정으로 바라보고는 초콜릿

상자를 들어 아이들에게 돌렸다. 아이들은 각자 초콜릿을 하나씩 집어 들었지만, 틸리는 시드니가 몇 개를 더 챙겨 자기 소매 안에 넣는 걸 알아차렸다.

"자 그럼, 왜 저런 사랑스러운 아이들하고 여름 내내 함께 놀았다는 걸 우리한테 말하지 않았는지 그 이유를 모르겠구나, 소피아."

이디스 고모가 말했다. 그러고는 틸리한테 손짓했다.

"이리 가까이 오렴, 애야. 내게 말해 보렴. 그런데 너희 이름이 뭐지?"

틸리는 숲속 동물원에 대해, 키우던 동물들을 숨긴 이유에 대해, 그리고 알렉이 다리가 부러졌다는 것도 이야기했다. 또한 루디에 대해서도 설명했다. 루디가 적군이 아니라는 것도. 틸리가 루디의 이름을 말하자, 루디는 예의바르게 고개를 숙여 인사했다. 이디스 고모는 알았다는 듯 고개를 끄덕였다.

"그리고 아시겠지만, 제발, 저희 마지막 희망이에요. 우리는 곧 피난을 떠날 거예요."

틸리는 로지를 흘끗 바라보았다. 로지는 어깨를 으쓱해 보였다. 자그마한 고양이는 로지의 팔에 안겨 야옹거렸다.

"우리는 동물들이 굶어 죽게 내버려 둘 수 없어요."

"절대 그럴 순 없지."

이디스 고모가 말했다.

"마조리, 내가 전에도 말했고, 지금도 다시 말하는데, 소피아는 좀 더 넓게 친구를 사귈 필요가 있어요. 안 그러면 도대체 어떻게 우정이나 애정에 대해 배울 수가 있겠어요? 우리가 히틀러를 무찔러야 한다면, 우리는 똘똘 힘을 뭉쳐야 해요. 이제, 이 아이들은……."

이디스 고모는 소피아 엄마를 향해 말했다. 이디스 고모는 코브라 친구들을 향해 자신만만하게 손을 저었다.

"이 아이들은 이미 전쟁에 참전해 승리할 올바른 자질을 지니고 있다고요."

"음, 솔직히 말해서, 이디스, 난 한동안 소피아를 걱정해 왔어요……."

"엄마! 어떻게 그럴 수 있어요! 제가 엄마한테 나가서 틸리와 로지 같은 아이들하고 놀게 해 달라고 했다는 거 엄마도 알잖아요! 그런데 엄마는 그런…… 음…… 속물처럼 굴었잖아요. 나도 모르겠어요, 이 아이들은 내 친한 친구들이라고요!"

소피아가 소리쳤다.

소피아는 틸리와 눈이 마주쳤다. 틸리는 힘주어 고개를 끄덕였다 소피아는 어렵사리 살짝 미소 지었다. 시드니는 크게 콧방귀를 뀌고, 마일스는 루디를 보고 활짝 웃었다. 루디는 혼자 독일어로 뭐라고 중얼거렸다.

"전적으로 옳은 말이다, 소피아. 마조리, 이제 딸 말을 들어야 해요."

이윽고 이디스 고모는 코브라 친구들을 바라보며 말을 이었다.

"내가 너희 동물들을 모두 데려갈게. 내일 아침 7시까지 동물들을 준비시켜다오. 운전기사한테 트럭에 동물들을 태워 서섹스로 데려가라고 할 거야. 소피아가 트럭에 타서 동물들이 모두 안전한지 확인할 거고……."

이디스 고모는 소피아에게 눈썹을 치켜뜨자, 소피아는 단호하게 고개를 끄덕였다.

"난 네 나이 또래 때부터 덤 애니멀 리그의 회원으로 활동하고 있단다, 소피아. 우리는 이 말도 안 되는 학살에서부터 가능한 한 많은 동물을 구해 시골의 안전한 집에 보내려는 계획을 세웠어. 그리고 내가 말하는데, 마조리, 그건 부잣집 애완동물들에게만 해당되는 게 아니에요."

이디스 고모가 말했다.

이디스 고모는 아이들을 향해 아주 친근한 표정으로 미소 지었다. 틸리는 이디스 고모가 완전히 신뢰할 수 있는 사람이라는 걸 알았다.

"정말 마음 깊숙이 감사드려요. 단지……."

틸리가 말했다. 긴장해서 말이 제대로 나오지 않았다.

"괜찮다, 애야, 계속 말해 봐라."

이디스 고모가 말했다.

"우리 동물들이 잘 지내는지 편지를 써서 여쭤볼 수 있을까요?"

"물론이지. 정말 좋은 생각이야. 너는 교육을 아주 잘 받았구나."

이디스 고모는 소피아 엄마에게 야단치는 듯한 눈길을 보냈다.

그러고는 소파에 놓인 커다란 검정색 핸드백을 열고는 명함을 몇 장 꺼냈다.

"각자 하나씩 가져갈래? 내 주소랑 전화번호가 적혀 있단다. 필요한 게 있으면 언제든 나한테 연락하도록 하고."

이디스 고모의 눈길은 잠시 시드니의 홀쭉한 얼굴에서 머물렀다. 시드니는 눈을 내리깔고 손을 주머니에 찔러 넣었다.

"아차! 시간 좀 봐. 우리 가야 해. 렌 아저씨가 우리를 마냥 기다려 주지 않을 거야. 그러면 우린 집에 못 가!"

문득 로지가 말했다.

잊지 않을 거야

※

1939. 9. 3. 일요일 밤 ~ 9. 5. 화요일 아침

감사의 인사와 작별 인사를 마치고, 코브라 친구들은 집 밖으로 뛰어나와 웃고 떠들면서 진입로를 내려갔다.

"소피아가 자기 엄마한테 대들다니, 정말 용감했어."

틸리가 흥분한 표정으로 말했다.

"맞아, 소피아가 초콜릿을 돌릴 때 소피아 엄마 표정 봤어?"

로지가 맞장구쳤다.

"나는 엄마한테 드리려고 몇 개 챙겼지."

시드니가 천진하게 말했다.

"틸리한테 박수 쳐 주자. 틸리가 우리 동물들을 구했어."

로지가 소리쳤다.

아이들은 트럭으로 가는 내내 서로를 격려하고 '물동 이먹'을 목

청껏 외쳤다.

어두컴컴한 길을 내려오는 동안, 처음으로 엄마와 아빠가 얼마나 걱정할지 떠올랐다. 부모님은 집에 앉아 시계를 보며, 틸리가 등화관제 때문에 길을 잃지는 않았을까 걱정하고 있을 것이다. 이제 9시가 다 되었다. 틸리와 로지는 물론, 마일스와 루디도 이렇게 늦게까지 집 밖에 나와 있던 적이 없었다.

렌 아저씨는 아이들을 시드니네 연립주택에 내려 주었다. 마일스는 집 안으로 사라졌다. 로지, 루디, 그리고 틸리는 함께 자기 동네로 향했다. 갑자기 어른들이 한꺼번에 나타났다.

독일어가 봇물처럼 골목을 가로질러 쏟아져 나왔다. 로테가 목청껏 비명을 질렀다.

엄마, 아빠, 메간 언니, 그리고 도널드 아저씨가 그 뒤에서 서둘러 따라왔다.

로테는 힘껏 달려와 루디를 꽉 끌어안았다. 틸리는 그 모습을 보며, 로테가 루디를 너무 꽉 껴안아 죽을지도 모르겠다고 생각했다.

그때 메간 언니가 로지에게 다가왔다. 뺨에는 눈물이 줄줄 흐르고 있었다.

"내 사랑스러운 동생."

메간 언니는 로지를 힘껏 감싸 안고 흐느꼈다.

"너한테 끔찍한 일이 일어난 건 아닐까 얼마나 무서웠는지 알아? 엄마의 임종을 지킬 때 널 돌보겠다고 약속했단 말이야."

도널드 아저씨가 메간 언니의 팔을 토닥여 주었다. 로지도 함께 흐느꼈다.

틸리가 뭐라고 말을 하기도 전에, 엄마가 틸리를 꽉 잡아 부둥켜 안고 속삭였다.

"널 잃는 게 아닐까 정말 두려웠어."

틸리는 어쩔 수 없이 엄마의 옷 안에서 코를 킁킁거릴 수밖에 없었다. 엄마는 울음을 꾹 참았다.

이윽고 아빠가 말했다.

"자, 이제 집에 갈 시간이다. 아이들은 무사해."

모두들 고개를 끄덕였다. 로테와 루디에게도 함께 걸어가자고 소리치며, 팔짱을 낀 채 출발했다.

어두컴컴하고 으스스한 거리를 걸어가면서, 아빠는 밤하늘을 올려다보며 말했다.

"이 전쟁에서 무슨 일이 일어나든, 별을 가릴 수는 없어."

"맞는 말이에요, 월프."

도널드 아저씨가 동의했다.

모두 루디의 양부모네 집에 가서 먼저 루디를 들여보냈다. 양부모는 로테도 하룻밤 자고 가라고 했다.

"둘 다 아침에 봐. 7시 정각. 우린 하노를 구할 거야. 두고 봐."

틸리가 헤어지기 전에 가까스로 속삭였다.

로지네 식구들은 다음 길모퉁이에서 작별 인사를 나누었다. 그러고 나서 틸리는 집에 들어갔다. 사랑스런 보니는 없었지만 엄마와 아빠와 함께였다. 틸리는 치즈 얹은 토스트를 먹고 뜨거운 물에 목욕을 한 뒤, 자그마한 침대에 누웠다.

깨어 보니, 창밖에서 참새 한 마리가 짹짹 노래를 불렀다. 6시 30분이었다. 아빠는 욕실에서 휘파람을 불며 면도를 하고 있었다. 엄마는 아래층에서 부엌 보일러 받침쇠를 닦으며, 금속 받침을 이리저리 덜거덕거렸다.

틸리는 침대에서 폴짝 뛰어나와, 옷을 입고, 아래층으로 몰래 내려가 숨죽이며 현관문을 빠져나갔다. 폭탄이 떨어질 때를 대비해 훈련하기를 잘했어, 틸리는 혼잣말을 했다. 틸리는 자전거를 꺼내 운하로 출발했다.

로지가 다리 위에서 기다리고 있었다.

"나도 같이 갈 거야."

틸리가 속도를 높이자 로지가 말했다.

"어디를?"

틸리가 당혹스러워하며 물었다. 우리 지금 도망가는 건가? 틸리는 의아했다. 난 아무것도 준비해오지 않았는데…….

"피난 말이야. 도로시도 데려갈 수 있어. 메간 언니는 내가 도망쳤다고 생각했대. 그래서 언니가 봐줬어. 너랑 같이 있으라고."

"야호!"

틸리가 숨 가쁘게 환호성을 질렀다.

"서두르자, 트럭을 놓치고 싶지는 않아."

로지가 말했다.

둘은 공장 사이를 지나 들판을 건넜다. 아침 해가 등에 따뜻하게 와닿았다. 다른 코브라 친구들은 이미 오두막에 와 있었다. 메리와 코너와 알렉만 제외하고. 메리는 더 이상 밖으로 나올 수가 없었다. 코너는 지금쯤이면 복서와 함께 스코틀랜드로 가고 있을 거다. 알렉은 걸을 수 없었다.

로테는 루디와 함께 와 있었다. 루디는 팔에 강아지 하노를 안고, 어깨에는 나팔을 메고 있었다. 둘은 독일어로 뭐라고 속삭이고, 루디는 고개를 끄덕였다.

스쿠더 집안 아이들은 등에 가방을 메고 있었다.

"우린 엄마한테 작별인사를 했어. 네빌 오빠가 우리를 데리고 피난을 갈 거야."

팸이 눈물을 흘리며 말했다.

"우리한테는 작별 인사로 손 흔들어 줄 사람도 없어."

시드니가 말했다.

네빌은 시드니한테 입 닥치라며 윽박질렀다. 하지만 틸리의 마음은 스쿠더 집안 아이들에게 가 있었다. 분명 배가 고플 거다. 변변한 옷가지조차 없이 엄청난 모험을 해야 할 텐데.

"로지와 내가 가서 손 흔들어 줄게."

틸리가 말했다.

"당연히 그래야지."

로지가 말했다.

팸과 시드니가 소리치며 환호했다. 네빌도 기쁜 표정이었다.

그때 어떤 남자 하나가 소피아와 함께 공터로 들어섰다.

"얘들아! 트럭 왔어."

소피아가 소리쳤다.

엄숙한 표정으로 수없이 눈물을 흘리며, 아이들은 애완동물을 트럭의 열린 문 안으로 밀어 넣었다. 소피아는 기니피그를 데리고 탔다.

틸리는 강아지 보니를 두 팔에 안고, 펄럭이는 귀에 대고 자신이 얼마나 사랑하는지 속삭였다. 눈물이 하염없이 쏟아졌다. 보니가 눈물을 핥았다. 틸리는 보니의 생명을 구하기 위해서는 보니를 보내야 한다는 걸 잘 알았다.

"우리는 다시 함께할 거야, 내가 약속할게. 우리 귀염둥이 보니 봉봉."

틸리가 속삭였다.

틸리가 남자에게 보니를 건네자, 남자는 보니를 구석에 놓인 바구니 안에 넣으며, 벽에 걸린 고리에 걸려고 했다. 보니는 낑낑거리며 목줄을 잡아당겼다. 앞발로 나뭇가지로 만든 바구니를 마구 긁이 댔다.

"이디스 고모가 그러는데, 점심시간 전에 그곳에 도착해야 한대. 그러니까 지금 떠나야 해. 미안해. 하지만 동물들을 모두 잘 돌보 겠다고 내가 약속할게."

소피아가 말했다. 소피아는 손을 내밀어 틸리의 팔을 토닥여 주었다.

틸리는 소피아에게 고개를 끄덕이며, 눈물 젖은 뺨을 닦아 내고, 쉰 목소리로 말했다.

"우린 언제나 코브라 친구들이야, 무슨 일이 있든 말이야."

시드니가 목청껏 외쳤다.

"틸리와 우리 동물원을 위해 구호를 세 번 외치자!"

소피아를 포함해 코브라 친구들은 환호했다. 소피아는 코브라 친구들을 둘러보았다. 얼굴에 자부심이 묻어났다.

틸리는 보니에게 돌아섰다. 보니는 털썩 주저앉아 들창코를 바구니 가장자리에 얹고, 촉촉한 갈색 눈동자로 틸리를 애처롭게 바라보고 있었다. "제발 나를 멀리 보내지 말아 줘."라고 말하는 것 같았다.

틸리는 하마터면 트럭으로 뛰어 들어가 보니를 풀어 줄 뻔했다. 하지만 운전기사가 돌아와서 문을 쾅하고 닫아 버렸다. 소피아는 손을 흔들며 작별 인사를 외쳤다. 그러고는 운전기사 옆자리에 올라탔다.

"잘 가, 내 사랑 보니 봉봉, 잘 가, 잘 가. 날 잊지 마."

틸리가 연신 외쳤다. 트럭이 사라지는 동안 두 뺨에는 눈물이 하염없이 흘러내렸다.

틸리는 한바탕 서럽게 울었다. 로지는 틸리의 허리에 팔을 감싸고 머리를 친구의 어깨에 기댔다.

둘은 그렇게 잠자코 서 있었다. 마침내 트럭이 들판 너머로 덜컹덜컹 사라져 갔다. 길을 향해서.

"이제 그만 가자."

네빌이 말했다.

스쿠더 집안 아이들은 각자 가방을 집어 들었다. 틸리는 눈물을 거두며 딸꾹질을 했다. 로지는 틸리가 자전거를 집어 드는 걸 도와주었다.

코브라 친구들은 자전거를 타고 들판을 달려, 운하로 나아갔다. 종달새들이 울어 대며 옥수수 위로, 짙푸른 하늘 속으로 날아갔다. 아이들은 거리 위에 떠 있는 방공기구 숫자를 셌다. 모두 네 개였다. 독일 폭격기가 오지 않으리라는 보장이 없었다.

하지만 로지와 나는 함께 있을 거라고, 틸리는 스스로에게 상기시켰다. 그리고 보니가 안전하다는 걸 알고 있었다. 참을 수 없는 슬픔을 느끼기는 했지만 말이다. 보니처럼 멀리 가는 게 다행이었다. 보니와 나는 함께 집을 그리워하겠지.

아이들은 먼저 스쿠더네 연립주택으로 가서 자전거를 마당에 놓았다. 스쿠더네 연립주택에 이르기 전에 마일스가 사라졌다. 아이들은 캐널 스트리트 학교로 걸어갔다. 네빌과 시드니, 팸은 각자의 반 아이들과 합류했다. 선생님 한 분이 호루라기를 크게 세 번 불자, 악어 같은 기다란 줄이 길을 나섰다.

"잘 가, 네빌. 잘 가, 시드니. 잘 가, 팸!"

틸리가 소리쳤다. 시드니는 몸을 돌려 당당하게 미소를 지어 보였다.

"행운을 빌게!"

로지가 소리쳤다.

로테와 루디가 함께 와서 스쿠더 집안 아이들이 떠나는 모습을 지켜보았다.

"고맙다는 말 전하고 싶어. 넌 정말 좋은 친구야. 내일 루디가 너희 버스에 타면 잘 좀 보살펴 줘."

로테가 루디의 손을 잡은 채 말했다. 둘은 모두 갈색 큰 눈동자로 틸리를 바라보았다.

틸리는 고개를 끄덕였다. 로테와 루디는 걸어갔다.

틸리는 나머지 시간 동안 엄마가 짐을 챙기는 것을 도왔다. 가끔 멈추어서 보니를 생각하며 흐르는 눈물을 닦았다.

드디어 화요일 아침이 되었다. 틸리는 로지와 도로시와 함께 버스에 앉았다. 루디는 그 앞자리에 앉았다. 엄마는 마지막 순간에 틸리의 손에 커다란 샌드위치 꾸러미를 쥐어 주었다. 틸리의 얼굴에 눈물이 흘렀다. 틸리는 벌써부터 향수병에 사로잡혔다.

언제 다시 부모님을 볼 수 있을까? 만약 부모님이 폭격을 당하면 어쩌지? 하지만 틸리는 더 이상 엄마를 걱정시키고 싶지 않았다. 그래서 억지로 웃어 보이며 소리쳤다.

"안녕히 계세요. 곧 편지 쓸게요."

버스는 출발했다. 모두 창밖으로 미친 듯이 손을 흔들었다. 잠시 뒤, 식구들, 정들었던 학교와 손금 보듯 훤히 알고 지내던 런던 거리가 저만치 사라졌다. 언제 다시 오게 될까?

로지는 틸리의 손을 맞잡았다. 틸리와 로지 사이에 도로시를 앉혔다. 틸리는 새끼고양이의 자그마한 몸이 숨을 쉴 때마다 가슴이 오르락내리락하는 걸 느낄 수 있었다.

"우리가 어디로 가는지 궁금해."

로지가 말했다. 둘은 창밖을 물끄러미 내다보았다.

"우리가 어디로 가든, 나는 이디스 고모한테 매주 편지를 써서 보니가 잘 지내는지 물어볼 거야."

틸리가 단호하게 말했다.

로지는 고개를 끄덕였다. 틸리는 주머니에 손을 넣어 이디스 고모의 주소가 적힌 명함을 만지작거렸다.

'보니는 언제나 내 강아지야. 이 전쟁이 얼마나 오랫동안 지속되든 상관없이 말이야.'

틸리는 보니를 생각하며 잠에 곯아떨어졌다. 버스가 시골길을 따라 달리는 소리가 들려왔다.

제2차 세계대전이 다가오면서, 사람들은 자신이 키우던 애완동물들을 죽이기 시작했습니다. 동물들이 폭격과 가스 살포를 견디지 못할 것이며, 배급이 시작되면 애완동물을 먹일 수 없다고 믿었기 때문이지요. 약 칠십오만 마리의 애완동물들이, 주로 고양이와 강아지 들이었는데, 영국에서 안락사를 당한 것으로 추정됩니다.

덤 애니멀 리그(Dumb Animal League)와 같은 조직들이 가능한 많은 애완동물을 구하기 위해 최선을 다했지만, 초기의 학살을 막을 수는 없었습니다. 전쟁이 선포되고 나서 사람들은 이성을 되찾고, 크나큰 후회를 하고는 신문사에 편지를 보내서 죽은 애완동물에 대해 애도의 뜻을 표했습니다.

짧은 신문기사를 읽고 전쟁 중 잘 알려지지 않은 일화를 알게 되었을 때, 처음 든 생각은 '아이들은 어떻게 했을까?'였습니다. 자기가 키우는 동물을 구하기 위해 필사적이었을, 틸리와 로지 같은 아이들이 있었겠지요. 이렇게 해서 이 소설을 쓰게 되었습니다.

소설을 쓰는 동안 정말 많은 이들의 도움을 받았습니다. 사비타와 히시(Savita and Hish)는 나의 초고를 읽어 주었고, 레슬리 윌슨(Leslie Wilson)은 초고를 읽으며 독일에 대한 정보도 전해 주었습니다. 도서관 사서 마가렛 마케이(Margaret Mackay)는 관련 자료

를 찾는 데 도움을 주었고, 작가 브리짓 허리슨(Bridget Harrison)은 전쟁이 일어나기 전 자신의 어린 시절 이야기를 들려주었습니다. 1939년 4월, 킨더트랜스포트*로 독일에서 영국으로 온 앤 커크(Anne Kirk)는 당시 엄마와 주고받은 편지를 보여 주고 이 작품에 인용할 수 있게 해 주었으며, 앤 커크의 남편 밥(bob Kirk)은 독일에서 온 편지를 번역해 주고 그때의 이야기도 함께 들려주었습니다. 앤와 밥의 부모님과 가족들은 홀로코스트(유대인 대학살)로 무참히 목숨을 잃었습니다.

　마지막으로, 나는 이 소설을 쓰면서 1960년대의 내 어린 시절로 돌아갈 수 있었습니다. 그때 아이들은 맘껏 소리 지르며 놀다 어둑어둑해져야 집으로 돌아왔습니다. 우리가 얼마나 신나게 놀았는지, 이 책이 보여줄 수 있기를 바랍니다.

미리엄 할라미(Miriam Halahmy)

2016년, 런던에서

---

* 1930년대, 영국은 킨더트랜스포트(Kindertransport: 어린이 수송정책)를 통해 약 일만 명의 유대인 아이들을 독일, 체코, 폴란드 등에서 데리고 왔다

위대한 동물원

초판 1쇄 펴낸날 2018년 10월 12일

지은이 미리엄 할라미
옮긴이 김선희
펴낸이 최만영
기획편집 최현정
디자인 최성수, 이이환
마케팅 박영준
경영지원 김효순
제작 문성대, 박지훈

펴낸곳 ㈜한솔수북
출판등록 제2013-000276호
주소 03996 서울시 마포구 월드컵로 96 영훈빌딩 5층
전화 02-2001-5822(편집) 02-2001-5828(영업)
전송 02-2060-0108
전자우편 isoobook@eduhansol.co.kr
책담 블로그 http://chaekdam.tistory.com
책담 페이스북 https://www.facebook.com/chaekdam

ISBN 979-11-7028-667-7 43840

* 무단 전재와 복제를 금합니다.
* 이 도서의 국립중앙도서관 출판시도서목록(CIP)은 서지정보유통지원시스템 홈페이지
  (http://seoji.nl.go.kr)와 국가자료공동목록시스템(http://www.nl.go.kr/kolisnet)에서
  이용하실 수 있습니다.(CIP제어번호: CIP2018031255)
* 책담은 ㈜한솔수북의 인문교양 임프린트입니다.
* 책값은 뒤표지에 있습니다.

책담 다른 내일을 만드는 상상